Diogenes Taschenbuch 21303

Ross Macdonald

Der Mörder im Spiegel

Roman
Aus dem Amerikanischen
von
Dietlind Bindheim

Diogenes

Titel der Originalausgabe:
›The Three Roads‹
Copyright © by Kenneth Millar
Umschlagzeichnung von Tomi Ungerer

Neuübersetzung
Alle deutschen Rechte vorbehalten
Copyright © 1985 by
Diogenes Verlag AG Zürich
150/85/8/1
ISBN 3 257 21303 4

1. Teil
Samstag

1

Von der Veranda aus, auf der sie warten sollte, konnte sie den an das Grundstück des Hospitals angrenzenden Golfplatz überblicken und am entfernten Berghang, der noch immer grün von den Winterregen war, konnte sie einen winzigen Mann in ausgeblichenen rotbraunen Hosen erkennen, der hinter einem unsichtbaren Ball herjagte. Sie hatte ihn schon einige Zeit beobachtet, bevor sie bemerkte, daß er den Schläger auf ungewöhnliche Weise handhabte. Er versuchte, Golf mit einer Hand zu spielen. Sie hoffte, daß er von Geburt an Linkshänder gewesen war.

Sie vergaß den winzigen Mann in dem Augenblick, als sie Brets Schritte hinter sich hörte. Er drehte sie um, zog sie an sich, hielt sie mit einem fast schmerzhaften Griff an den Schultern fest und betrachtete prüfend ihr Gesicht. Während sie in seine sanften blauen Augen emporblickte, spürte sie den Zweifel, der sich dahinter verbarg. Sie spürte ihn in sich selber, wann immer sie ihn nach einwöchiger Abwesenheit besuchte, unsicher und hilflos, wie ein Familienmitglied, das herbeigerufen wurde, um einen Ertrunkenen zu identifizieren.

Bret hatte sich eigentlich nicht verändert, aber er hatte während der neun Monate im Hospital zugenommen. Dadurch hatten sich die Linien seiner Wangen und seines Kinns verändert, und seine alte graue Uniform schien ihm zu klein geworden zu sein. Sie konnte sich nie ganz von dem Verdacht frei machen, daß dieser Bret Taylor ein Betrüger war, daß er ein gesundes, vegetatives Dasein in den Kleidern eines Toten führte, der sich in der Liebe sonnte, die sie dem Mann, der verloren war, schuldete.

Sie schauderte ein wenig, und er umschloß sie fester mit den Armen. Sie hatte kein Recht auf solche fantastischen Vorstellungen. Es war ihre Aufgabe, ihm die Wirklichkeit nahezubringen. Sie war seine Dolmetscherin der Außenwelt und durfte deren Sprache nicht vergessen. Doch selbst wenn seine Arme um sie lagen, ließen sie ihre alten Ängste frösteln. Während der ersten paar Minuten ihres Zusammenseins schlitterte sie immer über die dünne Eisschicht am Rande der Zurechnungsfähigkeit. Sie bemühte sich, ihre Gefühle zu verbergen.

Dann küßte er sie. Der Kontakt war wiederhergestellt und zog sie ins Zentrum ihrer Gefühle zurück. Der Verlorene war wiedergefunden und in ihren Armen.

Der Krankenwärter, der Bret bis zur Tür begleitet hatte, brachte sich in Erinnerung. »Wollen Sie hier draußen bleiben, Miss West? Es wird am Nachmittag kühl hier.«

Sie blickte in instinktiver Rücksichtnahme auf Bret. Da er keine großen Entscheidungen mehr zu treffen hatte, sollte er die kleinen treffen.

»Bleiben wir hier draußen«, sagte er. »Wenn es dir kalt wird, können wir hineingehen.«

Sie lächelte dem Wärter zu, und er verschwand. Bret stellte zwei Liegestühle nebeneinander, und sie setzten sich.

»Und jetzt möchte ich eine Zigarette haben«, sagte sie. Die Schachtel in ihrer Handtasche war voll, aber sie wollte lieber eine von seinen haben. Abgesehen von der Tatsache, daß sie ihm gehörten – was wichtig war –, half es, eine Illusion von Zwanglosigkeit und Freiheit zu schaffen.

»Sie nennen dich immer Miss West«, sagte er, als er ihre Zigarette anzündete.

»Da dies mein Name ist...«

»Aber es ist doch nicht dein wirklicher Name?«

Einen Augenblick lang fürchtete sie sich davor, ihn anzusehen, fürchtete sich davor, daß sein Geist in die Zeit, in der er sie nicht gekannt hatte, zurückgekehrt war. Aber sie antwortete freundlich und vernünftig: »Nun, nein, eigentlich nicht. Ich habe dir ja erklärt, daß ich unter meinem Mädchennamen in Hollywood zu arbeiten begonnen habe. Meinen ehelichen Namen benütze ich nur, wenn ich Schecks unterschreibe.«

»Daran erinnere ich mich nicht«, sagte er schüchtern.

»Niemand kann sich an alles erinnern. Ich habe sogar meine eigene Telefonnummer vergessen.«

»Ich habe meinen eigenen Namen vergessen. Trotzdem, mein Erinnerungsvermögen wird besser.«

»Ich weiß. Es ist mit jedem meiner Besuche besser geworden.«

Mit sachlichem Stolz, wie ein Forscher, der eine neue Insel entdeckt hat, verkündete er: »Ich habe mich neulich abend an Kerama Retto erinnert.«

»Wirklich? Das ist die Meldung der Woche!«

»Für mich die Meldung des Jahres. Ich habe mich an alles erinnert. Es war so real, daß ich dachte, alles ereignete sich noch einmal. Ich konnte im Schein der Explosion die Reisfelder oberhalb des Hafens sehen. Es war so hell, daß ich geblendet wurde.«

Sie war bestürzt über seine plötzliche Blässe. Winzige Schweißperlen, für die die Februarsonne nicht verantwortlich sein konnte, sammelten sich an seinem Haaransatz.

»Sprich nicht darüber, wenn es dich quält, Liebling.«

Er hatte sich abgewandt und blickte über den Rasen, der sich von der Veranda bis hinunter in das Tal erstreckte, in dem sich der Sonnenschein wie in einem See aus Licht zu sammeln schien. Der außerordentliche Friede mußte es für seinen unruhigen Geist noch traumhafter erscheinen lassen, als die Terrassen jener Insel vor der Küste Japans, an die er sich erinnert hatte.

Das Schweigen zwischen ihnen war voller Echos, und sie brach es mit den ersten Worten, die ihr einfielen. »Ich habe Fruchtsalat zum Lunch gegessen. Ich mußte zwanzig Minuten warten, bis ich in den Speisesaal hineinkam, aber sie machen ausgezeichneten Fruchtsalat im *Grant*.«

»Nehmen sie noch immer Avocados dazu?«

»Ja.«

»Ich wette, du hast keine Avocado gegessen.«

»Sie war mir von jeher zu mächtig«, gab sie vergnügt zu. Er erinnerte sich wieder an alles.

»Wir hatten am Mittwoch oder Donnerstag Avocadosalat zum Lunch. Ja, Mittwoch war es, derselbe Tag, an dem ich mir die Haare schneiden ließ.«

»Mir gefällt es, wenn du die Haare so kurz geschnitten trägst. Es hat mir schon immer gefallen.«

Das unverblümte Kompliment machte ihn verlegen. »Jedenfalls ist es praktischer beim Schwimmen. Ich habe dir noch gar nicht erzählt, daß ich am Donnerstag geschwommen bin«, sagte er.

»Nein, das wußte ich nicht.«

»Ich hatte eigentlich erwartet, daß ich Angst vor dem Wasser haben würde, aber es war gar nicht so. Ich bin die ganze Länge des Beckens unter Wasser geschwommen. Ich würde alles darum geben, wieder einmal in der Brandung zu schwimmen.«

»Wirklich? Darüber bin ich froh.«

»Warum?«

»Oh, ich weiß es nicht. Ich hätte mir eher denken können, daß du das Meer haßt.«

»Eine Weile habe ich schon den Gedanken daran gehaßt, aber jetzt nicht mehr. Zumindest könnte ich La Jolla nie hassen.«

Das Glück trieb ihr Tränen in die Augen. La Jolla hatte nur eine Bedeutung für sie: Es war der Ort, wo sie sich kennengelernt hatten. »Erinnerst du dich an den Tag, als die Seehunde hereingeschwommen kamen?« Sie zuckte bei dem Wort »Erinnern« zusammen. Es tauchte immer wieder auf, so wie man zu einem Blinden immer wieder »Sehen Sie« sagte.

Er beugte sich auf seinem Stuhl abrupt nach vorn; seine angespannten Schultermuskeln strafften seine Uniform. Habe ich einen Fehler begangen? fragte sie sich erschrocken. Es war so schwer für sie, das Gleichgewicht zwischen einer therapeutischen, besänftigenden Haltung und ihrer irrationalen Liebe, die sie für ihn empfand, zu bewahren.

Er sagte nur: »Wir müssen bald wieder zusammen dorthin. Es scheint unglaubhaft, daß es nur fünfundzwanzig Kilometer von hier entfernt ist.«

»Ich bin sicher, du wirst bald dorthin fahren können. Es geht dir so viel besser.«

»Findest du das wirklich?«

»Du weißt, daß es so ist.«

»An manchen Tagen fühle ich mich völlig wohl«, sagte er langsam, »und ich kann es kaum erwarten, wieder an die Arbeit zu gehen. Dann ist in meinem Kopf plötzlich eine Leere, und ich habe das Gefühl, wieder da zu sein, wo ich begonnen habe. Hast du dir je ein völliges Vakuum vorgestellt? Einen Raum, in dem keine Luft, kein Licht, kein Laut zu hören ist? Noch nicht einmal Dunkelheit, noch nicht einmal Stille ist? Ich glaube einfach, es ist der Tod, auf den mein Geist stößt. Ich bin zum Teil tot.«

Sie legte eine Hand auf seine starren Finger, die die Armlehne umkrampft hielten. »Du bist sehr lebendig, Bret. Du wirst bald wieder vollkommen da sein.« Aber seine düstere Anspannung versetzte sie in Schrecken, machte sie nachdenklich. Wenn sie nun nicht gut für ihn war? Wenn er nun besser ohne sie dran wäre? Nein, das war unmöglich. Der Doktor hatte ihr mehr als einmal gesagt, daß sie genau das war, was er brauchte, daß er durch sie wußte, wofür er lebte.

»Es dauert so lange«, sagte er. »Manchmal frage ich mich, ob ich je wieder von hier wegkomme. Manchmal möchte ich es gar nicht. Ich fühle mich ein wenig wie Lazarus. Er kann nicht sehr glücklich gewesen sein, als er zurückkam und versuchte, sein Leben da fortzusetzen, wo er es aufgehört hatte.«

»Du darfst nicht so reden«, sagte sie scharf. »Dein Leben ist noch nicht einmal zur Hälfte vorbei, Liebling. Du bist nicht einmal ein Jahr lang krank gewesen.«

»Es kommt mir wie eine prähistorische Zeitspanne vor.« Er hatte genügend Humor, um über seine eigene Übertreibung zu lächeln.

»Vergiß die Vergangenheit!« sagte sie impulsiv.

»Zuerst muß ich mich an sie erinnern.« Er lächelte erneut, etwas mühsam, aber immerhin.

»Du erinnerst dich ja an sie. Aber du sollst auch an die Zukunft denken.«

»Ich werd' dir sagen, worüber ich einen großen Teil meiner Zeit nachdenke.«

»Worüber?«

»Ich denke an uns beide. Der Gedanke daran erhält mich aufrecht. Es muß schwierig für dich sein, eine Krankenhauswitwe zu spielen.«

»Eine Krankenhauswitwe?«

»Ja. Es muß für eine Frau schwierig sein, einen Ehemann in der psychiatrischen Abteilung zu haben. Ich kenne eine Menge Frauen, die einfach verduften und eine Scheidung einreichen würden...«

»Aber mein Liebling.« Es wäre so viel einfacher gewesen, darüber hinwegzugehen, ihn in seinem Irrtum zu belassen, aber sie beharrte auf der schwierigen Wahrheit. »Ich bin nicht deine Frau, Bret.«

Er sah sie verdutzt an. »Du hast gesagt, du würdest deinen ehelichen Namen nicht benutzen –«

»Mein Name ist Pangborn. Ich habe dir doch erzählt, daß ich mich von meinem Mann scheiden ließ.«

Sie sah, wie alle Männlichkeit aus seinem Gesicht wich, und es fiel ihr nichts ein, womit sie ihm helfen konnte. »Ich dachte, wir wären verheiratet«, sagte er mit hoher, schwacher Stimme. »Ich dachte, du wärest meine Frau.«

»Du hast keine Frau.« Sie wagte nicht, noch mehr zu sagen.

Er suchte verzweifelt nach einer Entschuldigung, nach etwas, das seine Scham mildern konnte. »Sind wir wenigstens verlobt? War es das? Werden wir heiraten?«

»Wenn du mich haben willst.« Da war aber auch nicht in irgendeiner ihrer Gehirnwindungen nur die Spur von Ironie.

Er stand von seinem Stuhl auf und blieb ungelenk und unglücklich vor ihr stehen. Sein Schnitzer hatte ihn zutiefst erschüttert. »Ich glaube, es ist Zeit, daß du gehst. Willst du mir einen Abschiedskuß geben?«

»Ich würde sterben, wenn ich es nicht dürfte.«

Sein Mund war weich und unsicher, und er hielt sie sehr sanft umschlungen. Dann ließ er sie abrupt los, als könnte er nach seiner Demütigung nicht mehr länger ertragen, mit ihr zusammen zu sein. Sie war stolz darauf, wie er allein in sein Zimmer zurückkehrte, wie irgendein ganz normaler Mensch, der sich in sein Hotelzimmer zurückzog, aber sein Irrtum hatte sie erschüttert und beunruhigt. Einen Augenblick lang hatte sie ihn in ihrer Gewalt gehabt, doch dann hatte er sich wieder an einen Ort geflüchtet, wohin sie ihm nicht zu folgen wagte.

2

Commander Wright hob einen Arm und wies über das Tal hinweg. »Sehen Sie den Burschen mit dem Golfschläger dort?«

Paula hörte die Worte, ohne ihren Sinn zu erfassen. Ihr war, als würde sich jener Nachmittag noch einmal wiederholen. Ihr Treffen mit Bret war nur eine Probe gewesen, und die Szenerie war für eine letzte Aufnahme hergerichtet. Der winzige Mann in den rotbraunen Hosen verfolgte, den Hang auf und ab laufend, seinen unsichtbaren Ball. Bald würde Bret auf die Veranda hinaustreten, und er und sie würden wieder gegenseitig in ihren Gesichtern lesen. Aber diesmal würde es keine Irrtümer geben, keinen häßlichen Stachel am Schluß ihrer Unterhaltung. Sie würde Gelegenheit haben, ihm die guten Nachrichten über Klifter zu erzählen, und diesmal würden sie mit einem Hoffnungsschimmer im Herzen auseinandergehen.

Plötzlich spürte sie die kühle Brise, die immer am späten Nachmittag von der Bucht her herüberwehte. Sie brachte sie mit einem Schlag in die Realität zurück. Bret war gekommen und wieder gegangen, und der Irrtum, den er begangen hatte, konnte nicht durch Träume geändert werden.

Wright deutete erneut ungeduldig auf den Mann. Das dichte schwarze Haar auf seinem Handrücken glitzerte in der Sonne wie Eisen. »Sie sehen ihn doch, nicht wahr?«

»Entschuldigen Sie – ich habe nicht zugehört. Ich fürchte, Brets Vorstellung, wir seien verheiratet, hat mich durcheinandergebracht.«

Der Doktor brummte und wechselte seine Stellung auf dem knarrenden Liegestuhl. »Das versuche ich ja eben zu erklären. Der Bursche mit dem Golfschläger hat, verglichen mit Taylor, ein simples Problem zu bewältigen. Er hat einen Arm verloren, und das ist kein Vergnügen, aber er kann damit zurechtkommen. Er muß sich lediglich physisch anpassen, und genau das tut er jetzt. Das würde auch Taylor gern tun.«

»Ich kann der Analogie nicht ganz folgen.«

»Taylor würde lieber gewisse Erinnerungen verdrängen, als mit ihnen leben. Aber solange er diese Erinnerungen an die Vergangenheit verdrängt, kann er sich nicht auf gesunde Weise der Gegenwart anpassen. Vergangenheit und Gegenwart sind so ineinander verflochten, daß man das eine nicht aufgeben kann, ohne das andere zu verlieren. Verlust der Gegenwart ist keine schlechte Bezeichnung für den Wahnsinn.«

»Aber er ist nicht wahnsinnig!« protestierte sie, und die Worte kamen fast von selbst über ihre Lippen.

Er wandte sich ihr lächelnd zu, wobei er die kräftigen weißen Zähne entblößte. »Sie sollten sich nicht über Worte erregen, Miss West. Sie sind alle relativ, besonders die, welche wir in der Psychiatrie benutzen. Ich glaube, in den Unterlagen wird seine Krankheit als ›Traumatische Neurose mit Symptomen von Hysterie‹ aufgeführt. Gefällt Ihnen das besser?«

»Ich messe Worten keine große Beachtung bei. Sie gehörten schließlich zu meinem Beruf. Aber ›Wahnsinn‹ klingt so hoffnungslos.«

»Er ist nicht notwendigerweise hoffnungslos. Aber ich wollte gar nicht andeuten, daß Taylor wahnsinnig ist. Wahnsinn ist ein juristischer Begriff, und von diesem Standpunkt aus ist er *compos mentis*. Die Intelligenztests hat er spielend hinter sich gebracht. Seine Orientierung ist nach wie vor unsicher, aber er könnte wahrscheinlich morgen von hier weggehen und ebenso schlecht und recht dahinleben wie die meisten anderen Menschen auch.«

»Wirklich?«

»Sofern er keiner ernsten Krisis ausgesetzt wird, ja.«

»Aber er scheint so entsetzliche Erinnerungslücken zu haben. In gewisser Weise geht es ihm schlechter als vor vier Monaten. Damals glaubte er nicht, daß wir verheiratet wären.«

»Ich war nicht überrascht, als das auftauchte. Er hat einen kleinen Schritt rückwärts getan, um einen großen Schritt vorwärts tun zu können. Vor vier Monaten weigerte er sich, auch nur die Möglichkeit, daß er verheiratet gewesen sein könnte, zuzugeben.«

»Erinnert er sich überhaupt nicht an seine Frau?«

»Nein, aber er wird sich erinnern. Ich sehe ihn wesentlich öfter als Sie, und ich bin ehrlich nicht besorgt wegen dieser zeitweiligen Rückschritte. Er ist im Begriff, sich völlig zu erholen, und in seinem Unterbewußtsein weiß er das auch. Sein Geist wehrt sich gegen diese Aussicht mit jeder ihm zur

Verfügung stehenden Waffe, doch es ist ein aussichtsloser Kampf.«

»Sie meinen, er möchte gar nicht gesund werden? So etwas Ähnliches hat er heute gesagt.«

»Warum, glauben Sie, ist er überhaupt krank geworden?«

»Ist das nicht ziemlich offensichtlich? Er hat rasch hintereinander zwei entsetzliche Schocks erlitten. Erst die Bombardierung und dann der Tod seiner Frau –«

»Nichts am menschlichen Geist ist offensichtlich.« In seiner Stimme lag eine Spur professioneller Arroganz, die gleich darauf noch offensichtlicher wurde. »Tatsächlich ist der gesunde Geist ebenso mysteriös wie der kranke. Ich habe mich, zum Beispiel, oft gefragt, warum eine Frau wie Sie –«

Seine Hand näherte sich langsam, wie eine dicke haarige Spinne die Armlehne entlang der ihren. Sie zog ihre Hand zurück und legte sie in den Schoß. »Da Lieutenant Taylor und ich heiraten werden –«

Die haarige Spinne verharrte schlagartig in der Bewegung.

»– muß ich Sie fragen, ob sein Gehirn durch die Explosion beschädigt wurde. Ich meine physisch beschädigt.«

»Nicht im geringsten. Es handelt sich um ein rein psychologisches Problem, Miss West. Es ist kaum eine unzulässige Vereinfachung, wenn ich sage, er hat seine Erinnerung verloren, weil er sie verlieren wollte.«

»Aber Sie haben selber gesagt, daß die Schocks sehr viel damit zu tun hatten.«

»Sie haben seinen derzeitigen Zustand beschleunigt herbeigeführt, aber sie sind nicht die grundlegende Erklärung dafür. Taylors Gemüt war verletzbar, sehen Sie. Andere Menschen haben ähnliche Schocks erlitten, ohne Zuflucht zu geistiger Umnachtung zu nehmen.«

»Zuflucht?« Sie griff das Wort auf und schleuderte es ihm wie eine Beleidigung entgegen. Erneut begann sie ihn zu hassen; und sie mußte dem Impuls widerstehen, seine schlaffe und haarige Hand von der Stuhllehne zu wischen.

»Sie lassen sich erneut durch Worte stören. Ich habe dieses Wort mit Bedacht und ohne Vorurteil gewählt. Er hatte mehrere harte Jahre auf See hinter sich, war einen großen Teil davon im Kampfeinsatz. Er nahm alles auf sich wie Tausende von anderen auch. Dann kam die Bombardierung in den Gewässern von Kerama. Kein Zweifel, daß dies seine Widerstandskraft schwächte, sowohl seelisch als auch physisch. Aber er überstand es ohne irgendeine sichtbare seelische Störung. Es war der zweite Schock, der auf all die Jahre innerer Anspannung hin den Zusammenbruch brachte.«

»Sie meinen ihren Tod?«

»Offenbar. Der Mord fiel mit seinem endgültigen Zusammenbruch zusammen. Tatsächlich wurde sein gesamtes Bild, das er sich von der Welt und von sich gemacht hatte, durch eine Reihe harter Schläge erschüttert. Er zog sich schließlich von einer Situation zurück, die zuviel für ihn war. Ich kann nicht umhin zu glauben, daß er ihr schon entfliehen wollte, bevor sie umgebracht wurde. Da ist seine absolute Weigerung, sich überhaupt an sie zu erinnern.« Er warf ihr unter den dichten Brauen hervor einen Seitenblick zu. »Er war nicht glücklich mit ihr, oder?«

»Er kannte sie kaum. Er heiratete sie während eines Dreitageurlaubs und ging unmittelbar hinterher wieder auf See. Er heiratete sie im Herbst 1944 und sah sie nie mehr lebend wieder.«

»Wie, um alles in der Welt, konnte er so etwas tun?«

Sie machte eine Pause, um ihre Gefühle wieder unter Kontrolle zu bekommen. Diese Erinnerung war für sie genauso schmerzlich, wie sie für Bret gewesen sein mußte. »Er heiratete sie, als er betrunken war. Er las sie in einer Bar in San Francisco auf und heiratete sie am nächsten Tag.«

»Um Himmels willen, was für ein Mädchen war denn das?«

»Solch ein Mädchen eben«, sagte sie.

»Sie kannten Taylor damals schon, nicht wahr?«

»O ja, ich kannte ihn.« Sie zündete sich mit schnellen,

fahrigen Bewegungen eine Zigarette an und sagte: »Vermutlich erzähle ich Ihnen besser alles, wenn Sie glauben, daß es von irgendwelcher Bedeutung ist. Vielleicht hätte ich es Ihnen schon lange erzählen sollen.«

»Warum haben Sie es nicht getan?«

»Weil es keine Anekdote ist, die ich so zum Spaß herumerzähle«, sagte sie barsch. »Als sein Schiff in San Francisco ankam, dachte ich, er würde mich heiraten. Ich glaube, er hat es auch gedacht. Ich flog von Hollywood herüber, um ihn zu treffen. Er war damals fast ein Jahr auf See gewesen, und trotz seiner Briefe war es fast wie eine Auferstehung von den Toten. Klingt das sehr romantisch? Ich *bin* wahrscheinlich eine Romantikerin oder war es zumindest. Ich war verrückt vor Glück, als er zurückkam. Aber es stellte sich heraus, daß er es keineswegs war. Er stritt sich mit mir am ersten Abend und verließ mich stehenden Fußes. Das nächste, was ich hörte, war, daß er dieses Mädchen Lorraine geheiratet hatte. Ich hatte gedacht, ich würde das Objekt einer orkanartigen Werbung sein, aber es stellte sich heraus, daß dies jemand anderer gewesen war.«

»Es scheint seltsam, daß es zwischen Ihnen einen solch plötzlichen und endgültigen Streit gab. Hatten Sie ihn schon lange gekannt?«

»Seit einem knappen Jahr, aber es schien länger. Ich hatte ihn im vorangegangenen Winter in La Jolla kennengelernt, im Winter 43, als er auf Urlaub da war. Wir verbrachten neunzehn Tage miteinander, bevor sein Schiff wieder auslief, und dann waren da seine Briefe. Er war meine persönliche Beteiligung an diesem Krieg, und ich hatte das Gefühl, sein Einsatz für die Zukunft zu sein. Ich hatte zu sehr darauf gezählt, scheint mir.«

»Worüber haben Sie sich mit ihm gestritten?«

»*Er* hat sich mit mir gestritten, nicht ich mit ihm. Er nahm übel, daß ich mehr Geld hatte als er, aber das war nicht der eigentliche Grund. Er suchte nach einem Anlaß zu einem

Streit, und zufällig war es dann das. Er beschimpfte mich eine Weile und rannte dann davon. Inzwischen ist mir der Gedanke gekommen, sein Verhalten könnte bereits damals ein bißchen – ein bißchen anormal gewesen sein. Wahrscheinlich eine Einsicht, die zu spät kommt.«

»Haben Sie ihm deshalb verziehen?«

»Habe ich gesagt, ich hätte ihm verziehen?« Sie warf mit einer unnötig heftigen Bewegung ihre Zigarette weg. Sie beschrieb einen steilen Bogen über das Verandageländer und blieb glimmend im Gras liegen.

»Das haben Sie doch offensichtlich getan, Miss West. War es deshalb, weil Sie das Gefühl haben, er war, sagen wir einmal, nicht ganz Herr seiner selbst, als er Sie verließ?«

Sie bemerkte den Wechsel im Ton des Doktors vom Persönlichen zum Professionellen mit einer gewissen Erleichterung. Seine Hände hatten sie vergessen; sie waren damit beschäftigt, eine Pfeife zu stopfen. Sie zündete sich eine neue Zigarette an, bevor sie antwortete, und blies eine Rauchwolke aus, als wollte sie damit die Klarheit ihrer Gedanken verschleiern.

»Oh, er war durchaus Herr seiner selbst. Er kam seinem Dienst bei der Marine noch für ein weiteres halbes Jahr nach. Er erhielt sogar eine öffentliche Belobigung irgendwo abseits von Iwo. Mein Haupt war blutbefleckt, aber seins war ungebeugt.«

»Aber Sie haben selber angedeutet, daß sein Verhalten abnorm war.«

»Vielleicht nicht für ihn«, sagte sie schnell. »Ich wußte von Anfang an, daß er schrecklich schüchtern war. Er war schüchtern in der Liebe und vielleicht habe ich versucht, ihn zu drängen.«

»Sie müssen ihn sehr lieben.«

»Weil ich versucht habe, mich ihm an den Hals zu werfen?«

»Weil Sie so ehrlich sind«, antwortete er nüchtern. »Weil Sie mir von Ihrer Demütigung erzählen, in der Hoffnung, es könnte ihm helfen.«

»Ich scheine schlechte Behandlung sozusagen herauszufordern, wie? Glauben Sie, daß ich eine Masochistin bin?«

»Das bezweifle ich«, meinte er lächelnd, wobei seine Augen unter den dichten Brauen fast ganz verschwanden. »Aber was Ihre Theorie über seine Schüchternheit in der Liebe anbetrifft: Wie paßt die zu der orkanartigen Werbung und seiner Heirat dieses Mädchens?«

»Ich behaupte nicht, eine Theorie zu haben, Doktor. Aber vergessen Sie nicht, er ging auf eine Sauftour, nachdem er mich verlassen hatte. Vielleicht hatte der Alkohol seine Hemmungen eingelullt. Sein angeborener sexueller Trieb brach durch und stürzte sich auf das erste Objekt, das zur Hand war. Er hat sich nicht wörtlich so ausgedrückt, aber ich konnte es zwischen den Zeilen seines Briefes lesen.«

»Sie standen hinterher mit ihm im Briefwechsel?«

»Er schrieb mir einen Brief. Er kam etwa einen Monat, nachdem er San Francisco verlassen hatte, an.«

»Ich würde diesen Brief gern sehen.«

»Ich kann Ihnen den Inhalt erzählen. Bret war zu stolz, um zuzugeben, daß er sich wie ein Idiot benommen hatte, aber das war der Grundtenor. Er saß nun in dieser Ehe und tat sein Bestes, sich selber zu überzeugen, daß ihm die Sache gefiel. Aber sie gefiel ihm keineswegs. Es war eine unechte, spröde Heiterkeit in diesem Brief, die mich vollends fertigmachte. Er war so offensichtlich unglücklich und voller Reue und auf eine um Entschuldigung bittende Weise trotzig. Wenn Sie verstehen, was ich damit meine.«

»Ich glaube, ja. Einer dieser Briefe, die so schwer zu beantworten sind.«

»Ich habe gar nicht versucht, ihn zu beantworten. Er bat mich, es nicht zu tun, und so unterließ ich es. Eine Weile lang war das sehr schwer. Es war mir so sehr zur Gewohnheit geworden, ihm über alles, was ich tat und dachte, zu schreiben. Und nun gehörte er plötzlich einer anderen

Frau, und ich hörte nicht einmal mehr von ihm. Ich brach schließlich zusammen und fuhr los, um sie kennenzulernen.«

»Bis nach San Francisco?«

»Sie hatte ein Haus in Los Angeles gekauft, und ich fand ihre Adresse im Telefonbuch. Es war ein seltsames Gefühl, den Namen gedruckt zu lesen: *Mrs. Bret Taylor.*« Sie machte eine Pause und zündete sich erneut eine Zigarette an der Kippe der letzten an. Als sie weitersprach, klang ihre Stimme nicht mehr so gefühlsbetont. »Es war weniger Neugierde, als daß ich wissen mußte, was aus ihm geworden war, und sie war die einzige, die mir das sagen konnte. Er war seit beinahe vier Monaten weg, und ich hatte seit drei Monaten, seit dem Brief, von dem ich Ihnen erzählte habe, nichts mehr von ihm gehört. Ich hatte angefangen, nachts wach zu liegen. Und vermutlich wollte ich auch wissen, was es für ein Mädchen war, das er mir vorgezogen hatte.«

»Das habe ich mich auch schon gefragt.« Er begleitete das indirekte Kompliment mit einem trägen und abwägenden Blick , der von ihrem Busen über ihren Körper bis hinunter zu ihren nackten Beinen glitt.

Sie war innerlich jedoch zu sehr in Anspruch genommen, um es zu bemerken. »Ich verspürte eine Art gemeinen Triumphs, als ich das Mädchen zum erstenmal sah. Sie war hübsch – das muß ich zugestehen –, aber sie benutzte zuviel Make-up und wußte nicht, wie man sich anzieht und frisiert. Das sind triviale Dinge, aber für eine Frau, die sitzengelassen worden ist, bedeuten sie eine Menge. Sie war nicht einmal eine gute Hausfrau. Auf den Tischen und Stühlen standen benutzte Gläser und volle Aschenbecher herum. Ich sollte nicht so boshaft sein, nicht wahr? *Nil nisi bonum.*«

»Ein wenig weibliche Bosheit ist unter diesen Umständen nur natürlich.«

»Jedenfalls mußte ich für einen Augenblick scheinbaren Triumphes büßen. Sie zeigte mir das Bündel Briefe, das Bret ihr geschickt hatte, und bestand sogar darauf, daß ich einen lesen sollte. Bret hatte ihr von mir erzählt, wissen Sie, und sie war absolut entschlossen, mich leiden zu lassen. Sie war recht liebenswürdig zu mir, aber auf eine tödliche Weise. Ich wollte den Brief nicht lesen, aber leider tat ich es. Ich fühlte mich gezwungen dazu.

Es war Zeug, wie man es einem Kind schreibt, steif und beruhigend. Er war wieder auf See; er konnte ihr nicht mitteilen, wo, aber es war aufregend. Er liebte sie und freute sich auf ein Wiedersehen mit ihr. Es war quälend zu lesen, verschaffte mir aber einen gewissen Trost. Er hatte ihr in Wirklichkeit nichts zu sagen, und sie hatte weder den Verstand noch das Gespür, den Unterschied zu erkennen.«

»Sie war vermutlich ziemlich jung.« In seiner Stimme schwang ein elegischer Unterton mit, der Paula unwillkürlich verärgerte.

»Neunzehn oder zwanzig, würde ich sagen. Sie war beinahe zehn Jahre jünger als ich, und das war kein Trost für mich. Aber sie war keineswegs eine kindliche Braut. Sie tat alles, um mich wissen zu lassen, daß sie sich in der Welt auskannte. Offen gestanden, ich hatte das Gefühl, daß Bret verführt worden war.«

»Es ist ziemlich offensichtlich, daß jemand das tun mußte«, sagte Wright ruhig.

»Ich weiß. Ich versuchte es in unserer letzten gemeinsamen Nacht, aber es wurde nichts daraus. Er war unberührt, und ich war vorher schon verheiratet gewesen. Trotzdem bin ich sicher, daß er mich liebte.«

»Genau das könnte die Schwierigkeit gewesen sein. Er ist ein bißchen ein Idealist, nicht wahr?«

»Sie kennen ihn.«

»O ja, er ist ein Idealist. Schön und gut, aber wenn Idealisten zusammenbrechen – und das tun sie fast immer –, neigen sie zum entgegengesetzten Extrem. Wie diesem Mädchen, beispielsweise. Ich nehme an, sein Interesse an ihr war vorwiegend sexueller Natur. Was empfand sie ihm gegenüber?«

»Ich glaube nicht, daß sie überhaupt zu starken Empfindungen fähig war, aber ich bin voreingenommen. Sie schien stolz darauf, mit einem richtigen Marinelieutenant verheiratet zu sein und ein eigenes kleines Haus zu haben, obwohl sie nicht viel dafür tat, es in Ordnung zu halten. Sie war ein bißchen beschwipst, als ich zu ihr kam – ziemlich früh am Nachmittag. Sie bot mir eine Flasche Bier an, und ich versuchte, sie zum Reden zu bringen, aber es war mühsam. Ich bin nicht gerade eine Intelligenzbestie, aber sie hatte ein Spatzenhirn. Unser einziges gemeinsames Gebiet war das Kino.«

»Und Lieutenant Taylor?«

»Nein, nicht einmal Bret. Unsere Auffassungen von ihm waren so verschieden, daß ich einfach nicht mit ihr über ihn sprechen konnte. Jedenfalls nicht, ohne zornig zu werden, und das wollte ich auf keinen Fall. Für sie war er eine Errungenschaft, eine Geldquelle, garniert mit goldenen Tressen. Sie erwähnte zweimal, daß er ihr das Haus gekauft hatte und ihr zweihundert Dollar im Monat schickte. Trotz allem lud ich sie ein, mich ihrerseits zu besuchen, aber das tat sie niemals. Ich glaube, ich habe meine Gefühle ihr gegenüber nicht sehr gut verborgen, und sie konnte mich sicher ebenso wenig leiden wie ich sie. Mein Besuch fand etwa zwei Monate bevor sie ermordet wurde statt, und danach habe ich sie lebend nicht mehr gesehen.«

Wright klopfte mit geradezu nervender Intensität seine Pfeife an seinem einen Hacken aus. »Sie haben sie nicht mehr lebend gesehen?« fragte er mit abgewandtem Gesicht.

»Tot habe ich sie gesehen. Ich war mit Bret zusammen, als er die Leiche fand.«

Er blickte in ihr Gesicht und war bestürzt ob der Qual, die sich darin spiegelte. »O ja. Natürlich.«

»Ich habe Ihnen davon erzählt, als Sie Brets Fall übernahmen. Hoffentlich muß ich nicht noch einmal davon erzählen.«

»Dafür besteht keine Notwendigkeit«, sagte er schnell. »Es steht alles in den Unterlagen.«

»Im übrigen werde ich ohnehin noch einmal alles erzählen müssen«, sagte sie. »Ich bin heute abend mit Dr. Klifter verabredet.«

»Klifter?«

»Mit dem Psychoanalytiker. Ich habe angenommen, daß Captain Kelvie Ihnen von ihm erzählt hat. Er hat sich bereit erklärt, sich morgen mit Bret zu unterhalten – mit Ihrer Erlaubnis«, schloß sie kalt.

»Natürlich hat mir der Captain davon erzählt. Mir war nur der Name einen Augenblick lang entfallen.«

»Eine Freudsche Fehlleistung, Commander?«

»Keineswegs. Ich habe Klifters Schriften gelesen und halte sie für großartig. Aber es ist schwierig, sich an den Gedanken zu gewöhnen, daß er in Kalifornien ist. Für mich war er immer eine Art europäischer Mythos.«

»Er ist ein sehr reizender und anspruchsloser Mann«, sagte Paula. »Er hat bei einem Drehbuch, das ich umgeschrieben habe, als technischer Berater mitgewirkt – daher kenne ich ihn. Ich wäre sehr glücklich, wenn er den Fall übernehmen würde. Ich nehme an, Sie haben nichts gegen seine Unterhaltung mit Bret?«

»Keineswegs! Da Sie die Erlaubnis des Captains haben, wäre die meine ohnehin nur eine Formsache. Im übrigen bin ich froh, den Fall mit Klifter durchsprechen zu können. Ich warne Sie nur, allzuviel zu erwarten.«

»Ich erwarte sehr wenig.«

»Ich meine damit nicht, daß sich Taylor nicht erholen wird, und ich meine auch nicht, daß eine Psychoanalyse nicht nützlich sein könnte. Unsere Pentothal-Befragung ist im übrigen eine Variation psychoanalytischer Technik.«

»Das weiß ich.« Sie erhob sich, um zu gehen und hielt ihre

Handtasche wie einen Schutzschild vor ihren Körper. Sie hatte, um Bret zu gefallen, ein Wollkleid angezogen, das sich eng um ihre Schultern und ihren Busen schmiegte. »Sonst verfehle ich meinen Zug.«

»Darf ich Sie im Kombi hinbringen?«

»Danke, ein Taxi wartet auf mich.«

»Alles, was ich sagen wollte«, wiederholte er, als sie ihm die Hand hinstreckte, »ist, daß Sie nicht auf ein plötzliches Wunder hoffen sollen. Diese Dinge brauchen ihre Zeit. Nichts kann Zeit ersetzen.«

Sein letzter Satz hatte zwei Bedeutungen für sie. Diejenige, die auf dem ganzen Weg bis zum Bahnhof hin in ihr nachhallte, war genau jene, die er nicht im Sinn gehabt hatte. Die Zeit floß dahin wie ein Fluß, und sie und Bret saßen an gegenüberliegenden Ufern fest. Nichts konnte die Zeit, die bereits verflossen war, oder die Zeit, die noch verrinnen würde, ersetzen.

3

Obwohl Paula schon unzählige Male beide Bauten passiert hatte, so war sie doch immer wieder über den Kontrast zwischen dem Bahnhof von Santa Fe und dem Gebäude des Gaswerks in San Diego verblüfft. Letzteres war ein häßlicher riesiger Würfel, von in die Höhe ragenden Stahlkaminen gekrönt, die wie Kerzen auf einem Geburtstagskuchen aussahen. Auf der anderen Seite der Bahngeleise dagegen die archaische und rührselige Ungereimtheit des Bahnhofturms. Für sie waren die beiden Gebäude Symbole historischer Kräfte. Auf der einen Seite der gigantische Klotz der Stadtwerke, der tatsächlich das Leben des Staates beherrschte, auf der anderen Seite die spanische Vergangenheit, womit die kalifornische Geldaristokratie ihre Fassade verzierte.

Der glänzende metallene Stromlinienzug neben dem Bahnhofsgebäude setzte ihrer Allegorie die Krone auf. In Anwesenheit der Vergangenheit, der man nachtrauerte, wurde der häßlichen Gegenwart eine unmögliche Zukunft übergestülpt. Zwischen den Zeitformen bestand kein kontinuierlicher Zusammenhang, dachte sie. Man bewegte sich von der einen zur anderen, so wie ein Geist durch eine Wand schreitet, und setzt dabei die Realität aufs Spiel. Das makellose Innere seiner stromlinienförmigen Zukunft war mit unwirklichen Fahrgästen vollgestopft, die darauf warteten, in angemessener Form nach Los Angeles transportiert zu werden.

Sie schritt wie eine Schlafwandlerin den Bahnsteig entlang und fand den Sitzplatz, den sie im Salonwagen reserviert hatte. Doch selbst das Anrollen des Zuges, etwas, das sie eigentlich von jeher in Erregung versetzt hatte, und auch der Anblick des blauen Meeres, das sie flüchtig wahrnahm, als sie die Stadt verließen, konnte sie nicht aus diesem Zustand undefinierbarer Resignation herausreißen. Obgleich sie jetzt schon fünf Jahre in Kalifornien lebte, so hatte das Sommerwetter im Februar immer noch etwas Künstliches und Prunkhaftes an sich. Einen Himmel, der nicht lächelte, und ein graues Meer hätte sie dieser stetig scheinenden gelben Sonne und diesen glitzernden Wellen vorgezogen. Sie hatte irgendwo gehört, daß zu viel schönes Wetter die Menschen hartherzig und bequem machen konnte, und überlegte, ob an dieser Ansicht wohl was dran war.

Wenn man an einem Nachmittag wie diesem in einem Salonwagen saß und seine Umgebung beobachtete, konnte man kaum an Sünde, Wahnsinn und den Tod glauben. Diese heitere Brandung hatte nicht eben viel Ähnlichkeit mit unbarmherzig heranrollenden Schaumkronen. Aber natürlich war das eine Täuschung, und die Menschen litten in Kalifornien ebenso wie in anderen Orten der Welt – litten vielleicht sogar ein bißchen mehr, weil das Wetter nicht sehr viel Mitleid mit ihnen hatte.

Sie zwang sich zu einer völligen Leere in ihrem Kopf,

lächelte zum Zeichen des Vertrauens und betrachtete den Gürtel mit Orangenbäumen, der sich zwischen die Bahnlinie und das Meer geschoben hatte. Ein Matrose, der im Gang an ihr vorbeikam, bereit und begierig, ihr leeres Lächeln als eine persönliche Huldigung seiner Person auszulegen, blieb neben ihrem Sitzplatz stehen.

»Guten Nachmittag!« sagte er mit der Selbstsicherheit des extrem Jungen. Seine Jacke schmückte ein Doppelstreifen. »Ein wunderschöner Nachmittag, nicht wahr?«

Er stand neben ihr und begutachtete unverhohlen ihr glänzendes kupferrotes Haar, ihre sanfte Haut und die verheißungsvollen Rundungen ihres Körpers, die ihm ihr blaues Wollkleid offenbarten, so als würde er einen Gegenstand taxieren, für den er ein Angebot zu machen gedachte. Es gelang ihr nicht, böse zu sein. Sie ging auf die Dreißig zu und war niemals so schön gewesen, um selbstgefällig sein zu können. Andererseits hatte sie nicht vor, bis nach Los Angeles irgendwelchem Geschwätz zu lauschen.

»Verdufte, Schwabberer!« zischte sie rauh. »Mein Mann ist Offizier.«

»Aber natürlich, natürlich.« Er stupste seine weiße Mütze vor bis auf den Nasenrücken und sagte noch, bevor er davonschlenderte: »Nicht böse sein, bitte!«

Sie wandte sich wieder den Orangenhainen zu, die an ihr vorbeirauschten, gleich einem dunkelgrünen Fluß, auf dem Tausende winziger Orangen benommen dahintrieben. Ihre Lüge beunruhigte sie, und zwar nicht, weil es eine Lüge war, sondern weil sie Bret Taylor als ihren Ehemann ausgegeben hatte. Er war es nicht, und sie befürchtete, daß er es auch niemals sein würde. Er hatte sie damals in San Francisco mit eindeutigen Redewendungen abblitzen lassen; und wenn sie irgendwelchen Stolz gehabt hätte, so hätte sie aufgegeben, als er das andere Mädchen heiratete. Und doch war sie hier, nur zwei Jahre später, und hängte sich nach wie vor an seine Fersen, und sie begann sogar schon Fremden im Zug zu erzählen, daß sie seine Frau sei. Sie würde achtgeben müssen auf sich, oder sie lief schließlich noch herum und gab alle möglichen überspannten Behauptungen von sich, wie die alte Frau in Monterey, die vorgab, Maria, die Muttergottes, zu sein.

Ihre eigentliche Verwirrung entsprang jedoch einer tieferen Quelle. Ihr Herz war in den zweieinhalb Jahren, seit sie Bret Taylor kannte, von heftigen, elementaren Stößen erschüttert worden, die einem Erdbeben gleichkamen. Sie mußte sich eingestehen, daß sie verflixt weiblich zu empfinden begann, so weiblich und irrational wie eine von D. H. Lawrences *Fräuleins*. Sie wünschte sich einen Mann und sie wünschte sich ein Kind. Doch erschien es ihr auch ein wenig lächerlich, die alte Jungfer Rachel zu spielen und über ihre ungeborenen Kinder zu weinen. Schließlich war sie schon mal verheiratet gewesen und wußte Bescheid; und was sie wußte, war größtenteils entmutigend. Aber vielleicht zählte eine Ehe wie jene nicht. Sie hatte sich eigentlich erst Jahre nachdem Pangborn aus ihrem Leben davongetrieben, mit einem Sektquirl vergnügt einen goldenen Fluß aus Highballs heruntergepaddelt war, wirklich wie eine Frau zu fühlen begonnen. Jack Pangborn, der König des »Golden River«, war nie was für sie gewesen. Nein, diese Ehe zählte nicht.

Du hast wirklich eine raffinierte Art, dir das Passende auszusuchen, sagte sie spöttisch zu sich selber. Deine erste Wahl fiel – damals in der Highschool – auf einen jugendlichen Adonis mit einem Intelligenzquotienten von 85 und blendenden Zukunftsaussichten als Angestellter in einer Zweigniederlassung. Dann verknalltest du dich mehrfach in ältere Männer – Männer, die du reformieren wolltest. Schließlich folgtest du den Geboten des gesunden Menschenverstandes und ließest dich auf romantische Gefühle zu einem liebenswürdigen Trunksüchtigen ein, der sich die Hälfte der Zeit nicht an deinen richtigen Namen erinnern konnte und dich mit Mabel, Gertie oder Flo anredete, wie es ihm gerade in den Sinn kam.

Als Pangborn aus deiner Reichweite trieb und du ihn schließlich nicht den Rest deines Lebens weiter unterstützen konntest, so gern du das auch getan hättest, hast du mehrere Jahre hindurch dein gebrochenes Herz gehätschelt. Oder war es nur ein in die Brüche gegangener Mutterkomplex? Was es auch gewesen war, wegen dieses Kummers in deinem Leben hattest du dich ziemlich lange von Männern ferngehalten. Und inzwischen kletterte dein Honorar von hundert auf siebenhundertfünfzig die Woche, denn es gibt nichts Besseres als einen zerbrochenen Mutterkomplex – oder ein gebrochenes Herz –, um ein Mädchen Geld verdienen zu lassen.

Und eines Tages schlossest du, die du so raffiniert auszuwählen verstandest, fest beide Augen, schicktest ein kurzes Stoßgebet zu Aphrodite und griffst erneut in den Glücksbeutel. Was dabei herauskam, war Lieutenant Taylor. Eine Weile lang machte er sich recht gut, so gut, daß du sogar an der absoluten Unfähigkeit deines Urteilsvermögens zu zweifeln begannst. Aber am Ende hatte alles wieder seine Richtigkeit, als er dich in San Francisco sitzenließ und dir erneut dein Herz, oder was immer es war, ein für allemal brach. Aber das reichte noch nicht. Du brauchtest noch etwas, was dich im Zustand des Unglücklichseins, an den du dich so gewöhnt hattest, hielt. Also heiratete er ein anderes Mädchen, nur um diesem Zustand Dauer zu verleihen. Dann verschwand er auf dem Pazifischen Ozean. Sein Schiff wurde bombardiert, und er kam zurück und verlor den Verstand. Aber selbst das war dann noch nicht genug. Doch diese zusätzlichen Dinge waren ein wenig zu entsetzlich, um in diesem Augenblick darüber nachzudenken, wo sie ohnehin noch von der Begegnung im Krankenhaus deprimiert war. Es würde noch ausreichend Zeit sein, darüber nachzudenken, sobald sie Dr. Klifter traf.

Wie um Himmels willen, konnte ein Mädchen so weit kommen? Sie hatte ein paarmal gründlich danebengegriffen, aber sie war schließlich keine Seelenmasochistin, die in herabwürdigende Abweisungen verliebt war und noch die

Hände küßte, die ihr den entscheidenden Schlag versetzt hatten. Es stimmte, er hatte sie abfahren lassen, und sie war wiedergekommen, hatte noch nicht genug gehabt, aber nur, weil er sie brauchte. Er brauchte jemanden, das stand fest, und sie hatte sich zu diesem Jemand ernannt. Aber es stimmte nicht, daß sie ihn liebte, weil er sie brauchte. Als sie sich in ihn verliebt hatte, ein für allemal, hatte er sie keineswegs gebraucht. Niemals hatte sie einen Mann getroffen, der selbständiger und unabhängiger gewesen wäre, und trotzdem hatte sie sich nicht aufhalten lassen und sich in ihn verliebt. Das war damals im Spätherbst 1943 gewesen, als sich im Krieg eine Wende abzuzeichnen begann und die Menschen nur noch eine Sorge hatten: ihn zu gewinnen. Es war wirklich ziemlich ergreifend, wie simpel einem so weltbewegende Sachen wie die Liebe und der Krieg erschienen, bis man anfing, sich näher auf sie einzulassen.

Sie war zum Wochenende nach La Jolla gefahren – San Diego und Umgebung schienen übrigens zum Ithaka ihrer Affäre geworden zu sein – und hatte ihn dort auf einer Party kennengelernt. Es war keine sehr geglückte Party gewesen. Bill und Bella Levy waren allzu sorglos und informell und allzusehr ineinander verliebt, um eine wirklich gute Party geben zu können. Sie begnügten sich damit, einen durcheinandergewürfelten Haufen menschlicher Wesen in dem großen Studio, in dem eine Musiktruhe und eine Kiste Alkohol standen, zusammenzupferchen und sich selbst zu überlassen. Sam Slovell war an jenem Abend zu Gast und so betrunken, daß er auf der elektrischen Orgel Boogie-Woogie spielte.

Ein Glas in der einen und eine Zigarette in der anderen Hand, war sie irgendwann im Raum herumgegangen und hatte Bills abstrakte und Bellas naive Bilder betrachtet. Sie erschufen männliche und weibliche Wesen, ohne groß darauf zu achten, wer was war, dachte sie. Gleich darauf war ein junger Mann in marineblauer Uniform zu ihr getreten. Er war der einzige anwesende Soldat gewesen, und sie hatte ihn schon früher am Abend bemerkt. Ohne sich genötigt zu fühlen, etwas damit anzufangen, hatte sie festgestellt, daß er einsam und fehl am Platz wirkte. Dann forderte er sie zum Tanzen auf, und sie hob die Arme, damit er die seinen um sie legen konnte. Er tanzte recht gut, obwohl er so aussah, als würde er es nicht können; und sie war sehr zufrieden mit sich, weil sie nach Stunden mäßigen Trinkens noch immer mit einem Glas in der Hand tanzen konnte, ohne einen Tropfen zu verschütten.

»Sie haben eine ruhige Hand«, sagte er, als die Musik eine Pause machte.

Sie leerte ihr Glas und stellte es auf einen Tisch. »Im Vertrauen gesagt, ich werde von unsichtbaren Drähten gesteuert.«

Er lachte pflichtschuldigst und eigentlich unnötigerweise. »Darf ich Ihnen noch etwas zu trinken holen?«

»Nein, danke. Wie die Hälfte aller Säufer dieser Welt, trinke ich nur in Gesellschaft. Aber holen Sie sich selber etwas.«

»Ich trinke nicht.«

Sie glaubte aus seinem Ton eine Spur provinzieller Selbstgerechtigkeit herauszuhören, was den Wunsch in ihr erweckte, ihn in Verlegenheit zu bringen. »Ach, wie ungewöhnlich! Ich dachte, alle Marineangehörigen gießen das Zeug nur so hinunter!«

Anstatt zu erröten, lächelte er, und sie bemerkte mit einiger Überraschung, daß er keinesfalls ein langweiliger Mensch war. »Das Trinken fördert meine paranoische Ader zutage, deshalb habe ich es aufgegeben. Ich heiße übrigens Taylor.«

»Ich heiße West.« Sie entfernte eine alte angetrocknete Palette von einer Bank, und sie setzten sich. »Ich nehme an, daß man Ihnen, als Sie zur Marine gingen, den Vornamen weggenommen und Ihnen dafür eine Nummer gegeben hat?«

»Ich heiße Bret.«

»Und ich Paula.«

»Ich weiß.«

»Wirklich? Ich dachte, Drehbuchautoren seien praktisch anonym.« Verdammt! sagte sie sofort zu sich selber. Das mußte ich natürlich mit anbringen. Ich kann doch niemals einer Gelegenheit zu protzen widerstehen.

»Ich wußte nicht, daß Sie schreiben. Ich fragte Bill vor einer Stunde, wie Sie heißen – sobald ich Sie gesehen hatte.«

»Warum?« Bei jeder anderen Frau wäre das eine Aufforderung zu weiteren Schmeicheleien gewesen, nicht so bei ihr. Sie wollte es schlicht wissen.

Er nahm sie beim Wort: »Weil Sie ehrlich aussehen. Ich will nicht bestreiten, daß Sie das nötige Etwas haben –«

»Sagten Sie vielleicht, Sie hießen Diogenes? Lieutenant Diogenes?« Sie war zwar geschmeichelt, aber zugleich ein wenig irritiert.

»Sie haben mich gefragt«, sagte er unbehaglich. »Ich dachte, es wäre zur Abwechslung einmal nett, mit einer ehrlichen Frau zu reden. Eigentlich habe ich mich seit einem Jahr mit keiner Frau mehr unterhalten.«

Er saß in ungeschickter und verlegener Haltung da, die Hände auf den Knien. Es waren dünne, braune Hände, die von angespannten Sehnen und von Adern durchzogen waren, die sich wiederum in kleinen blauen Nebenlinien verzweigten; wie auf einer Höhenlinienkarte eines Landes, das sie nicht kannte.

»Ist das ein seltsames Gefühl?«

»Das ganze Land erscheint mir seltsam. Es trifft einen wie ein Schlag, wenn man nach einiger Zeit auf See in die zivilisierte Gesellschaft zurückkehrt. Die Leute scheinen ausschließlich an sich selber zu denken.«

Sie dachte an die Anzahl der Wertpapiere, die sie gekauft, und die Mengen an Blut, die sie gespendet hatte, und wünschte sich, besser dazustehen. »Ist das auf See anders?« sagte sie im Ton der Verteidigung.

»Vielleicht nicht so sehr. Wir haben unsere Eigengruppen und unsere Fremdgruppen. Es gibt ganz schön viel Antisemitismus, vor allem unter den Offizieren, und natürlich werden die Neger an Bord gesondert behandelt. Aber außerdem gibt es da noch etwas anderes, das allumfassende Gefühl der Zugehörigkeit zum Schiff, das über allem anderen steht. Langweile ich Sie zu Tode?«
»Nein. Aber ich wette, Sie sind im zivilen Leben Soziologe.«
»Nein. Ich habe Geschichte und Jura studiert.«
»Dann sind Sie in Washington gewesen?«
»Ich war für eine Weile ein kleines Licht im State Department. Merkt man mir das so an?«
»Jeder, der nach Washington geht, kommt so ernst zurück.«
»Sie überschätzen mich«, antwortete er ein wenig verdrossen. »Ich bin immer ernst gewesen. Vermutlich ist das seit dem Krieg schlimmer geworden.«
»Waren Sie diesmal lange draußen?«
»Es reicht. Ein gutes Jahr. Kein Grund zur Beschwerde. Aber es erweckt in einem irgendwie ein hölzernes Gefühl.«

Sie hatte bemerkt, daß sein Gesicht etwas Hölzernes an sich hatte. Es war eine magere, braune Maske, so als ob der Krieg es in eine starre Form gepreßt und die pazifische Sonne es ausgetrocknet und gebacken hätte. Jeder Knochen und jeder Muskel hob sich deutlich unter der straffen Haut ab, aber der Sinn des Lebens wurde nur in seinen Augen erkennbar. Ihr Blick war hart und unergründlich, und die Augen waren dunkelblau gefärbt von der Uniform, die er trug.

Seine Blicke folgten den Paaren, die sich noch von der Musik gefangengenommen, drehten. »Die Rückkehr in die Staaten ist das, was einen wirklich deprimiert. Wenn man eine Weile draußen gewesen ist, ist man bereit, seine Seele für zwei Wochen Heimaturlaub zu verschachern. Man ertappt sich dabei, wie man sich heimlich wünscht, die Motoren gingen kaputt, so daß man zur Reparatur heimkehren muß. Das war es im übrigen, was dann passiert ist.«

»Sie haben zwei Wochen Urlaub?«

»Drei. Jetzt noch neunzehn Tage. Aber nun, wo ich hier bin, gefällt es mir nicht.«

Dies trug die Merkmale einer direkten Beleidigung, und sie konnte eine gewisse Schärfe in ihrer Stimme nicht unterdrücken. »Was gefällt Ihnen nicht?«

»Die Zivilisten, glaube ich. Es ist noch nicht so lange her, daß ich selber einer war. Aber jetzt scheinen sie mir so verdammt oberflächlich. Sie vergessen dabei nicht, für sich selber zu sorgen.«

»Ich nehme an, Sie empfinden mich als oberflächlich?«

»Natürlich sind Sie oberflächlich. Sie haben gesagt, Sie schreiben Filmdrehbücher. Nicht wahr?«

»Ich versuche, so gute zu schreiben, wie ich kann.«

»Haben Sie je eins geschrieben, in dem sich nicht zwei Trottel um den permanenten Besitz zweier falscher Brüste streiten? Haben Sie je einen Film gesehen, in dem das nicht so war?«

»Sie haben noch nicht viele Filme gesehen, oder?« Sie versuchte mühsam, die Überlegene zu spielen, konnte aber nicht den Ärger aus ihrer Stimme verbannen. »Sie haben, zum Beispiel, sicher nie etwas von der ›Großen Illusion‹ gehört, oder?«

»Niemals«, gab er vergnügt zu. »Aber ich habe genug Filme gesehen – zu viele. Wir haben jeden Abend einen auf dem Schiff gezeigt. Selbst im Pazifik kommt man nicht von Hollywood los. Es überzieht die Weltkugel wie mit einer dünnen Farbschicht.«

Langsam hatte sie sich wieder unter Kontrolle und war in der Lage, vernünftig zu reflektieren. Wie fast jeder, der dem Range nach unter dem Produzenten stand, hatte sie Hollywood gegenüber eine überaus kritische Einstellung eingenommen. Über den Job zu meckern, war unter den Autoren geradezu eine Berufskrankheit (bei den Produzenten waren es die Magengeschwüre). Aber es war ein bißchen zu spät, ihm zu sagen, daß er ihr die Worte aus dem Mund genommen hatte.

»Sie kommen vermutlich nicht ohne Ihre tägliche giftige Bemerkung über Hollywood aus«, sagte Paula eher kühl. »Alle Intellektuellen verspüren dieses Bedürfnis, genauso wie die Pfadfinder sich zu ihrer täglichen guten Tat verpflichtet fühlen.«

»Man braucht kein Intellektueller zu sein, um von der allgemeinen ›Mistigkeit‹ die Nase voll zu haben.«

»Und ich scheine von dieser ›Mistigkeit‹ ein wesentlicher Bestandteil zu sein?«

»Warum müssen Sie denn alles so persönlich sehen?«

»Etwas anderes kann ich in Ihrer Bemerkung nicht sehen«, zirpte sie ironisch. »Allgemeine Überlegungen sind für einen oberflächlichen Hohlkopf wie mich schrecklich verwirrend.«

»Das hat Sie aber getroffen, stimmt's?« Er stand unerwartet auf und griff nach ihrer Hand. »Kommen Sie, wir gehen von hier weg. Es dauert gut eine Stunde, bis man die Grenzen des Boogie-Woogie erforscht hat.«

»Sie sind schon verteufelt eigensinnig«, sagte sie. Aber sie erhob sich gehorsam und folgte ihm aus dem Raum.

Die Betonstufen, die vom Atelier zum Meer hinabführten, waren steil, und zudem waren es hundertfünfzig. Paula schwieg, während sie sie hinabstiegen, und konzentrierte sich auf ihre hochhackigen Absätze. Als sie ein gutes Stück hinuntergestiegen waren, stolperte sie und hielt sich automatisch an seinem Arm fest. Und sie strauchelte noch einmal, bevor sie unten ankamen, und da spürte sie, wie sich seine Muskeln unter ihrem Griff anspannten und hart wie Stahl wurden. Das rief ein sonderbares Gefühl in ihr wach, ja, ein ziemlich erschreckendes, das ihre Fantasie in ein Bild von dem Körper unter der blauen Uniform umsetzte; es war ein Körper, der von den Strapazen gezeichnet, vom Wind ausgemergelt und von der Sonne blankpoliert war, und nur ein Feigenblatt bewahrte ihre Sinne vor seinen bronzefarbenen Lenden.

Sie war froh, als sich das Meer vor ihnen erstreckte, und ließ ihre Seele sich mit ausdehnen unter dem klaren Sternenhimmel. Sie gingen den dunklen Pfad entlang auf ihr Hotel zu. Die Flut war hereingekommen und mit ihr eine starke Brandung, die einsam in den tiefen Buchten brüllte und mit weißen Eisbären aus Schaum auf die Felsen einschlug. Es hatte etwas Wildes und Erschreckendes für sie, wie die Paarung von Pferden. Sie schauderte ein wenig, obgleich sie einen warmen Mantel anhatte, als ob das Meer sie dort, wo sie stand, erreichen könnte.

Sie konnte diese passive Angst nicht ertragen. Tief in ihrem Herzen war sie eine Animistin, die glaubte, daß die Seele sich ihrer bewußt war und sie persönlich bedrohte. Sie trat über die niedrige Mauer neben dem Weg, wagte sich auf einen der schlüpfrigen Felsen hinaus, so daß sie knapp außer Reichweite der Gischt war, und blieb dort stehen, die wirkungslosen Wellen auslachend.

Er kam hinter ihr her und rief: »Sie sind wohl verrückt! Mit diesen Absätzen!«

Sie drehte sich um und lachte auch ihn an. Ein Gischtstrahl schoß empor und bespritzte ihre Beine, aber sie lachte weiter.

Er umschlang sie mit beiden Armen und zog sie vom Rand des Felsens weg.

»Rechnen Sie nicht allzu fest mit diesen unsichtbaren Drähten! Sie sind doch nicht etwa betrunken, oder?«

»Ich fühle mich einfach wohl. Ich habe ihm gezeigt, daß ich keine Angst habe.«

»Wem?«

»Dem Meer.« Sie lachte ihm ins Gesicht.

Seine Umarmung war rauh und ungeschickt, als unterzöge er sich unwillig einer Pflicht; aber nach Jahren in Hollywood legte sie keinen Wert auf Männer, die sich bei solchen

Gelegenheiten als gewandte Experten gaben. Sie hielt ihm ihr Gesicht entgegen, damit er sie küssen konnte, wenn er das wollte. Als er die Gelegenheit ungenutzt verstreichen ließ, fühlte sie sich wie ein Flittchen, und ihr Hochgefühl wich Ärger.

»Sie gehen besser nach Hause und nehmen ein heißes Bad«, sagte er.

»Vermutlich.«

Sie haßte ihn während des ganzen Rückwegs zum Hotel inbrünstig. Aber als er sie in der letztmöglichen Minute, bevor sie sich verabschiedeten, bat, sich am nächsten Tag wieder mit ihm zu treffen, war sie auf unvernünftige Weise dankbar.

Es war ein warmer Tag, ein wolkenloser und strahlender, und sie gingen in Badeanzügen zur Bucht hinunter. In jeder anderen Gesellschaft wäre Paula die erste im Wasser gewesen, aber heute brauchte sie überhaupt nicht hineinzugehen. Sie hatte einen Mann bei sich, der die Herausforderung für sie annahm, einen Mann, der ihren Konkurrenztrieb einschläferte. Sie legte sich in den heißen Sand wie irgendeine sanfte kleine Frau und sah zu, wie er sich in die Wogen warf und auf ihnen herausritt. Er schwamm gut, und das gefiel ihr. Intelligenz war gut bei einem Mann, ja sogar unerläßlich, aber ein paar zusätzliche Dinge schätzte man doch. Breite Schultern, zum Beispiel, und die Fähigkeit, unter Wasser zu schwimmen.

Der braune Mann in den Wellen sah heute viel jünger aus, jünger und freier im Wasser, als ob dies sein Element wäre. Er spielte herum wie ein junges Tier, bis er müde war und sich von einer Welle auf den Strand tragen ließ. Er stolperte den Hang zu ihr empor, schwer atmend.

»Ich wette, es ist kalt.«

»Nicht so kalt, wenn man in Bewegung bleibt.« Er stand auf einem Bein und warf das andere seitlich hoch, sich das Wasser aus den Ohren schüttelnd.

»Haben Sie das Meer niemals satt – nachdem Sie so lange darauf gefahren sind?«

»Es kommt darauf an, von welchem Meer Sie sprechen.« Er setzte sich in den Sand und streckte sich dann neben ihr aus. »Es gibt zwei Sorten von Meer, und sie sind so verschieden wie Tag und Nacht. Das Meer, das dem Land begegnet, und das Meer, das für sich allein ist. Wo sie zusammenkommen, entzünden sie sich sozusagen aneinander und schaffen etwas, das besser ist als nur das Land oder nur das Meer. Eine Küste kann ich nie satt bekommen.« Er machte eine Pause und holte tief Luft. »Aber wenn Sie mitten auf dem Ozean sind und seit Wochen nichts anderes gesehen haben, ist es so langweilig, wie nur irgendwas – wie eine Farm in der Prärie oder eine Knaben-Vorschule inmitten einer Wüste.«

»›Es war Mitternacht auf dem Ozean‹«, zitierte sie. »›Kein Straßenbahnwagen war in Sicht.‹«

»Stimmt. Es hat mir mächtig Spaß gemacht, auf den Ozean zu starren und ganz woanders zu sein. Auch wenn ich nicht allzuviel von ihm zu sehen bekomme, wenn ich zur See fahre.«

»Ich hatte geglaubt, Marineoffiziere würden bei jedem Wind und Wetter auf der Brücke stehen und kritisch den sich dunkler färbenden Horizont nach einem feindlichen Schiff absuchen.«

»Die Offiziere vom Tagesdienst stehen auf der Brücke, das stimmt, aber wir haben nie ein feindliches Schiff gesehen. Unsere Flugzeuge übernehmen die Auskundschaftung für uns.«

»Ich habe nicht gewußt, daß Sie auf einem Flugzeugträger waren.«

»Einem Geleitflugzeugträger. Ich bin Abwehroffizier der Luftwaffe. Meine Aufgabe ist es, die Flugzeuge im Auge zu behalten.«

»Ist das schwer?«

»Meistens ist es ziemlich einfach, aber während des Gefechts ist es nicht nur schwer, sondern unmöglich. Die Instrumente sind noch nicht perfekt, und Übungen finden nie statt, so daß von Zeit zu Zeit das Nachrichtennetz total zusammenbricht – und genau dann, wenn wir es am nötigsten brauchen. Ich will gar nicht versuchen, es zu beschreiben.«

»Ich kann's mir schon denken. Es muß nett sein, wenn man zur Abwechslung einmal heimfährt –« Dann fiel ihr ein, was er über seine Enttäuschung gesagt hatte, und sie fügte schnell hinzu: »Sagten Sie, Sie hätten drei Wochen Urlaub?«

»Jetzt noch achtzehn Tage.«

»Wollen Sie hierbleiben?«

»Ich glaube, ja. Ich wüßte keinen besseren Ort.«

»Haben Sie keine Familie, zu der Sie fahren können?«

»Nein. Meine Eltern sind beide seit langer Zeit tot. Die meisten meiner Freunde leben in Washington, aber ich habe im Augenblick keine große Lust, nach Washington zu gehen.«

Sie hatte bereits ganz schamlos begonnen, Pläne zu schmieden. Es gab keinen triftigen Grund, warum sie ihren Urlaub nicht jetzt nehmen sollte. Selbst wenn sie die Korrektur, über der sie gerade saß, beendete, so würde ihr Produzent erst in Monaten Zeit haben, mit der Produktion zu beginnen, da er im Moment mit anderen Dingen beschäftigt war. Im Grunde hatte sie ohnehin schon mehr oder weniger vorgehabt, ihre Ferien in La Jolla zu verbringen. Mehr denn irgendwo anders entzündeten sich hier das Meer und das Land aneinander, wie er gesagt hatte, und erschufen ein neues Element unter der Sonne.

Er hatte sich auf die Ellbogen aufgestützt und blickte auf ihr Gesicht herab. »Wohnen Sie hier?«

»Nein, aber ich bleibe diesen Monat hier.«

»Sie leben vermutlich in Hollywood?«

»In den letzten paar Jahren, ja.«

»Ich hätte nicht gedacht, daß Sie der Hollywood-Typ sind.«

»Hollywood ist voll fremdartiger Charaktere.«

»Das habe ich nicht gemeint. Sie sind keineswegs fremdartig.«

Sie lächelte zu ihm empor. »Es geht mir recht gut dort.«

»Ich weiß. Das kann man an Ihren Kleidern sehen. Aber es gibt andere Möglichkeiten, es sich gutgehen zu lassen.«

»Welche? Küche und Kinder?«

»Vielleicht.«

»Ich habe es damit versucht.«

»Mit Kindern?«

»Nein, nicht mit Kindern. Aber ich war eine Zeitlang verheiratet. Das ist schon ziemlich lange her. Es klappte nicht.«

»Oh!« sagte er.

Sie nahm ihren Vorteil wahr. »Ich habe auch mein gerütteltes Maß an einfachem Leben und erhabenen Gedanken hinter mich gebracht. Ich arbeitete für die *Detroit Free Press*, um mir mein Brot und meine Butter zu verdienen, und schrieb zum Wohle der Kunst in nicht so verbreiteten Zeitschriften. Dann lernte ich einen Agenten kennen, der sich anbot, mich an Hollywood zu verkaufen, und ich ließ ihn mich verkaufen. Ich hatte das Leben in einem Einzimmerappartement und das Strümpfestopfen nach Mitternacht satt. Jetzt werfe ich sie einfach weg oder habe es jedenfalls vor dem Krieg getan.«

»Strümpfe oder Dollarscheine?«

»*Fünf*dollarscheine.«

Das brachte ihn für eine Weile zum Schweigen. »Ich glaube, mein Ton moralischer Entrüstung ärgert sie«, sagte er schließlich.

»Ich glaube, ja. Ich muß mich immer wieder fragen, woher Sie ihn haben. Sie haben doch nicht Theologie studiert. Oder?«

»Nein.« Er fügte überraschend hinzu: »Aber mein Vater hat es. Er hat jedoch sein Studium niemals beendet. Er verlor seinen Glauben und wurde Philosophieprofessor, anstatt

Pfarrer. Seine religiösen Emotionen verwandelten sich in eine Leidenschaft für die Moral. Er war von moralischen Vorstellungen besessen, zumindest, nachdem meine Mutter gestorben war.«

»Wie alt waren Sie, als sie starb?« Sie wurde bereits von dem typischsten Symptom der Liebenden infiziert, von dem unerfüllbarsten Wunsch, nämlich dem Wunsch, all seine Erinnerungen zu teilen, ihn von Anfang an gekannt zu haben. »Sehr jung?«

»Ich glaube, ich war vier – vier oder fünf.«

»Das ist schrecklich. Woran starb sie?«

Seine Miene wurde ausdruckslos. Nach dem Schweigen antwortete er: »Ich weiß es nicht.«

»Aber hat Ihnen das Ihr Vater nicht erzählt?«

»Nein«, sagte er kurz. »Er war ein seltsamer Mann, schrecklich scheu und verschlossen. Ich glaube, er wäre am besten Mönch geworden.«

»Wie sah er aus?« fragte Paula. »Ich glaube nicht, daß ich ihn gemocht hätte.«

»Nein. Er hätte Sie auch nicht gemocht. Haben Sie je ein Bild von Matthew Arnold gesehen? So sah er aus. Ein langes feierliches Gesicht, intelligent aussehend, aber zu düster und irgendwie unglücklich. Er war kein glücklicher Mann.«

»Sie müssen froh gewesen sein, von ihm wegzukommen.«

»Es war nicht einfach. Selbst nach seinem Tod war ich noch unter seiner Fuchtel. Ich war damals an der Universität von Chicago und versuchte, über die Stränge zu schlagen; aber mein Herz war nicht bei der Sache. Damals fand ich heraus, daß ich nicht trinken konnte.«

»Was geschah?« Sie ließ ihre Frage so beiläufig wie möglich klingen, aber innerlich war sie voll atemloser Wißbegierde.

»Ich betrank mich ein paarmal, aber dann wollte ich jedesmal raufen. Ich hatte fünfzehn Jahre lang Aggressionen aufgespeichert, und in den Bars kam alles zum Vorschein.

Das ist vermutlich kein schlechterer Ort für Aggressivität als irgendein anderer.«

»Aggressivität gegen ihn, meinen Sie? Haben Sie Ihren Vater gehaßt?«

»Ich habe es vor mir selber nie zugegeben, aber wahrscheinlich war es so. Lange Zeit hatte ich sogar davor Angst, etwas zu denken, was er mißbilligen könnte. Er hat mich niemals angerührt, aber er impfte mir Furcht vor Gott ein. Natürlich liebte ich ihn auch. Klingt das sehr kompliziert?«

»Ja, aber es ist nicht komplizierter als die Art, wie die meisten Dinge sich ereignen.« Sie dachte an ihren eigenen Vater, der das Gegenteil von Brets gewesen war, ein leichtlebiger, hart trinkender Handlungsreisender, dessen Besuche zu Hause seltener und seltener geworden waren und schließlich ganz aufgehört hatten. Sie hatte damit angefangen, ihn zu verabscheuen, aber alles, was sie bei der Erinnerung an ihn jetzt noch empfand, war liebevolle Toleranz. Toleranz war das gewesen, was sie lange Zeit hauptsächlich für andere empfunden hatte – bis jetzt.

Um vier Uhr nachmittags entzog eine plötzliche Kühle der Sonne die wärmende Kraft und trieb sie zum Hotel zurück. Aber nach dem Abendessen kehrten sie wieder zum Meer zurück, als ob sie beide heimlich erkannt hätten, daß dies der Katalysator ihrer Begegnung war. Im Dunkeln unter einer Palme neben dem öffentlichen Weg küßte er sie zum erstenmal, wobei er sich ihr mit solch plötzlicher Heftigkeit zuwandte, daß sie sich überrumpelt fühlte. Es lag etwas ergreifend Reizloses in seinem Kuß, als ob die tropische Sonne alle Vitalität in ihm ausgetrocknet hätte, und er hielt sie so kurz umfaßt, daß es von ihrer Seite zu keinerlei Reaktion kommen konnte.

Die physische Unzulänglichkeit seines Kusses spielte im Grunde keine Rolle. Aus ihrem Kontakt mit ihm im Angesicht des Meeres war bereits ein neues Element entstanden.

Das Geräusch der Brandung war voller Echos, und die Nacht war größer denn je zuvor.

Weil er von weither gekommen war, von einem unvorstellbaren Ort, wo Flugzeuge von den Decks der Flugzeugträger aufstiegen und Nachrichtennetze zusammenbrachen, hatte sie die lebhafte Vorstellung, daß sich jenseits ihres begrenzten Blickfeldes der Ozean weithin erstreckte, sich hinab in die Dunkelheit wölbte unter den ungewissen Horizont, hin zu militärischen Inseln und umstrittenen Gewässern, wo der Krieg ausgetragen wurde. Sie war von einer Erkenntnis erfüllt, die sie nie mehr verlassen sollte –, daß sie am Rand einer nebelhaften Unendlichkeit stand, aus der alles und jedes zu ihr emportauchen mochte: Schmerz, Ekstase oder der Tod. Und nichts davon war ihr fremd.

4

Theodor Klifter beobachtete sie, während sie redete, wobei er gelegentlich seinen so beruhigend wirkenden Bart streichelte. Diesen Bart hatte er unfreiwillig in einer Periode wachsen lassen, in der er keinen Zugang zu Rasiersachen gehabt hatte – es kränkte seine SS-Wächter in ihrer Berufsehre, wenn sich ihre Opfer die Kehle durchschnitten –, und er hatte ihn als Schutz für die untere Hälfte seines Gesichts beibehalten. Die obere Hälfte war durch eine dicke Brille abgeschirmt, die ihr Erscheinungsbild vergrößerte und es leicht verschwommen aussehen ließ, so als würde sich zwischen ihnen eine Glaswand befinden.

Die Bewunderung, die er für Paula empfand, war nicht ganz ohne Kritik, obwohl er wußte, daß er bei großen Frauen mit langem braunem Haar – das wie das Haar seiner Mutter war, das er als Kind abends hatte bürsten dürfen – zu besonderen Zugeständnissen bereit war. Paula war nicht ungewöhnlich intelligent, wie er das bei Frauen schätzte, und es gab einen scharfen und irritierenden Kontrast zwischen der äußerlich nüchternen Unterhaltung und ihrer starken Neigung zu emotioneller Weiblichkeit. Aber sie war ehrlich und sich ihrer selbst bewußt. Sie wußte, was sie wollte, und hatte die innere Stabilität, darauf zu warten. Sie war einer großen Leidenschaft fähig, ohne in moralische Trivialitäten oder romantische Feierlichkeit zu verfallen. Obwohl anderer Leute Liebespartner zu den alltäglichsten Problemen seines Daseins gehörten, konnte er nicht umhin, sich für den Mann zu interessieren, der eine solche Liebe einer solchen Frau gewonnen hatte.

Ihr ruhiges Gesicht zeigte Spuren des harten Tages, den sie hinter sich hatte, aber sobald sie, einen Drink vor sich, in seinem Wohnzimmer saß, hatte sie sich in ihre Geschichte hineingestürzt. Er ließ sie reden, denn er begriff, daß sie all ihren Mut gesammelt hatte, um zu diesem Punkt zu kommen, und er wollte ihr keine Zeit lassen, ihn wieder zu verlieren.

»Sie wissen bereits, daß er im letzten April, als sein Schiff bombardiert wurde, einen schweren Schock erlitt? Es war einer dieser Kamikaze-Flieger gewesen, welche die Japaner in den letzten Kriegsmonaten so häufig eingesetzt hatten. Sehr viele von Brets Kameraden wurden getötet, und er selber erlitt ziemlich schwere Brandwunden und wurde ins Wasser geschleudert. Er wurde von einem speziellen Rettungsboot herausgefischt und per Flugzeug nach Guam gebracht. Im dortigen Marinelazarett erholte er sich wieder. Ich wußte nichts von alledem zu jener Zeit, aber seine Frau hörte von ihm.

Als er vier Wochen auf Guam gewesen war, kamen die Ärzte zu dem Schluß, er wäre in der Lage, auf Genesungsurlaub nach Hause zurückzukehren. Seine Brandwunden waren abgeheilt, und es gab keine Anzeichen für eine seelische Störung, zumindest ging nichts dergleichen aus der Krankengeschichte hervor. Er landete nach einem Nachtflug von Hawaii in San Francisco, und nach einer kurzen bürokratisch bedingten Verzögerung erwischte er einen Zug nach Los Angeles. Er kam um neun Uhr dreißig abends nach Hause, und seine Frau war nicht da.«

»Wo war sie?«

»Sie war in einer Bar in der Stadt. Der Barkeeper kannte sie flüchtig und erzählte am nächsten Tag der Polizei, daß sie dagewesen war. Sie wußte nicht, wann Bret kommen würde. Verstehen Sie? Er konnte nicht mit Sicherheit sagen, wann er von Guam aus ein Flugzeug erwischen würde, und selbst wenn er es gewußt hätte, hätte er ihr das wegen der Zensur nicht mitteilen können. Er hätte ihr von San Francisco aus telegrafieren sollen, aber vermutlich wollte er sie überraschen. Vielleicht hegte er auch Mißtrauen ihr gegenüber. Jedenfalls war sie nicht zu Hause, als er eintraf. Er war aufgeregt und einsam, und so rief er mich an. Nie in meinem Leben zuvor habe ich mich so über einen Anruf gefreut. In dieser Nacht war es mir egal, ob er mit einer anderen Frau verheiratet war oder nicht. Ich holte ihn in seinem Haus ab, und wir fuhren mit dem Wagen weg.«

»Wie benahm er sich?«

»Korrekt. Allzu korrekt!«

»Das habe ich eigentlich nicht gemeint –«

»Ich weiß«, sagte sie mit einem schwachen Lächeln. »Er schien weitgehend unverändert, nur war er schweigsamer. Mir gegenüber war er distanziert, so sehr, daß ich mich fragte, warum er mich eigentlich angerufen hatte. Er wollte nicht über seine Erlebnisse oder über die Bombardierung seines Schiffes sprechen. Alles, was ich aus ihm herausbekommen konnte, war eine Art Kommuniqué. Er konnte den Kummer über seine Frau nicht verbergen. Ich fuhr den Sunset Boulevard entlang und auf die Fernstraße nach Malibu hinaus, aber es dauerte höchstens eine Stunde, da bat er mich, ihn wieder nach Hause zu bringen.«

»Er war also begierig, sie zu sehen?«

»Ja. Ich bemerkte seine Nervosität, die wahrscheinlich

darin begründet lag. Natürlich erwartete man auch bei dem, was er durchgemacht hatte, daß er nervös war. Er war dünner als je zuvor und er hatte noch nie ein Gramm überflüssiges Fleisch gehabt. Er war ziemlich unruhig, als wir schließlich bei seinem Haus angelangt waren, und aus irgendeinem Grund bat er mich, mit ihm hinaufzukommen. Ich war nicht gerade versessen darauf, Zeugin seines Wiedersehens mit seiner Frau zu sein, aber aus irgendeinem Grund bestand er darauf. Ich glaube, er wollte ihr gegenüber ehrlich sein, sie nicht einmal mit einer solchen Belanglosigkeit wie einer Wagenfahrt hintergehen. Also ging ich mit hinein.« Sie trank einen großen Schluck Whisky-Soda. Der Arzt bemerkte, daß ihre Hand, die das Glas umklammert hielt, weiß war.

Im vorderen Schlafzimmer brannte Licht – es hatte nicht gebrannt, als ich ihn abgeholt hatte – und er öffnete die Tür und ging hinein. Ich hörte, wie er ihren Namen, Lorraine, sagte und dann einen dumpfen Aufprall, als er auf dem Boden zusammenbrach. Ich folgte ihm und sah sie nackt obenauf auf dem Bett liegen. Selbst im Tod hatte sie eine beneidenswerte Figur, aber ihr Gesicht war häßlich, denn sie war erdrosselt worden. Ich ging zum Telefon und rief die Polizei an. Dann kehrte ich ins Schlafzimmer zurück und fand Bret nach wie vor bewußtlos auf dem Boden liegend vor. Ich versuchte vergeblich, ihn zu sich zu bringen. Er blieb die ganze Nacht über bewußtlos und auch noch den größten Teil des nächsten Tages. Als die Polizei eintraf, fanden sie auf dem Nachttisch neben Lorraines Bett ein Verhütungsmittel und andere Beweisstücke dafür, daß ein Mann bei ihr gewesen war. Der Mann, der sie ermordet hatte, wurde nie geschnappt.«

Sie atmete schnell, und alles Blut war aus ihrem Gesicht gewichen und ließ fiebrige Flecken von Rouge auf ihren Wangen zurück. Sie hob das Glas und trank es leer. »Kann ich noch etwas zu trinken haben, Dr. Klifter? Es war mir nicht klar, daß es mich so viel Kraft kosten würde, Ihnen das alles zu erzählen.« Sie reichte ihm das leere Glas.

Als er mit einem starken Getränk für sie und einem schwächeren Drink für sich selber aus der Küche zurückkehrte, stand sie am Fenster und blickte hinaus. Ihr Rücken in dem maßgeschneiderten Kleid war gerade und angespannt, als würde sie lauschen. Auch wenn sie ihn nicht beachtete, so verwirrte sie ihn doch, und das nicht nur, weil sie groß war und eine gute Figur und rotbraunes Haar hatte. Sie war eine der Frauen, die, ohne ihre weiblichen Qualitäten aufgegeben zu haben, männliches Terrain betreten hatte. Ihr Körper war so stromlinienförmig wie ein Projektil und so potent wie eine Waffe, aber sie setzte ihn nicht ein, um ihre Interessen zu fördern oder ihre Fehler zu entschuldigen. Europa hatte seinen Beitrag geleistet an Frauen, die selbständig waren und nicht um Nachsicht ersuchten, aber sie waren eher die Ausnahme denn die Regel. In Los Angeles gab es vielleicht tausend solcher Frauen, die sich beherzt durchs Leben schlugen, unabhängige und energische Wesen innerhalb einer chaotischen Gesellschaft.

Er setzte die Gläser ab, näherte sich ihr von hinten und blickte über ihre breite, wattierte Schulter hinweg ebenfalls durchs Fenster. Paula starrte angespannt in die Dunkelheit hinaus. Auf dem von einer Mauer umschlossenen Grundstück des Hotels war es so still und dunkel wie auf dem Land. Der einzige Laut hallte von einem entfernten Bungalow herüber, wo ein Radio schwach die Stille durchbrach.

Mit ihren hohen Absätzen war sie ein paar Zentimeter größer als er. Wenn sie standen, fiel es ihm schwer, die patriarchalische Haltung, die zu seinem Beruf gehörte, beizubehalten. Seit er seine Klinik verlassen und seine Professur aufgegeben hatte und in ein fremdes Land gewandert war, hatte er sich dabei ertappt, wie er manchmal geneigt war, sich in eine Abhängigkeit von einer solchen Frau zu begeben. Er griff sich mit der rechten Hand in seinen dichten dunklen Bart und betrachtete sich ernsthaft als eine Art Priestergestalt, allen menschlichen Schwächen überlegen, selbst seinen eigenen – als einen Mann, der jeglicher Gemütsbewegung entwöhnt ist, wie die amerikanischen »Pilger« sich ausdrückten.

Als sie sich ihm zuwandte, sah er das Entsetzen auf ihrem Gesicht.

»Was bedrückt Sie, Miss West?«

Ihre Stimme klang flach und hastig, und ihr ganzer Körper war angespannt beim Sprechen. »Ich glaubte, ich hätte eben jemanden von draußen durchs Fenster hereinschauen sehen.«

»Aber wen?«

»Ich weiß es nicht. Es war niemand, den ich kannte. Ich sah nur zwei Augen oder glaubte, sie zu sehen.«

»Sie müssen es sich eingebildet haben. Die Tore des *Pueblo* werden um acht Uhr abends geschlossen und jeder, der hereinkommt, muß am Empfang vorbei. Ich bin bisher noch nie von Voyeuren belästigt worden.«

Sie lachte unsicher. »Ich bis vor kurzem auch nicht. Aber in den letzten paar Monaten habe ich oft das Gefühl gehabt, ich würde verfolgt. Selbst in meinem eigenen Haus fühle ich mich nicht sicher.«

»Es ist ein unangenehmes Gefühl, selbst, wenn es unwirklich ist.«

»Kennen Sie dieses Gefühl, Doktor? Dieses Gefühl, verfolgt zu werden, von bösen Augen beobachtet zu werden?«

Sie sah das volle Highball-Glas auf dem Kaffeetischchen stehen, ging hin und trank gierig.

Dr. Klifter sah sich in dem anonymen Appartement mit den schweren Möbeln um. Seit zwei Jahren bewohnte er diesen Bungalow auf dem von einer Mauer umgebenen Grundstück des *Pueblo Hotels*, aber nach wie vor betrachtete er sich als Durchreisenden. Er hatte keine Bilder aufgehängt, keine Möbel gekauft, keine Samen in Blumenbeete gesät. Die duftenden Levkojen und ersten Narzissen, die um sein Haus herum blühten, schienen nicht für ihn zu blühen. Er hatte das Gefühl, keine anderen Rechte als das Siedlerrecht zu haben. Sein Koffer stand in der Kleiderkammer, bereit, gepackt zu werden. Wenn es ganz schlimm kam – er hatte seine Traveller-Schecks und einen Band Rilke-Gedichte immer in den Taschen und war bereit, innerhalb von Augenblicken fortzugehen.

»Wann immer ich durch eine Türe gehe«, sagte er, »halte ich nach beiden Seiten Umschau. Wann immer ich um eine Ecke gehe, sehe ich die Straße auf und ab. Ich weiß, daß es in Amerika keine Gestapo gibt, aber ich habe meine eigene Gestapo in mir. Ich hoffe, daß sie sich im Laufe der Zeit auflöst. Aber noch immer ist mein Nacken steif vom Über-die-Schulter-Blicken.«

»Sie scheinen ziemlich davon überzeugt zu sein, daß meine Befürchtungen Einbildung sind.« Der Whisky hatte etwas Farbe in ihre Wangen zurückkehren lassen.

»Die Dinge, die Sie sehen, die Augen und die Leute, die Ihnen folgen, sind fast mit Sicherheit Einbildung. Die Furcht selbst ist Realität. Wir alle werden von Geburt an bis zum Tod von Ängsten verfolgt, das fängt an mit der Furcht vor dem Geborenwerden und endet mit der Furcht vor dem Sterben. Es gibt niemanden, der diese Augen in der Nacht nicht gesehen hat. Ich habe meine eigene spezielle jüdische Angst als Beispiel angeführt.«

»Sie sind sehr nett«, sagte sie.

»Im Gegenteil. Ich bin sehr grausam.« Er dirigierte sie auf einen Stuhl und setzte sich ihr gegenüber. »Aber ich möchte meine Grausamkeit gern als die eines Chirurgen sehen, der ein Glied amputiert, um ein Leben zu retten. Sie sind tapfer gewesen, mir so viel über diesen Mord zu erzählen, so ganz ohne Ausflüchte. Wollen Sie mir noch etwas verraten?«

»Gern, wenn ich kann.«

»Mir ist der Gedanke gekommen – und ich möchte Ihnen gegenüber so ehrlich sein, wie Sie es mir gegenüber gewesen sind –, daß es sich bei Mr. Taylors Gedächtnisverlust um die Ausflucht eines erschöpften Gemüts gegenüber einer Schuld, die er nicht ertragen kann, handelte und noch handelt. Sie waren in dieser Nacht mit ihm zusammen und sollten eigentlich in der Lage sein, mich über diese Möglichkeit aufzuklären.«

»Fragen Sie mich, ob Bret seine Frau umgebracht hat?«
»Ja.«
»Er hat es nicht getan. Ich weiß, daß er es nicht getan hat, aber Sie brauchen sich nicht auf mein Wort zu verlassen. Der Polizeiarzt stellte fest, daß sie gegen halb elf Uhr ermordet wurde, und um diese Zeit waren Bret und ich auf halbem Weg nach Malibu. Es gab zudem noch eine Zeugenaussage, welche das medizinische Gutachten bestätigte. Die Frau, die nebenan wohnte, hörte zu diesem Zeitpunkt einen Schrei aus dem Haus.«

»Hat man jemanden weggehen sehen?«
»Die Frau hat nicht hinausgesehen. Sie hielt damals den Schrei für den Bestandteil einer Radiosendung. Niemand sonst hatte etwas gesehen oder gehört, bis Bret und ich die Tote fanden.«

»Das alles ist Ihnen noch sehr lebhaft in Erinnerung, obwohl neun Monate vergangen sind.«

»Wie könnte es anders sein? Außerdem habe ich die Zeitungsausschnitte über den Fall aufgehoben. Ich habe sie hier, falls Sie sie sehen wollen.«

Sie kramte in ihrer Handtasche herum und zog einen Stapel Ausschnitte heraus, die mit Heftklammern zusammengehalten waren. Sie entfaltete die oberste Meldung und breitete sie vor dem Arzt auf dem Kaffeetischchen aus. »Das sind in gewisser Weise die schlimmsten, aber der Untersuchungsrichter hatte den vollständigsten Bericht.«

Der Blick des Arztes glitt rasch über die Druckspalten.

Der Aussage Dr. Lambert Sims, des stellvertretenden Polizeiarztes, zufolge fanden sich dunkelverfärbte Male an ihrem Hals, und das Gesicht der Toten war blutunterlaufen. Dr. Sims kam schnell zu dem Schluß, daß die junge Frau erdrosselt und zudem mißhandelt worden war, und zwar kaum mehr als eine halbe Stunde vor Mrs. Pangborns Anruf.

Zahlreiche Spuren wiesen darauf hin, daß ein fremder Mann im Zimmer gewesen war; und die Theorie der Polizei ist, daß der Mörder sein Opfer nach Hause begleitet hat. Keiner der anderen Anwohner der ruhigen Wohnstraße sah ihn kommen oder weggehen, nachdem er sein blutiges Geschäft beendet hatte. Mrs. Marguerite Schultz, die Nachbarin der Ermordeten, sagte bei der gerichtlichen Voruntersuchung aus, sie hätte in der Mordnacht gegen zehn Uhr dreißig einen schwachen Schrei aus dem Tathaus dringen hören. Mrs. Schultz erklärte, daß sie sich damals nichts weiter dabei gedacht, sondern angenommen hätte, er gehörte zu einer Krimisendung im Rundfunk. Aber diese Aussage trug dazu bei, die Aussage des Polizeiarztes zu bekräftigen und die Zeit des Todes festzulegen.

Die unheimlichste und aufschlußreichste Spur war eine Reihe von Blutflecken auf der Veranda und dem Gehweg des Mordbungalows. Dr. Sims konnte feststellen, daß es sich dabei um frisches menschliches Blut von einer anderen Blutgruppe als der Blutgruppe der bisher bekannten Hauptbeteiligten handelte. Aber der Mann, der dieses Blut verloren hat und den die Polizei für den Mörder hält, konnte bisher noch nicht gefaßt werden.

Lieutenant Samuel Warren von der Mordabteilung der Polizei von Los Angeles, der den Fall übernommen hat, mißt zudem einer Reihe von Fingerabdrücken – offensichtlich denen eines Mannes –, welche man im Mordzimmer gefunden hat, große Bedeutung bei. Diese Abdrücke, die von der Oberfläche des Nachttischchens neben dem Bett der Ermordeten abgenommen wurden, weisen laut Lieutenant Warren darauf hin, daß sich der Mörder beim Begehen seiner Übeltat auf dieses Tischchen gestützt hat. Im übrigen ist Lieutenant Warren der Auffassung, daß der Mörder irgendwann den unvermeidlichen Fehler begehen und der Polizei in die

Hände fallen wird. Wenn es dazu kommt, werden seine Fingerabdrücke bei der Polizei auf ihn warten, um ihn seiner Tat zu überführen.

Dr. Klifter legte den Zeitungsausschnitt hin und holte tief Luft. »Ziemlich gräßlich, nicht wahr?«

»Das gehört zu den Dingen, die mich mit Brets Gedächtnisverlust versöhnen. Er braucht sich an diese Dinge nicht zu erinnern. Er weiß nicht einmal, daß sein Name in den Schlagzeilen stand.«

»Sie haben ihm nichts erzählt?«

»Ich nicht. Und glücklicherweise ist Commander Wright hierin meiner Ansicht. Ich könnte es nicht über mich bringen, ihm dies hier zu zeigen.« Sie machte eine Geste des Widerwillens zu den auf dem Tisch liegenden Ausschnitten hin. »Behalten Sie sie, wenn Sie wollen! Ich weiß gar nicht, warum ich sie so lange aufbewahrt habe.«

»Danke. Vielleicht habe ich Verwendung dafür.«

»Inwiefern?«

Er gab eine indirekte Antwort. »Ich bin nicht sicher, ob ich der Ansicht des Commanders bin –«

»Sie meinen, Sie wissen nicht, ob es gut ist, diese Tatsachen zurückzuhalten? Es ist mir klar, daß Bret sie schließlich einmal erfahren muß – aber nicht jetzt. Seine Einstellung zur Wirklichkeit ist noch unsicher. Ich weiß nicht, wie der Schock auf ihn wirken würde.«

»Sowenig wie ich. Ich hoffe, ihn besser verstehen zu können, wenn ich morgen mit ihm gesprochen habe. Möglicherweise ist die Wahrheit über diese Dinge, die häßliche und nackte Wahrheit, genau das, was sein Geist braucht. Die Tatsache, daß er mit dem Tod seiner Frau nichts zu tun hat, schließt nicht die Möglichkeit einer subjektiven Schuld aus. Sie befreit ihn lediglich von der konkreten Schuld.«

»Bitte, etwas langsamer! Mein Gehirn funktioniert heute abend nicht besonders gut.«

»Ich werde meine Ansicht etwas illustrieren. Angenommen, er hat sich gewünscht, seine Frau wäre tot. Obwohl er nun, abgesehen von diesem Wunsch, an ihrem Tod unschuldig ist, kann doch ihr Tod, da er befriedigend für sein Unterbewußtsein oder seine halbbewußten Wünsche gewesen war, ein überwältigendes Schuldgefühl in ihm ausgelöst haben. Verstehen Sie mich jetzt?«

»Ja«, sagte sie leise. »Ich habe mich aus demselben Grund an ihrem Tod schuldig gefühlt.«

Ihre Augen, schwarz vor Furcht, starrten wieder wie gebannt auf das dunkle Fenster.

II. Teil
Sonntag

5

Am besten konnte er nachdenken, während er nachts wach lag, wenn Dunkelheit und Stille sein Zimmer erfüllten. Lange nach Mitternacht lag er da und versuchte, die Wildnis der Erinnerung zu durchdringen, die sich hinter der herausragenden Spitze der Gegenwart erstreckte. Die Motive, die sein Leben verständlich machten, waren so schwierig aufzuspüren wie ein Fluß, der über die Hälfte seiner Länge unterirdisch verlief. Doch Nacht für Nacht begann er erneut mit seiner tastenden Suche. An diesem düsteren unterirdischen Ort, in dem verborgenen Leben der Gewalt und des Hasses, der Zärtlichkeit und der Sehnsucht, fand er vielleicht auch sein Selbst, das er verloren hatte, und den Schlüssel zu der Tür dieses Zimmers, in dem er lag.

Die Marksteine seines äußeren Daseins – seine Boxmeisterschaft im College, seine Promotion *summa cum laude*, seine Berufung nach Washington, die Publikation seines Buches *Zeitalter der Vernunft* –, all diese Dinge verloren ihre Bedeutung, wenn er sie sozusagen von unten her, aus dem strategisch günstigen Blickwinkel der Dunkelheit betrachtete. Die karge Zeremonie, bei der er als Offizier der Marinereserve vereidigt worden war, hatte ihn damals tief bewegt; aber nun war sie bedeutungslos geworden, abgesehen davon, daß sie ein kleines Glied in der Kette der Ereignisse darstellte, die ihn in dieses Krankenhausbett gebracht hatten. Seine seelische Krise hatte, wie eine Krise in der Wirtschaft eines Staates, den Wert der gültigen Währung verändert.

Aber es gab Szenen in seinem verborgenen Leben, die wie von einem zuckenden Blitz erhellt wurden, eine pulsierende

Angst, so verborgen und vertraut wie sein eigenes Blut. An seinem zehnten Geburtstag hatte er mit einem neuen Luftgewehr, das ihm sein Vater geschenkt hatte, auf einen Spatzen geschossen. Der Spatz flatterte lange Zeit wie verrückt durch den Garten und weigerte sich zu sterben. Er hatte es nicht fertiggebracht, noch mal auf ihn zu schießen oder ihn auch nur mit seinen Händen zu berühren. Wie gelähmt vor Schuldgefühl, Widerwillen und Mitleid hatte er zugesehen, wie er zwischen den Blumen sein Leben aushauchte.

Als er zehn Jahre später neben dem Sarg seines Vaters stand, war es ihm nicht möglich gewesen, Schmerz zu empfinden. Die durch die Blumen stickige Luft in der Leichenhalle der kleinen Stadt in Indiana war ihm unangenehm und lästig. Es drängte ihn zurück nach Chicago und zu seiner Arbeit. Und in dem schweren Duft der geschnittenen Rosen und Nelken fiel ihm sein zehnter Geburtstag wieder ein. Sein Vater hatte ihn bei dem verwundeten Spatz angetroffen, und beide hatten ihn gemeinsam sterben sehen, hatten zugesehen, wie er sich zuckend von einem quicklebendigen Vogel in eine Handvoll staubiger Federn verwandelte. Sie hatten ihn neben dem Rosenbusch begraben, und sein Vater hatte ihm das Luftgewehr weggenommen, und er hatte es nie wieder gesehen.

Er hatte in das geschminkte eingefallene Gesicht des emeritierten Professors George Taylor geblickt, der ihn gezeugt und ernährt, der ihm sein Luftgewehr weggenommen hatte und der im sechsundsechzigsten Lebensjahr ungeliebt im Schlaf gestorben war. Aber zwei Tage nach der Beerdigung wachte er in seinem Pullmanschlafwagen auf dem Weg zurück nach Chicago auf und weinte um den armen alten Mann und den toten Vogel. Seit damals waren weitere zehn Jahre vergangen, aber immer noch sah er das erlöschende Licht in den Augen des Spatzen vor sich und wie langsam der letzte Funke Leben aus ihm gewichen war – und den schrecklich einsamen Körper im Sarg.

Fast diese ganzen zehn Jahre lang hatte ihn eine so tödliche Einsamkeit wie die Einsamkeit des Toten umfangen. Er war nie fähig gewesen, Liebe zu empfangen oder selber zu lieben, bis er Paula in La Jolla kennenlernte, und sie beschloß, bei ihm zu bleiben. Doch selbst der Tag, an dem er ihr gesagt hatte, daß er sie liebte, war von einem plötzlich aufsteigenden Widerwillen beeinträchtigt gewesen. Obwohl nichts weiter geschehen war, und er diesen bösen Impuls sofort unterdrückt hatte, war die damalige Szene – der unruhige Himmel, die graue See, die dunklen, wachsamen, tief über dem Wasser dahinfliegenden Kormorane – noch immer gegenwärtig durch das aufblitzende Schuldgefühl in seinem Innern.

Es war der erste wolkige Tag ihrer gemeinsam verbrachten Woche gewesen, zu kalt und zu düster, um in der Sonne zu liegen oder in der kleinen Bucht zu schwimmen. Ein rauher Wind, der von der Küste her wehte, hatte die Flut steigen lassen, und die Wellen rollten wie Glasberge heran, die am verlassenen Strand zerschellten. Der Wind hatte Farbe in ihre Wangen gebracht und ließ ihre Augen glänzen. Mit ihrem hellgemusterten Schal, den sie über die Haare gelegt hatte, wirkte sie jung, irgendwie absurd und anmutig, wie sie da so über die weißen Explosionen der sich an den Felsen brechenden Wellen lachte. Sie hatten sich an den Händen gefaßt und waren den Deich hochgeklettert, wie am ersten Abend; nachdem sie sich zwischen den Tümpeln und Spalten der Rieselwiesen hindurchgeschlängelt hatten, waren sie einen hohen Felsen emporgekrabbelt und dort außer Reichweite der Brandung stehengeblieben.

Während sie das eindrucksvolle, gewaltige Schauspiel vor sich betrachtet hatten, waren die Seehunde hereingekommen. Für gewöhnlich blieben sie eine Meile oder so weit draußen, und ihre in die Luft gestreckten Schnauzen glichen gegen die wechselnden Farben des Ozeans winzigen versenkbaren dunklen Kegeln. Aber manchmal, wenn sie in entsprechender

Laune und die Wellen ausreichend hoch waren, ließen sie sich von ihnen bis zum Strand tragen. Sie warfen sich in die Wellenkämme hinein, schnellten in die Höhe, drehten sich in der Luft und glitten in ihr Element zurück. Vor und zurück schwammen sie in den Brechern, und die konstante Anmut ihrer Bewegungen war für den Beschauer so klar erkennbar, als würden sie unter Glas schwimmen. Ihre geschmeidigen Körper, die zwischen den Glaswänden dahinglitten und sich wanden, erinnerten an die Körper von Frauen. Er hatte sich in Hochstimmung befunden, aber zugleich spürte er unterschwellig Furcht und Scham. Er hatte noch nie eine Frau besessen.

»Ich wäre leidenschaftlich gern Tänzerin«, hatte Paula gesagt. »Dann könnte ich alle Dinge direkt mit meinem Körper ausdrücken, anstatt mit Hilfe einer Schreibmaschine und der Gesichter der Schauspieler und Blickwinkel der Kamera. Es muß die befriedigendste aller Künste sein.«

Er hatte nicht geantwortet, bis die Seehunde müde geworden waren oder sich einem anderen Spiel zuwenden wollten und fortschwammen. Als er sich ihr zugewandt hatte, vibrierte in ihm eine zärtliche Wärme.

Sie hatte ihn glücklich angesehen, mit sanftem Blick und strahlenden Augen. Ihr glühender Körper war unter ihrem Pelzmantel verborgen wie ein lauerndes Tier. Er war sich schmerzlich der Wärme ihrer Hand, der Weiße ihres Kinns und ihres Halses, der Röte ihres zu ihm erhobenen Mundes bewußt gewesen. Sein Herz hatte schneller geschlagen, und seine Knie waren schwach geworden vor Verlangen. Sie hatte den Mantel geöffnet, um ihn einzulassen, und sie hatten sich umarmt, oben auf dem Felsen über dem Meer, in Sichtweite von zwei Hotels.

Und dann hatte er ihr gesagt, daß er sie liebte. Aber noch in dem Augenblick betäubender Leidenschaft war der Umschwung eingetreten. Er hatte Anstalten getroffen, sich zu befreien; aber sie hatte seine Bewegung mißdeutet und ihn noch fester gehalten. Er hatte sich wie in einer Falle gefangen gefühlt. Sie war geschieden, ihre Küsse waren heiß und klebrig, ihr Körper war billig zu haben. Sie war eine Frau wie alle andern. Keine Frau war tugendhaft, sein Vater hatte ihn vor langer Zeit davor gewarnt.

Er hatte natürlich diesen Impuls unterdrückt, aber einen Augenblick lang war er beinahe davon überwältigt worden: Fast hätte er sie rücklings in die kochende Brandung geworfen, damit ihr gieriger Körper gereinigt und zerbrochen würde. So leicht hätte er sie töten können, mit einer einzigen heftigen Bewegung hätte er die Liebe ablehnen und Paula für immer verlieren können. In Wirklichkeit hatte er jedoch nichts getan, was ihre Gefühle auch nur im geringsten hätte verletzen können. Seine Liebe zu ihr war über den Weg des Verstandes wieder in ihn zurückgekehrt, und er hatte alles andere geheimgehalten.

Nun kam ihm zum erstenmal der Gedanke, daß sie sich vielleicht all dieser Dinge doch nicht gänzlich unbewußt gewesen war. Sie waren hinterher beinahe zwei Wochen zusammen gewesen, und doch war es zu keinen körperlichen Liebesbeziehungen gekommen. Er hatte seine Unerfahrenheit und schreckliche Schüchternheit dafür verantwortlich gemacht; aber vielleicht war es allem Anschein nach doch Paula gewesen, die sich unmerklich zurückgezogen hatte. Als er sie gebeten hatte, ihn zu heiraten, hatte sie vorgezogen zu warten. Sie hätte zu viele hastig geschlossene Kriegsehen gesehen, hatte sie gesagt. Natürlich wollte sie seine Frau werden, aber es war besser, zu warten und sich sicher zu sein. Als sein Schiff den Auslaufbefehl bekam und wieder westwärts in See stach, waren sie noch nicht einmal formell verlobt.

Trotzdem war sie treu gewesen wie eine Ehefrau, obwohl ihre einzige zarte Verbindung für fast ein Jahr eine Kette von Briefen gewesen war. Sie hatte ihm jeden Tag geschrieben und hatte dabei ihr Innerstes nach außen gekehrt, um ihm zu zeigen, daß es keinen Teil in ihr gab, der ihn nicht liebte. Seine Seele war mit ihren Briefen wie ein ungeborenes Kind, das sich durch die Nabelschnur ernährt, gefüttert worden. Jeden Tag ein Brief, dreißig Briefe im Monat. Manchmal, wenn sie wochenlang auf hoher See waren, hörte er einen Monat lang nichts von ihr und sammelte dann dreißig Briefe auf einmal ein. Es waren über dreihundert Briefe geworden, als sein Schiff an die Westküste zurückbeordert wurde, um dort Flugzeuge aufzunehmen.

Die Sicherheitsbestimmungen verboten ihm, ihr seine Ankunft im voraus mitzuteilen, und er hatte ein zu strenges Pflichtgefühl, um auch nur zu versuchen, sie zu umgehen, so daß sie keine Ahnung hatte, bis er sie von Alameda aus in ihrem Studio anrief. Sie hatte seine Stimme mit ungläubigem Gelächter begrüßt, so als wäre es ein Wunder, daß sie wieder zusammen auf demselben Kontinent waren. Er hatte sie kurz vor Mittag angerufen. Sie hatte um zwei Uhr eine Maschine von Burbank aus erwischt, und kurz nach vier hatte er sie am Flughafen von San Francisco abgeholt.

Als er ihre große Gestalt hatte die Rampe herabsteigen und über das Flugfeld auf ihn hatte zukommen sehen, verspürte er eine Aufwallung von Besitzerstolz, der schnell durch die Furcht, womöglich keinen Anspruch auf sie zu haben, ausgelöscht wurde. Von ihren schmalen Füßen bis hinauf zu dem schrägsitzenden Hut auf ihrem schimmernden Haar hatte sie elegant ausgesehen und Haltung gezeigt; sie hatte sich auf geheimnisvolle Weise und voller Sicherheit in einer weiblichen Welt, die für immer jenseits seiner Reichweite glitzerte, bewegt. Er hatte sie wie durch ein von der Zeit geschaffenes Glas hindurch gesehen, wie in Bernstein eingeschlossen, unerreichbar für ihn.

Dann war sie durch die Sperre auf ihn zugestürzt. Distanz und Zeit war zwischen ihren Körpern ausgelöscht gewesen. Er hatte seine Zweifel und Befürchtungen vergessen. »Es ist gut, wieder zu Hause zu sein«, war alles, was er gegen ihre

Wange zu murmeln vermocht hatte; und ihr war als Antwort nur eingefallen: »Ja.«

Sie hatten in der üblichen Weise zu feiern angefangen, ein paar Gläser auf dem Top of the Mark getrunken und bei Omar Khayyam zu Abend gegessen. Sie hatten sich über das Leben auf den Schiffen unterhalten, das ihr fremd war, über das Leben in den Studios, das hingegen ihm fremd war, und über das Leben von Liebenden, die voneinander getrennt waren, was beide gut kannten. Doch allmählich hatte er sich nicht mehr in der Lage gefühlt, ihre Intimität zu erwidern. Ihr offensichtlicher Stolz auf seine doppelten Lieutenants-Litzen, die er nun trug, hatten ihn bedenklich verlegen gemacht.

Als die Stunden vergingen, Stunden, die er während der letzten fünf schlaflosen Nächte von Pearl Harbor hierher immer wieder gezählt hatte, Stunde um Stunde, hatte seine innere Spannung zugenommen und war unerträglich geworden. Paula hatte sie gespürt und sich alle Mühe gegeben, sie zu lösen. Aber nachdem sie sich beim Abendessen auch noch gestritten hatten, hatte ihre gute Laune etwas Herausforderndes bekommen, angesichts von etwas, das über ihre Kräfte ging, gegen das sie aber bis zum letzten Blutstropfen kämpfen würde. Beide hatten viel getrunken, und die mitternächtliche Taxifahrt nach Oakland, die sie vorgeschlagen, weil sie noch nie die Brücke überquert hatte, war eine trunkene Flucht vor der unentrinnbaren Realität.

Der endgültige Bruch war jedoch erst am Ende des Abends erfolgt. Paula hatte es geschafft, eine Suite in einem der Appartement-Hotels auf Nob Hill für die drei Tage, die sie zusammensein wollten, zu bekommen, und sie lud ihn zu einem letzten Drink dorthin ein. Vom Fenster ihres Wohnzimmers aus konnte er wie ein Pilot auf die beleuchtete Stadt hinuntersehen, auf die abschüssigen Straßen mit dem Neonlicht, die zum dunklen Hafen hinabführten, wo die Fähren und Wasser-Taxis hin und her kreuzten und der kühne Brückenbogen das Wasser wie eine Lichterkette überspannte.

Sein Blick war leicht getrübt durch den Alkohol, und die ganze City bewegte sich unter ihm wie eine glitzernde Armada in einer leichten Brise. Es mußte Spaß machen, eine Flotte, die einem derartig präsentiert wurde, zu bombardieren, dachte er. Oder eine Stadt. Eine kleine gezielte Bombardierung an den richtigen Stellen würde Frisco nur guttun. Himmel, hatte er sich widerlich gefühlt! Alkohol machte ihn bei vier von fünf Malen melancholisch, beim fünftenmal wurde er rabiat. Auf Paula schien er kaum einen Effekt zu haben, außer daß ihre Reaktionen heftiger ausfielen; das war aber auch schon alles.

Sie trat leise hinter ihn und legte die Arme um seine Taille. »Es ist schön, nicht wahr?« sagte sie. »Großartiger als Troja oder Karthago. Es gibt drei Städte in diesem Land, die mir das Gefühl von Größe vermitteln, dasselbe Gefühl, das ich hatte, als ich nach London und Paris kam. New York, Chicago und San Francisco. Das hört sich geradezu wie der Name einer Eisenbahnlinie an, nicht wahr? Eine Superverbindung, ohne Umsteigen in Chicago.«

»Von Troja ist nichts mehr übrig«, antwortete er düster, »und sie haben Salz auf die Ruinen von Karthago gestreut.«

Sie lachte leise in sein Ohr. »Du und dein tragischer Sinn für Geschichte! Ich habe gar nicht an so etwas gedacht. Für mich klingen die Namen einfach romantisch, das ist alles. Und zu ihrer Zeit waren sie große Hafenstädte.«

Er nahm ihr Lachen und ihre gelassene Reaktion auf seine Laune übel. Seinem whisky-umflorten Riechorgan kam der Duft ihrer Haare überwältigend süßlich vor. Er nahm ihr ihre äußere Perfektion übel, die langen, lackierten Nägel der Hände, die ihn festhielten, die kostspieligen Kleider, die er ihr nicht hätte kaufen, das luxuriöse Appartement, das er nicht für sie hätte mieten können. Sie hatten beim Essen gestritten, als sie versucht hatte, die Rechnung zu bezahlen. Obwohl sie ihren Fehler sofort eingesehen und nachgegeben hatte, nagte die Demütigung nach wie vor an ihm.

»Du bist eine sehr unabhängige Frau, nicht wahr?« sagte er.

Sie schwieg einen Augenblick und antwortete dann sachlich: »Vermutlich ja. Ich bin seit einer ganzen Reihe von Jahren auf mich selber angewiesen.« Aber ihre Umarmung hatte sich gelockert, und sie war, wie um sich verteidigen zu können, ein wenig von ihm zurückgetreten. »Es wäre dir doch nicht recht, wenn ich wie Efeu an dir emporranken würde, oder?«

Er lachte rauh. »Dazu besteht keine große Gefahr.« Er sah immer noch aus dem Fenster. Die Lichter der Stadt verbreiteten ein helles, kaltes Licht, wie Augen mit einem grausamen Blick. San Francisco, von dem er ein Jahr lang geträumt hatte, bedeutete ihm plötzlich nicht mehr als die unbewohnten Tarnstädte, die erbaut worden waren, um feindliche Bomber irrezuführen.

»Ich dachte, du hättest mich gern, so wie ich bin, Bret. Es tut mir leid, daß ich beim Abendessen diesen Fehler gemacht habe. Ich bin einfach daran gewöhnt, meinen Teil selber zu zahlen. In Hollywood bedeutet es eine Art Selbstschutz.«

Er bewegte sich zornig, und ihre Hände lösten sich vollends von ihm, als er sich ihr zuwandte. »Ich weiß nicht viel über deine Hollywood-Sippschaft, aber mir gegenüber scheint mir das eine merkwürdige Einstellung zu sein. Ich dachte, wir wollten heiraten –«

»Das wollen wir auch.«

»Was für einen Platz nehme ich dann als dein Mann in deinem Leben ein?«

»Was willst du eigentlich? Du schaffst Schwierigkeiten, wo gar keine sind.«

»Im Gegenteil. Die Schwierigkeiten sind möglicherweise unüberwindlich.«

»Hör zu«, sagte sie. »Ich weiß nicht einmal, worüber wir streiten. In jenen Wochen in La Jolla dachte ich, ich hätte gelernt, dich zu verstehen. Ob es nun so war oder nicht, so hast du doch, als du fortgingst, alle Wirklichkeit mit dir genommen. Die ganze Zeit, während du weg warst, schien mein Leben unwirklich zu sein. Bevor ich dich kennenlernte, hatte der Krieg etwas Unwirkliches für mich gehabt, aber seither hat nichts mehr sonst eine Rolle gespielt.«

Er hatte sie bereits verletzt, und der Schmerz, der daraus resultierte, ließ ihn erneut blindlings zuschlagen. »Zweifellos habe ich dir ein paar sehr überzeugende Stichpunkte für dein nächstes Drehbuch über einen Kriegsfilm geliefert.«

Sie warf ihre Eitelkeit über Bord und umfaßte seinen starren Körper. »Sei nicht gemein, Liebling. Du kannst doch unmöglich eifersüchtig auf meine Arbeit sein.«

»Das ist ein lächerlicher Gedanke.«

»Was ist dann los? Ich war halb verrückt vor Glück, als du heute vormittag anriefst. Ich dachte, alles würde wundervoll sein, aber es war nicht so. Liebst du mich nicht?«

»Ich weiß es nicht«, antwortete er mühsam.

»In all deinen Briefen stand, daß du mich liebst. Habe ich etwas getan, das das zerstört hat? Dreh dich um, und sieh mich an!«

Er drehte sich in ihren ihn umschlingenden Armen um und blickte auf ihr Gesicht herab. In ihren Augenwinkeln standen Tränen, die sie wegzublinzeln versuchte. Sie schloß die Augen und lehnte sich an ihn.

»Ich weiß, daß du mich liebst«, sagte ihr schwellend roter Mund. »Vergiß alles, was es auch sein mag, Bret. Liebe mich einfach!«

Er hatte nicht die Kraft, ihre Liebe hinzunehmen. Sein Geist wanderte winselnd in die Vergangenheit zurück, um wie versteinert vor einem toten Gesicht auf einem Kissen zu verharren. Er selber war so kalt wie das Gesicht seiner toten Mutter. Sein Herz starb unter dem Zugriff der Toten. Er packte Paula bei den Schultern und stieß sie zurück, weg von sich.

Ihr Gesicht war vor Schmerz und Zorn verzerrt, aber ihre

Stimme klang ruhig. »Ich weiß nicht, was los ist, Bret, aber du gehst jetzt besser.«

»Ja, es ist vermutlich besser.«

»Rufst du morgen an?«

»Ich weiß es nicht. Gute Nacht! Es tut mir leid.«

Er hörte sie leise weinen, während er in dem düsteren Korridor stand und auf den Aufzug wartete. Die tote Hand der Vergangenheit hielt ihn am Arm fest, und das Bild der toten Frau begleitete ihn im Aufzug hinab und folgte ihm hinaus auf die schräg abfallende Straße.

Als er nun, anderthalb Jahre später in seinem Krankenhausbett lag, konnte er das Gesicht seiner Mutter erneut so deutlich wie damals vor sich sehen. Das marmorne Gesicht der schon lange Verstorbenen, mit geschlossenen Augen, auf Berührung nicht mehr reagierend, mit Haaren, die sich wie dunkle Flügel um die Stirn drapierten. Sie war gestorben, als er vier Jahre alt gewesen war, also vor mehr als fünfundzwanzig Jahren, aber ihr Bild hing an der Wand eines jeden Zimmers, das er betrat, und die kalte Erinnerung an ihren Tod ließ ihn nach wie vor bis ins tiefste Innere frösteln. Doch soweit er sich erinnern konnte, war sie eines natürlichen Todes im Bett gestorben. Die Schwierigkeit lag darin, daß er sich nicht sehr gut erinnern konnte. Sein Gehirn war eine Flüstergalerie, vollgestopft mit zweifelhaften Bildern.

Besonders verworren erinnerte er sich nur noch an das, was er getan, nachdem er Paula verlassen hatte, denn am nächsten Tag hatte er weitergetrunken. Zwar wußte er sonst nichts mehr darüber, aber er konnte noch den Whisky im Rachenraum schmecken und sich an die summende, durch den Alkohol verursachte Leere in seinem Kopf erinnern. Er war im Aufzug hinabgefahren, hatte die steil abfallende Straße überquert, um zu einem Taxistand zu gelangen, und war dann seinem eigenen Bewußtsein entschwunden.

Wenige Monate zuvor war er nur zu bereit gewesen zu

vergessen, doch jetzt war er voll grimmiger Ungeduld ob seiner lückenhaften Erinnerung. Sein Gedächtnis funktionierte perfekt, wenn es sich um unwichtige Dinge handelte. Er kannte die Namen der Marschälle Napoleons, die Rufzeichen der Schiffe, mit denen sie vor Leyte operiert hatten, seine Telefonnummer in Arlington, seine Adresse in Los Angeles. Nein, nicht Los Angeles. Er hatte nie in Los Angeles gewohnt. Das war ein seltsamer Fehler, der ihm da unterlief, und genau solche unterliefen ihm immer wieder. Freudsche Fehlleistungen nannten es die Ärzte und behaupteten, so etwas wäre vollkommen normal, doch das tröstete ihn nicht. Es jagte einem Angst ein, nicht seinem Gedächtnis trauen zu können.

Es ging ihm jedoch langsam immer besser. Vor neun Monaten hatte er weder ein Zeit- noch ein Raumgefühl gehabt. Jetzt wußte er, wer er war, wo er war, warum er hier war. Er wiederholte die Fakten wie eine tröstliche Liturgie. Bret Taylor, Lieutenant, USNR, Marine-Hospital, 11th Naval District, San Diego. Gedächtnisverlust. Es war Samstag. Das heißt, Sonntag, da es nach Mitternacht war. Sonntag, der 24. Februar 1946. Nicht 1945, sondern 1946, und der Krieg war aus. Er hatte lange gebraucht, um das zu begreifen, aber wenn er mal etwas in sich aufgenommen hatte, ließ er es nie mehr entgleiten. Problematisch war nur noch, jene verlorengegangenen Tage in Frisco zu fassen zu bekommen. Alles, woran er sich erinnern konnte, waren der Whisky-Geschmack, die summende Leere und die Ahnung eines Unheils. Irgend etwas Schreckliches war passiert, aber er wußte nicht, was es war. Paula hätte es ihm vielleicht erzählen können, doch hatte er sich geschämt, sie zu fragen.

Was immer indessen geschehen war, sie war bei ihm geblieben. Anderthalb Jahre später kam sie ihn immer noch jede Woche besuchen. Sie war nicht mit ihm verheiratet, wie er geglaubt hatte, aber sie hielt zu ihm. Der Gedanke an sie war angesichts der sonstigen Ungewißheiten eine Insel der

Sicherheit. Er schlief mit der Vorstellung ein, sie stünde an seinem Bett, aber es war nicht Paula, von der er träumte.

6

Er erwachte zu seiner gewohnten Zeit, den Geschmack des Traumes noch im Mund und einen Namen auf den Lippen, der darauf wartete, ausgesprochen zu werden. Der Traum verflüchtigte sich rasch, als er die Augen öffnete; er erinnerte sich nur noch an zahlreiche Bars, die sich zu einer traurigen Kette nach Whisky stinkender Spielautomaten-Salons ineinanderschoben. Bei einem der Glücksspiele hatte er einen pausbäckigen Engel mit hohem Haarknoten und hellblauen Augen gewonnen. Er saß auf seinen Schultern wie ein alter Seebär. Er wollte nicht, daß die Puppe auf seinen Schultern saß, aber er hatte sie gewonnen und war für sie verantwortlich. Ein Polizist mit einem Gesicht wie Matthew Arnold proklamierte die schicksalhaften Worte: »Sei verheiratet mit dem Unglück, bis der Tod uns scheidet.« Das Matthew-Arnold-Gesicht schrumpfte zu einem Totenschädel zusammen, und die Engelspuppe tanzte auf seinem Grab in *Alsace-Lorraine*.

»Lorraine«, wiederholten seine trockenen Lippen. Er war mit einem Mädchen namens Lorraine verheiratet. Doch erst gestern hatte ihm Paula gesagt, daß er keine Frau hätte.

Er zog seinen Bademantel an, schlüpfte in die Pantoffeln und rannte den Flur hinunter zu Wrights Schlafzimmer. Auf sein Klopfen antwortete niemand. Er drehte den Türknauf und stellte fest, daß abgeschlossen war. Erneut klopfte er.

Ein Krankenwärter kam vom Empfang her um die Ecke gebogen. »Der Commander ist nicht da, Mr. Taylor. Wollen Sie etwas?«

»Wo ist er?«

»Er ist gestern abend nach Los Angeles gefahren. Lieutenant Weising ist der diensthabende Offizier.«

Weising nützte nichts. Er war zu jung und er konnte sich Weising gegenüber nicht frei äußern. »Ich möchte mit Commander Wright sprechen.«

»Er hat gesagt, er würde irgendwann heute vormittag zurückkommen. Hat es bis dahin noch Zeit?«

»Es muß wohl.«

Aber sein Geist wollte nicht warten. Nach dem Frühstück, das er nicht hinunterbrachte, kehrte er in sein Zimmer zurück, um in seiner Rekonstruktion der Vergangenheit fortzufahren. Der Traum von der Engelspuppe und der Name, der sich als Resultat seines Traumes in seinem Kopf festgesetzt hatte, erfüllten ihn mit heftiger Unruhe. Aber sie waren die Spur, die er brauchte, der Faden der Ariadne im San-Francisco-Labyrinth.

Er brachte ihn zu einem Raum, an den er sich sehr klar erinnerte: an jede Einzelheit der abblätternden Wände, an die rissigen Jalousien, an den blinden Spiegel, der über der wackeligen Kommode hing. Er hatte, nachdem er Paula verlassen hatte, dieses Zimmer in einem billigen Hotel gefunden und dort schlecht und unruhig geschlafen, das heißt, nur am Morgen war es ihm gelungen, ein paar Stunden die Augen zu schließen, aber das war auch schon alles gewesen. Kurz vor Mittag war er ausgegangen und hatte sich eine Flasche Whisky gekauft. Er hatte ein paar Gläser in seinem Zimmer getrunken, aber der Alkohol deprimierte ihn nur, und er wurde von Einsamkeitsgefühlen überwältigt. Er brauchte Gesellschaft, ganz egal, welche. Er hatte die Flasche im obersten Fach des Kleiderschranks versteckt und war fortgegangen, um nach einer Bar Ausschau zu halten.

Da gab es eine Bar, in der singende schnauzbärtige Kellner schäumendes Bier in Krügen servierten. Da gab es eine Bar, deren Wände und Decke Spiegel waren, die ein unangenehmes schillerndes Licht und die wartenden Gesichter von Frauen reflektierten. Da gab es eine Bar, in der nackte rosa Mädchen an die Wände gemalt waren, mit Brustwarzen, die großen, roten Maraschinokirschen glichen. Da gab es eine Bar, die wie eine behelfsmäßig eingerichtete Schiffskabine aussah und einen Keller hatte, in dem U-Boot-Matrosen so tun konnten, als würden sie sich unter Wasser befinden. Er fühlte sich dort ausgeschlossen und ging in andere Bars. Da war eine in Chinatown, wo ihm ein Mädchen in seinem Kimono gebackene Shrimps servierte und wo ihm in seiner Nische schlecht wurde. Bis dahin hatte er noch nie nach dem ersten Anzeichen von Trunkenheit weitergesoffen, doch an jenem Abend tat er es.

Es war eine lange Reihe von Bars, ununterscheidbar voneinander, mit einer Musicbox an einem und einem Spielautomaten am anderen Ende. In jeder befand sich ein Barkeeper in weißer Jacke, mit einem gelangweilten und wissenden Gesicht, der im Halbdunkel Drinks an schattenhafte Paare und einzelne Männer und Frauen verteilte, die auf lederbezogenen Hockern kauerten. In einer dieser Bars, hinter der Schirmwand aus Rauch und Lärm, den die Musicbox produziert hatte, begann damals der Alptraum mit Lorraine.

Die Szene, an die er sich erinnerte, hatte alle Kennzeichen eines Traums. In dem länglichen Raum hatten sich viele Leute aufgehalten, aber keiner von ihnen hatte einen Ton von sich gegeben. Seine eigene Stimme, die mühelos mit der lärmenden Musicbox wetteiferte, tönte aus seiner Kehle, ohne daß er seine Lippen bewegte. Seine Beine und Füße sowie die Hand, mit der er ihre Drinks bezahlte und sein Glas an seine Lippen hob, schien ihm so entfernt wie Mikronesien. Aber er war sorglos und fühlte sich stark, von dem Surren in seinem Kopf getragen und angetrieben wie ein Flugzeug.

Natürlich war es kein Traum gewesen. Lorraine war ein wirkliches Mädchen gewesen, das nicht in irgendeiner Höhle des Unbewußten, sondern an einer wirklichen Theke gesessen und richtigen Whisky getrunken hatte. Für ein Mädchen ihres Alters schien sie über ein beachtliches Fassungsvermögen zu verfügen. Wenn ihr wahres Alter bekannt gewesen wäre, hätte man ihr wahrscheinlich überhaupt nicht erlaubt, in einer Bar zu trinken. Man verfuhr in Kalifornien sehr streng mit Minderjährigen, und sie sah nicht wie einundzwanzig aus. Ihr Gesicht wirkte ungewöhnlich unschuldig, dachte er, und war ungewöhnlich süß. Die weiße Haut ihrer niedrigen, breiten Stirn war wie Marmor von zarten blauen Adern durchzogen und von schwarzem Haar eingerahmt. Ihre langgezogenen Brauen, die nicht so gekünstelt ausgezupft waren wie die Paulas, verliehen ihren blauen Augen einen reinen und standhaften Blick. Doch nichts an ihr wirkte ernst oder düster. Ihre kurze Oberlippe, die denselben Schwung hatte wie die Stupsnase, erweckte den Eindruck einer verschmitzten Fröhlichkeit, die durch den vollen, gefühlsbetonten Mund noch verstärkt wurde. Sie sah aus wie ein unschuldiges Kind vom Lande, das aus Versehen in eine Spelunke geraten war und nun völlig unberührt von seiner Umgebung dort saß.

Er hatte sich irgendwie spontan verantwortlich für sie gefühlt, so wie er sich für alle schwachen oder unschuldigen oder hilflosen Leute verantwortlich fühlte. Es war nur natürlich, daß er sie zu einem Drink eingeladen hatte.

»Ich habe nichts dagegen«, sagte sie. »Zwei Streifen bedeuten Lieutenant, nicht wahr?«

»Ja«, sagte er. »Ihr Gesicht gefällt mir. Sie haben ein hübsches, reines Gesicht.«

Sie wand sich ein wenig und kicherte. »Ihr Jungens von der Marine seid schnell. Sind Sie lange draußen gewesen?«

»Diesmal beinahe ein Jahr.« Er neigte sich dem Duft entgegen, der aus ihrem glatt und schwer auf ihre Schultern herabfallenden Haar emporstieg. Als er den Kopf senkte, umkreisten seine Gedanken in einer schwindelerregenden Spirale ihren Körper von oben bis unten, einer Girlande gleich. Mit ersticktem Flüstern sagte er: »Ihr Haar riecht gut.«

Sie lachte vergnügt und wandte den Kopf schnell hin und her, so daß ihm ihr Haar ins Gesicht flog. »Das kann ich mir denken. Das ist ein teurer Duft. Wie heißen Sie eigentlich, Sie Seebär?«

»Bret.«

»Das ist ein netter Name, so ungewöhnlich. Ich heiße Lorraine.«

»Ich finde, Lorraine ist ein schöner Name«, sagte er.

»Sie schmeicheln mir.«

»Nein. Ich finde Sie schön.«

Er ergriff ihre Hand und küßte die feuchte Innenfläche. Der Barkeeper warf ihm einen kurzen zynischen Blick zu.

»Seien Sie vorsichtig, Bret! Sie verschütten unsere Drinks.«

»Zum Teufel damit! Ich habe eine Flasche Harwood in meinem Zimmer. Dieses Zeug hier trocknet sowieso nur meine Kehle aus.«

»Ich mag Harwood«, sagte sie mit kindlicher Aufrichtigkeit.

»Dann wollen wir gehen?«

»Wenn Sie wollen, Bret, mein Lieber.«

Sie glitt vom Hocker und knöpfte ihren Mantel zu. Sie war überraschend klein, aber ihre Figur verfügte über den Adel der Vollkommenheit. Als sie vor ihm auf die Tür zuging, sah er, wie sich ihre Hüften unter dem engen Mantel von der schmalen Taille aus rundeten und wie sie bei jedem Klicken ihrer hurtigen Absätze wippten. Er wippte in Gedanken mit, und seine Augen entkleideten sie.

Zwanzig Minuten später entkleidete er sie mit den Händen. Die Taxifahrt zu seinem Hotel war nichts als ein einziger langer Kuß, und er war atemlos benommen gewesen. Sie atmete tief aus, um ihm bei einem letzten schwierigen Haken behilflich zu sein, und legte sich lächelnd zurück. Er war erstaunt sowohl über den Bau ihres Körpers als auch über die Üppigkeit ihrer

Formen. Unter den vollen Brüsten konnte er die zarten Rippen spüren. Ihre Taille konnte er mit seinen Händen umspannen. Aber der Schwung ihrer Hüften war atemberaubend, ebenso die sanften Rundungen ihres Bauches und ihrer Schenkel und die pantherartige Schwärze ihres Haares.

Als er das Licht ausknipste, wurde die ganze Nacht pantherschwarz, atemberaubend und süß. Ihre Küsse waren die Erfüllung eines Versprechens, das allzu herrlich gewesen war, um glaubhaft zu sein, wie ein mitten im Winter anbrechender Frühling. Mit einem Schlag verschwand das Eis aus seinem Innern. Die schwarze Nacht floß wie ein Fluß auf die köstlichen Berge zu, durch eine enge tollkühne Schlucht in ein warmes Tal, in dem er endlich schlafen konnte.

Diesmal war Commander Wright in seinem Büro und forderte ihn durch die geöffnete Tür auf einzutreten.

»Würden Sie, bitte, noch einen Augenblick warten, Taylor? Ich hätte das schon gestern erledigen müssen.« Er hatte ein schreibmaschinegeschriebenes Gutachten vor sich, das er mit einem roten Bleistift korrigierte, der unter dem Druck seiner dicken Finger zu zerbrechen drohte.

Bret setzte sich auf einen der harten Stühle und wartete. Sein Körper war angespannt vor ängstlicher Erregung. Wenn er nicht wieder Täuschungen unterlegen war, so hatte er das getan, was sein Leben völlig versaut hatte. Er erinnerte sich daran, am nächsten Morgen neben dem Mädchen aufgewacht zu sein. In seinem Kopf hatte eine zersprungene Glocke geläutet, aber ein Schluck aus der sich leerenden Harwood-Flasche hatte ihren Ton gedämpft. Er war zurückgekehrt zu dem schlafenden Mädchen und wieder fasziniert von ihrem halbbedeckten Körper gewesen, der in dem trüben Raum geschimmert hatte. Er hatte sie mit seinen Händen geweckt, und sie hatte sich ihm zugewandt, weich und sinnlich wie ein Kätzchen. All das war für einen Mann seiner moralischen Ansprüche schlimm genug gewesen (zumal das alles auch noch einen Tag, nachdem Paula fünfhundert Meilen geflogen war, um mit ihm zusammen zu sein, passiert war), aber nicht das bedrückte ihn im Augenblick in erster Linie. Er glaubte sich daran zu erinnern, daß er, als er weggegangen war, um frischen Whisky zu holen, zugleich eine Heiratslizenz mitgebracht hatte.

»Verdammter Marine-Papierkrieg!« brummte Wright. Er blickte von seinen Papieren hoch und nahm seine Pfeife aus dem Aschenbecher. »Sie sind vermutlich gekommen, um Näheres über Doktor Klifter zu erfahren? Nun, er ist da. Er ist heute vormittag mit mir hierhergefahren.«

»Ich verstehe nicht, Sir.«

»Hat Ihnen Miss West nicht erzählt, daß er kommt?«

»Nein, Sir.«

»Er ist ein Freund von ihr, ein bekannter Psychoanalytiker. Er war einer der ersten Mitglieder der ›Wiener Gesellschaft‹, bis er mit Freud brach. Vor dem Krieg hatte er dann seine eigene Klinik in Prag. In den letzten paar Jahren hat er in Los Angeles praktiziert.«

»Sehr interessant«, sagte Bret. »Aber was habe ich damit zu tun?«

»Er kam hierher, um sich mit Ihnen zu unterhalten. Ich dachte, das wüßten Sie. Im Augenblick geht er mit Weising die Krankengeschichte durch. Wenn er meint, daß Ihr Fall für eine psychoanalytische Behandlung geeignet ist, werden wir dafür sorgen –«

»Wer soll das bezahlen? Ich kann mir nicht den Luxus eines Psychoanalytikers aus Mitteleuropa leisten.«

»Miss West regelt das.«

»Ach so.«

»Sie wirken nicht besonders erfreut. Wenn er den Fall übernimmt, wird man Sie entlassen. Rechnen Sie nicht damit, aber so steht die Sache.«

»Ich habe aufgehört, mit etwas zu rechnen.« Unter anderen Umständen hätte ihn die Aussicht auf die Entlassung entzückt, aber im Augenblick konnte er an nichts anderes denken als an die Fremde, mit der er geschlafen oder die er geheiratet hatte. Falls er sie geheiratet hatte, so bedeutete das gleichzeitig das Ende dessen, was ihm einzig und allein wichtig war. Wenn Paula es herausfand, sofern sie es nicht bereits wußte –. Aber sie mußte es wissen! Warum hatte sie es ihm nicht erzählt?

Wright warf ihm einen scharfen Blick zu. »Beunruhigt Sie sonst noch etwas, Taylor?«

»Ja. Bin ich verheiratet? Ich weiß, wie verantwortungslos das klingt.«

Wrights Nasenlöcher entströmten zwei dünne Rauchfäden, wie bei einem wohlwollenden Drachen. »Schließen Sie, bitte, die Tür! Danke. Und jetzt setzen Sie sich hin.«

»Wissen Sie etwas über ein Mädchen namens Lorraine? Es ist sehr wichtig für mich, das zu erfahren –«

»Ja. Sie haben vor, Miss West zu heiraten, nicht wahr?«

»Beantworten Sie meine Frage!« sagte Bret scharf. »Ich sehe gar keinen Grund, warum Sie ein Geheimnis daraus machen wollen.«

»Ich mache kein Geheimnis daraus, Taylor. Das hat Ihr eigener Geist gemacht.«

»Schon gut, schon gut. Bin ich verheiratet?«

Wright klopfte seine Pfeife aus, als wollte er damit den Impuls, den Patienten zu beruhigen, unterdrücken. »Sie können nicht bis in alle Ewigkeit fortfahren, sich meines Gedächtnisses zu bedienen. Sie sind jetzt schon ein ziemlich großer Junge.«

»Ja, Sir«, sagte Bret in dumpfer Feindseligkeit.

»Wollen mal sehen. Sie haben diese Lorraine Berker im Herbst 1944 in San Francisco kennengelernt. Können Sie mir etwas über sie erzählen? Wie sie aussah?«

»Sie war blauäugig und dunkelhaarig, ein sehr hübsches Mädchen.« Er hatte die Vergangenheitsform des Doktors übernommen, halb unbewußt erkennend, wie passend sie war. »Sie hatte für eine Schwarzhaarige eine bemerkenswert weiße Haut.«

»Sah sie so aus, als Sie sie das letztemal sahen?«

»Ich weiß es nicht. Darüber versuche ich ja nachzudenken.« Vor ihm tauchte Lorraines vom Schlaf und von Tränen gezeichnetes Gesicht auf, so wie er es am Morgen verlassen hatte. Das Schiff sollte um acht Uhr auslaufen, und er mußte um fünf das Hotel verlassen, damit ihm noch für die lange Fahrt nach Alameda genügend Zeit blieb. Er hatte sie zum letztenmal auf den Mund, die Augen und die Brust geküßt und sie offensichtlich in ihrem Ehebett zurückgelassen. »Ich habe sie geheiratet, nicht wahr? Bevor ich wieder hinausfuhr? Steht das in meinen Unterlagen?«

Wright erlaubte sich, ja zu sagen.

»Wo ist sie jetzt?«

»Erinnern Sie sich selber, Mann!«

Ein anderes Gesicht in einem anderen Bett (das alte Rollbett, das sein Vater in Boston gekauft hatte?) tauchte am Horizont seines Bewußtseins auf, und er erinnerte sich schwach. Es war nicht das Lorraines. Aber er war sich nicht sicher. Der Tod veränderte die Gesichter der Menschen.

»Ist sie tot?« flüsterte er.

»Sagen Sie's mir!« Wrights Raubvogelblick pirschte sich unter den dichten Brauen hervor an ihn heran.

»Ich erinnere mich an eine tote Frau. Sie hatte ein schwarzes Seidenkleid an.«

»Ihre Mutter«, sagte Wright gereizt. »Das kam doch alles bei der Narkosynthese heraus, erinnern Sie sich nicht? Sie starb, als Sie noch sehr jung waren.«

»Mein Sinn für chronologische Reihenfolgen scheint ein bißchen durcheinandergeraten zu sein.« Und dieser feiste Doktor, arrogant und selbstgefällig wie jeder Mann mit zu vielen goldenen Tressen am Arm, half ihm auch nicht ein bißchen. Er saß wie Buddha höchstpersönlich hinter seinem Schreibtisch, und all die wichtigen Geheimnisse waren unter seiner dicken Schädeldecke eingesperrt.

Anstatt ihm die Wahrheit zu sagen, um die Bret ihn gebeten hatte, zwang Wright ihm einen Vortrag über die elementaren Gesetze der Parapsychologie auf. »Die Zeit ist ein relativer Begriff«, sagte er. »Der Geist gleicht einer Uhr mit verschiedenen Zifferblättern, wovon jedes eine eigene Zeit anzeigt. Eines ist für die Minuten und Stunden, eines für die Jahreszeiten und Jahre, eines für das psychische Leben und so fort. Auf der Ebene der Motivation und der emotionellen Reaktion gibt es praktisch keine Zeiten für den Geist. Freudianer behaupten ebenso wie Klifter, daß die Uhr einmal in früher Kindheit eingestellt ist und die Zeit sich niemals ändert, es sei denn, man geht zurück und versetzt den Zeigern einen Stoß. Ich glaube, das ist eine allzu große Vereinfachung, wenn auch ein gut' Teil Wahrheit drinsteckt. Klifter hat auf dem Weg hierher gemeint, daß wahrscheinlich Ihre Frau und Ihre Mutter für Sie identisch sind, obgleich letztere bereits vor über zwanzig Jahren gestorben ist.«

»Lorraine ist also tot?«

»Das wissen Sie doch, nicht wahr?«

»Wie ist sie gestorben?«

»Daran müssen Sie sich selber erinnern. Klifter mag anderer Ansicht sein, aber solange die Behandlung in meinen Händen liegt, wird diese Methode verfolgt! Sie ist unsere einzige Garantie gegen einen Rückfall. Ich könnte Ihrem Bewußtsein Aufklärung verschaffen, aber es war nicht Ihr Bewußtsein, das Ihr Gedächtnis ausgelöscht hat. Ihr Unterbewußtsein hat die Tatsachen anzuerkennen. Die einzige Möglichkeit, zu demonstrieren, daß es das getan hat, besteht darin, daß Sie Ihr Erinnerungsvermögen selber wiederherstellen.«

»Ich kann in dieser Mystifikation keinen Sinn erkennen.«

Wright hob schwerfällig die Schultern, wie ein Mann, der ein Gewicht auf seinen Schultern verlagert. »Es wäre nett und auch einfach, Ihnen auf die Sprünge zu helfen, aber ich werde es nicht tun. Sie werden lernen müssen, auf eigenen Füßen zu stehen.« Er stand auf, wie um seinen Worten Nachdruck zu verleihen.

Bret erhob sich gleichzeitig, doch Wright dirigierte ihn wieder auf seinen Stuhl zurück. Diese Geste unterstrich zusammen mit seiner dunkelblauen Uniform seine Ähnlichkeit mit einem stämmigen Polizeibeamten. »Bitte, warten Sie hier! Ich werde gehen und nachsehen, ob Klifter bereit ist, mit Ihnen zu sprechen.«

Bret setzte sich, um erneut zu warten. Sein Unmut legte sich plötzlich, sobald Wright die Tür hinter sich geschlossen hatte; statt dessen war er niedergeschlagen. Innerhalb weniger Stunden war er mit einem unbekannten Mädchen verheiratet worden und auf unbekannte Weise Witwer geworden. Es schien ihm, daß diese Zeit etwas höchst Bedeutungsvolles für sein Leben war, und er hatte sie vergessen. Seine Zukunft lag in der unentrinnbaren Vergangenheit, und er saß gefangen in einem geschlossenen Kreislauf, der so sinnlos war wie die Tretmühle in einem Rattenkäfig und so zeitlos wie die Hölle.

7

Äußerlich schien Bret ein typischer junger Amerikaner zu sein, groß, mit glattem, braunem Gesicht, einer kräftigen Nase, einem kräftigen Kinn und aufrichtigen blauen Augen. Das einzige Anzeichen für eine innere Störung, die Klifter in den ersten paar Minuten bemerkte, war erkennbar, als die Blicke des jungen Mannes zum Fenster hinschweiften. Die schweren Muskeln seiner Schultern spannten sich dann an und zeichneten sich unter der abgenutzten grauen Uniform ab, als engte ihn das kleine Büro ein und als würde er durch einen unsichtbaren Gurt an seinem niederen Stahlrohrstuhl festgehalten. Als er den Blick von der Aussicht auf die grünen

Flächen des Krankenhausgeländes abwandte, hatte sein Gesicht einen unergründlichen Ausdruck angenommen, der anfangs nicht offensichtlich gewesen war.

Die Augen waren eigentlich nicht blau, sondern blau mit grauen Flecken. Diese Farbkombination verlieh ihnen Tiefe und modifizierte ihre Transparenz. Sie schienen mehr als nur eine Oberfläche zu besitzen, wie eine Serie von Linsen, die ihre Wahrnehmungen filterten und auswählten, bevor diese das Gehirn erreichten. Der Mund war ähnlich komplex; ein energischer Wille formte aus den von Natur aus vollen, weichen Lippen eine harte Linie. Die Konflikte des jungen Mannes, deren er sich in verständiger Weise bewußt zu sein schien, verlieh ihm eine Schönheit, die etwas Spannungsgeladenes und Selbstbewußtes hatte. Aber Klifter beunruhigte die ironische Bitterkeit, die seinen Blick überschattete, wenn er lächelte, und seinen Mund verzerrte.

Die Zeitungsausschnitte, die Paula ihm am Abend zuvor gegeben hatte, befanden sich in der Innentasche seiner Jacke. Wenn Taylors Geist tatsächlich der Realität und der Gesundung zustrebte, würde ihm eine volle Kenntnis des Ereignisses, das seinen Zustand ausgelöst hatte, bestimmt auf den Weg helfen. Doch wenn sein Geist ernsthaft zerrüttet war, in psychotischer Weise »verdreht«, würde das Wissen um den Mord seine Krankheit noch verstärken. Die Wahrheit war eine mächtig wirksame Droge, die töten oder heilen konnte, je nachdem, wie der Patient sie vertrug. Wie immer war es seine Aufgabe, sich in den individuellen Menschen einzufühlen.

Er wandte sich Bret zu, der stumm auf seinem Stuhl saß und mit leerem Blick auf den Boden starrte.

»Bitte, erzählen Sie weiter«, sagte Klifter. »Ich möchte gern mehr über Ihre Kindheit wissen.«

Bret rutschte unbehaglich auf seinem Stuhl herum. »Von Anfang an?«

»Nicht unbedingt. Ich messe den frühesten Erinnerungen

nicht so viel Bedeutung bei wie Adler. Ich bin ganz einfach an dem interessiert, was Sie selber für wichtig halten.«

»Sie meinen, meine Einstellung dazu?«

»Nennen Sie mir die Fakten! Ihre Einstellung hat für sich selbst gesprochen.«

Bret zögerte ein wenig verlegen und fuhr dann in seiner Erzählung, die er zuvor unterbrochen hatte, fort.

»Sie müssen eigentlich annehmen, daß mein Dasein als Kind ziemlich seltsam gewesen sein muß. Ich glaube nicht, daß es das war, bevor meine Mutter starb, aber ich war bei ihrem Tod vier Jahre alt, und so erinnere ich mich nicht mehr sehr gut daran. Die ältere Schwester meines Vaters kam, um ihm den Haushalt zu führen, und zwei Jahre lang stand ich unter ihrer Fuchtel. Tante Alice – oder vielleicht war es auch mein Vater – stellte für einen fünfjährigen Jungen einige ziemlich seltsame Lebensregeln auf. Ich erinnere mich, daß sie mich wenigstens einmal verdrosch, weil ich Fragen über meine Mutter gestellt hatte. Sie wollte mir nicht einmal erzählen, was mit ihr passiert war. Tante Alice starb, als ich sechs Jahre alt war, und ich kann nicht behaupten, daß es mir leid tat.« Er lächelte wieder auf diese beunruhigende Weise und kniff den Mund zusammen, als hätten diese Erinnerungen einen bitteren Geschmack für ihn.

»Das ist nur zu natürlich«, sagte Klifter. »Die sture alte Tante war ein armseliger Ersatz für Ihre tote Mutter. Wer sorgte für Sie, als die Tante gestorben war?«

»Mein Vater selber. Obwohl er es sich hätte leisten können – er war zu jener Zeit Ordinarius und stellvertretender Vorsitzender seiner Fakultät –, nahm er kein Kindermädchen ins Haus. Er wollte aus irgendeinem Grund keine Frau um sich haben. Ja, er hat eine Menge Schwierigkeiten mit mir in Kauf genommen und wahrscheinlich seine eigene Arbeit beträchtlich vernachlässigt, und das alles nur, um nicht mit einer Frau zusammen leben zu müssen. Gelegentlich heuerte er Studenten von sich an, die beim Kochen und Saubermachen halfen, aber den größten Teil der Hausarbeit bewältigten er und ich allein. Ich konnte ganz gut kochen, als ich acht war, aber ich lernte erst Baseball spielen, als ich in die Vorschule kam. Er ließ mich übrigens nur ein Semester dort. All das ist vermutlich verantwortlich dafür, daß ich unfähig bin, mich in eine Gruppe einzufügen, und für mein Gefühl, daß ich in der menschlichen Gesellschaft keinen endgültigen Platz habe.«

»Ja, wahrscheinlich.«

»Wenn ich zurückblicke, erkenne ich, daß ich den größten Teil meines Lebens ein Einzelgänger war. Selbst in meinem Beruf – ich glaube nicht, daß ich Ihnen erzählte, daß ich mich mit Geschichtsschreibung beschäftige oder beschäftigt habe – arbeitete ich nicht in Teams. Ich habe auch nie viel für Mannschaftsspiele übriggehabt, aber ich war gut im Boxen und Schwimmen. Erst bei der Marine spürte ich, daß ich von etwas mit fortgerissen wurde, das größer war als ich selbst. Nachdem mir meine Aufgabe übertragen und ganz besonders nachdem ich meinem Schiff zugeteilt worden war, hatte ich zum erstenmal in meinem Leben das Gefühl, zu etwas dazuzugehören. Ich war Mitglied eines Teams, das für eine gute Sache kämpfte, und das gab mir eine Befriedigung, die ich nie zuvor empfunden hatte. Seltsamerweise stellte sich heraus, daß ich ein ziemlich guter Offizier war. Ich kam mit meinen Leuten gut zurecht und tat meine Arbeit. Als das Schiff unterging, hatte ich das Gefühl eines unersetzlichen Verlustes.«

»Sie wurden – als Invalide aus der Marine entlassen, bevor der Krieg zu Ende war, glaube ich?«

»Ja. Ich glaube, ich weiß, worauf Sie hinauswollen. Ich habe ziemlich ausführlich mit Commander Wright darüber gesprochen. Es ist wahr, ich fühlte mich schuldig, daß ich ausfiel, bevor der Krieg zu Ende war. Es stimmt auch, daß ich nicht zurückwollte, nachdem mein Schiff versenkt worden war. Ich war nach den mehr als zwei Jahren auf See komplett ausgelaugt, und wahrscheinlich hatte ich auch Angst. Damals gab ich das nicht zu, nicht einmal vor mir selber, aber heute gebe ich es zu.«

»Was genau geben Sie zu?«

Bret vermied es, in Klifters Augen zu sehen, und blickte wieder aus dem Fenster. Er preßte abwehrend die Hände gegen die Stuhllehne, so als würden sie eine Falle darstellen. »Ich habe Commander Wright – und auch mir gegenüber – zugegeben, daß ich insgeheim froh war, als mein Schiff unterging. Es bedeutete für mich Heimaturlaub.« Seine Stimme brach beim letzten Wort.

»Ich verstehe. Sie leiden noch immer an einer Art Schuldgefühl?«

»Vielleicht«, sagte Bret ungeduldig. »Aber das hat mit dem Ganzen nichts zu tun.«

»Ich glaube doch. Sie können mit dem Bewußtsein Ihrer eigenen Schwächen nicht behaglich leben. Vergessen Sie nicht, da es eine normale menschliche Schwäche ist, sich höher zu bewerten als die anderen. Ich habe ähnliche Gefühle gehabt, Mr. Taylor. Jeden Tag, wenn die Kandidaten für das Krematorium ausgewählt wurden, betete ich im stillen, daß ich nicht dazugehörte, obschon es viele darunter gab, die weniger dran waren zu sterben. Wir müssen alle lernen, mit der abscheulichen Tatsache unseres Egoismus zu leben. Nutzlose Schuldgefühle sind nicht tugendhaft.«

»Das hat Wright auch gesagt, und ich glaube es. An einige dieser abscheulichen Fakten kann man sich nur schlecht gewöhnen, das ist alles. Aber das ist es gar nicht, was mich im Augenblick bedrückt«, sagte Bret.

»Was bedrückt Sie denn jetzt?«

»Es sind die Dinge, an die ich mich nicht erinnern kann«, sagte er humorlos und deprimiert. Dann platzte er plötzlich heraus: »Doktor, was ist mit meiner Mutter passiert?«

»Mit Ihrer Mutter?«

Sein Lächeln wirkte gleichermaßen gequält. »Habe ich

›Mutter‹ gesagt? Ich wollte ›meine Frau‹ sagen. Ich wollte Sie fragen: Was ist mit meiner Frau passiert? Ich wußte bis heute nicht einmal, daß ich eine Frau hatte.«

»Sie ist tot. Es tut mir leid.« Klifter spreizte mit einer verlegenen und zugleich mitfühlenden Geste die Hände.

»Aber wie ist sie gestorben?«

Klifter war noch zu keinem Entschluß gekommen, und nahm zu einer Halbwahrheit Zuflucht. »Ich weiß es nicht genau. Erzählen Sie mir von Ihrer Mutter, Mr. Taylor! Erinnern Sie sich an sie?«

»Ja.« Nach einer langen Pause fügte er hinzu: »Sie war eine sehr hübsche Frau. Daran erinnere ich mich, aber sonst ist das Bild von ihr ziemlich vage. Ich habe Ihnen erzählt, daß sie starb, als ich vier Jahre war. Sie war gut zu mir, und wir hatten Spaß miteinander. Sie machte für mich auf dem Bett Kopfstand und dergleichen. Wir machten Kissenschlachten. Und wir machten Spiele beim Essen: einen Happen für jeden ihrer zehn Finger. Sie hatte schöne Hände.«

»Erinnern Sie sich an Ihren Tod?«

Der verträumte Blick der blauen Augen verhärtete sich in Abwehr. »Nein. Warten Sie – an etwas erinnere ich mich.« Sein Blick wurde glasig und verschwommen. Sein braunes Gesicht wurde glatt und ausdruckslos, es war das hölzerne Gesicht eines jungen Knaben, der sich daranmachte, die Vergangenheit zu ködern. »Ich trat in ihr Zimmer, und sie war tot. In manchen Nächten, wenn ich Angst hatte, ließ sie mich in ihr Bett kommen und dort bleiben, bis ich eingeschlafen war. Ich hatte in jener Nacht einen schlimmen Traum gehabt und war in ihr Zimmer gegangen, und sie war steif und kalt gewesen. Ich konnte ihr totes Gesicht in dem Licht sehen, das vom Kopfende des Bettes her auf sie fiel. Ihre Hände waren über der Brust gefaltet. Ich berührte ihr Gesicht, und es war kalt wie ein nasser Lappen.«

»Trug sie ihr Nachthemd?« Klifter erinnerte sich daran, daß Lorraine nackt gewesen war, als Taylor sie gefunden hatte.

»Nein.« Die Antwort kam sehr entschieden. »Sie trug ein schwarzes Seidenkleid mit einer weißen Rüsche am Hals. Ihre Augen waren geschlossen, und ihr Kopf lag auf einem weißen Satinkissen. Ich wußte nicht, daß sie tot war, bis mein Vater es mir erzählte. Ich hatte bis dahin noch nie einen Toten gesehen.«

»Pflegte Ihre Mutter auf einem weißen Satinkopfkissen zu schlafen?«

»Was glauben Sie denn? Wie können Sie erwarten, daß ich mich an so eine Sache erinnern kann? Meine Mutter starb, als ich vier war.«

Klifter unterließ es, Taylor darauf aufmerksam zu machen, daß er selbst dieses Detail erwähnt hatte. Da dieser Punkt den jungen Mann jedoch zu beunruhigen schien, ließ er ihn im Augenblick fallen.

»Sagen Sie mir, ob Sie sich an den Tod Ihrer Mutter häufig erinnert haben und ob es eine schmerzliche Erinnerung war?«

»Sie meinen in meiner Kindheit?«

»Ja.«

»Ich habe ganz und gar nicht oft an meine Mutter gedacht. Ein Grund dafür muß gewesen sein, daß mein Vater sie nie erwähnt hat. Vielleicht hat er insgeheim um sie getrauert. Mit Sicherheit war er kein glücklicher Mensch, und er heiratete auch nie wieder, aber soviel ich mich erinnern kann, hat er nie von ihr gesprochen. Er wollte nicht einmal meine Fragen über sie beantworten und entmutigte mich, welche zu stellen. Er ließ mich wissen, daß das Thema tabu war. Natürlich gewann ich den Eindruck, daß da irgendwas nicht stimmte, doch ich wagte ihn nie danach zu fragen.«

»Vielleicht hat er Ihre Mutter nicht geliebt?«

»Vielleicht. Solange ich noch ein Kind war, wäre mir dieser Gedanke niemals gekommen, aber inzwischen habe ich daran gedacht. Ich habe Ihnen ja erzählt, welche Einstellung er im allgemeinen Frauen gegenüber hatte. Er erzog mich dazu, sie als Heuchlerinnen, als schöne Gefäße für den Schmutz der

Welt zu betrachten – das klingt wie eine Übertreibung, ist aber keine. Solange ich zu Hause war – und ich war bis zu meinem siebzehnten Lebensjahr zu Hause, mit Ausnahme der Zeit an der Vorschule –, durfte ich nicht mit einem Mädchen verkehren. Er hätte es nicht mal zugelassen, daß ich einem Mädchen ein Soda kaufe oder zu einer Party mit Jungens und Mädchen gehe. Erst nach seinem Tod ging ich mit einem Mädchen aus – das war in meinem letzten Semester in Chicago –, und da kam nichts dabei heraus. Ich blieb unberührt bis zu meiner Heirat.« Er korrigierte sich hastig. »Ich meine, bis zu der Nacht vor meiner Heirat.«

Paula West? fragte sich der Arzt. Sicher hätte sie mir das erzählt. Aber vielleicht auch nicht. Jede Frau hatte ihre verschwiegenen Seiten, genauso wie ein Mann.

Bret verstand das Schweigen und beantwortete die unausgesprochene Frage. »Ich schlief in der Nacht, bevor wir heirateten, mit meiner Frau. Es ist seltsam«, setzte er hastig hinzu, »ich habe heute morgen davon geträumt.« Er erzählte Klifter, was ihm von dem Traum mit der Engelspuppe in Erinnerung war. »Ich nehme an, das bedeutet, daß ich Lorraine unter dem Einfluß der Moralvorstellungen meines Vaters heiratete?«

»Oder daß es nur ein Akt der Auflehnung gegen ihn war, als Sie mit ihr geschlafen haben? Ein Traum kann mannigfache Bedeutungen haben. Wir werden ein anderes Mal über Ihren Traum sprechen.«

Klifter erhob sich und wanderte unruhig in dem kleinen Büro herum. Während große Abschnitte von Brets Biographie noch im Nebel lagen oder gar fehlten, begannen sich die Strukturen seines geistigen Lebens langsam herauszukristallisieren. Der Tod der Mutter hatte ihn eindeutig in gewisser Weise festgelegt, wofür teilweise auch die unkluge Behandlung des Vaters verantwortlich war. Aber der Beweis dafür war zu einfach erbracht worden, fast widerstandslos. Die außerordentliche Bereitschaft und Klarheit des infantilen

Gedächtnisses machte die Sache verdächtig, besonders im Hinblick auf die Ähnlichkeit zwischen dem Tod der Mutter und dem Tod der Frau. Es war durchaus möglich, daß die Todesszene der Mutter nur ein Ersatz für die unzulässige Erinnerung an die ermordete Frau war, von der Fantasie des Analysanden kunstvoll inszeniert. Diese Möglichkeit wurde noch durch die augenscheinliche Gleichsetzung von Mutter und Frau erhärtet; Bret hatte beide zumindest verbal miteinander verwechselt. Es war eine Ödipus-Struktur, die durch eine Melancholie kompliziert wurde, die Brets Verlustgefühl, wie er es nannte, entsprang. Er hatte seine Mutter in einem verwundbaren Alter verloren, hatte sein Schiff verloren und die Kameradschaft, die es für ihn symbolisierte, und hatte seine Frau verloren. Er gehörte zu jenen, für die der Verlust zu einer Gewohnheit geworden war und die ihn geradezu brauchten, besonders wenn es um Zuneigung ging. Er hatte alles getan, um Paula zu verlieren. Schließlich hatte er auch noch sein Gedächtnis verloren und vorübergehend selbst seinen Sinn für die Realität.

Commander Wright war der Ansicht, daß die Wahrheit, die Bret »verloren« hatte, zurückgehalten werden mußte, bis Bret sie selbst entdeckte. Wright war, wie viele amerikanische Ärzte – darunter sogar einige Freudianer – im Grunde ein Moralist. Er glaubte, daß der Patient mit der psychischen Erkrankung vor der Verantwortung auswich, und fand daher, daß der Arzt dem Patienten gegenüber die Pflicht hatte, ihn sich, soweit das möglich war, selbst kurieren zu lassen. Der Himmel half jenen, die sich selbst halfen.

Aber es war möglich, daß auch Wrights Motive nicht ganz moralischer Natur waren. Klifter hatte während ihrer Unterhaltung unterwegs bemerkt, daß Wright sich sehr für Paula interessierte. Dieses erotische Interesse an der Geliebten seines Patienten könnte ihn dazu bewegt haben, sich bei seiner Behandlung für die langwierigste Methode zu entscheiden und das drastisch abgekürzte Verfahren, das Klifter bevorzugte, zu verwerfen. Hinzu kam noch der Umstand, daß Paula dagegen war, daß Bret die Wahrheit erfuhr, und Wright nahm ihre Meinung sehr ernst.

Erschöpft gab er die kunstvoll zusammengebastelten Mutmaßungen auf. Der Fall mußte aufgrund des vorliegenden Tatbestandes beurteilt werden und nicht nach den hypothetischen Motiven der anderen Personen, die in den Fall verwickelt waren. Nur eine Frage mußte geklärt werden: Wie stand Taylor zu der verschwommenen, schwankenden Trennungslinie zwischen den Böcken und Schafen. Und er hatte sich schon entschlossen.

Seine Hand umfaßte bereits den Stoß Zeitungsausschnitte in seiner Tasche, als ihm plötzlich Bedenken kamen. Was, wenn er mit der Wahrheit herausrückte und Taylor sich dann weigerte, sein Patient zu werden? Das Ergebnis konnte peinlich, um nicht zu sagen verheerend ausfallen. Er mußte sicher sein, bevor er diese Medizin verschrieb, daß der Fall auch ihm gehörte.

»Wollen Sie mich wiedersehen?« fragte er. »Glauben Sie, daß ich Ihnen helfen kann?«

»Ich würde es gern glauben. Ich würde nach allem greifen, was verspricht, mich aus dieser Stagnation herauszuziehen. Wenn ich nicht bald wieder an meine Arbeit gehen kann, werde ich mich ihrer völlig entwöhnen.«

»Was für Arbeit schwebt Ihnen vor? Es ist gut, daß Sie daran denken, an die Arbeit zurückzukehren.«

»Ich will ein Buch schreiben, das mir schon seit langem im Kopf herumgegangen ist. Ich nenne es *Der politische Trugschluß*. Nichts aufregend Neues. Die Idee reicht bereits in die Zeit vor Thoreau zurück, aber ich möchte ein paar moderne Aspekte bringen. Der beherrschende Trugschluß unserer Zeit – dem sowohl Faschismus als auch der Kommunismus und sogar zum Teil der Liberalismus unterliegt – ist der Glaube, daß der Politiker ein Mann ist, der dem höchsten Zweck dient, daß politische Systeme der individuellen Seele die Erlösung bringen – aber ich will Sie nicht langweilen«, schloß er kläglich.

»Im Gegenteil. Bitte, fahren Sie fort! Ich nehme an, Sie sind kein Anarchist?«

»Nennen Sie mich einen politischen Protestanten. Ein echter Anarchist ist ein Feind aller politischen Systeme. Ich möchte nur, daß die Regierung ihren Platz kennt. Ein Staat – oder eine politische Partei – ist ein Mittel zum Zweck. Der Zweck muß durch unpolitische Werte bestimmt werden, oder die Politik wird zu einer Schlange, die sich selbst in den Schwanz beißt. Sie haben in der Psychiatrie ein analoges Problem, stimmt's? Es fragt sich, ob Sie Ihre Patienten für ein absolut gutes Leben vorbereiten sollen oder für das Leben in der Gesellschaft. Das ist eine unausgegorene Antithese, aber Sie wissen, was ich meine.«

»In der Tat. Das ist eines unserer Grundprobleme. Besonders in einer Zeit, in der das gute Leben und das Leben in der Gesellschaft sehr gegensätzlich sein können. In einer kranken Gesellschaft scheint der gesunde Mann krank zu sein.«

»Diesen Trost kann ich leider nicht für mich in Anspruch nehmen«, sagte Taylor mit einem bitteren Lächeln.

»Sie haben keinen Grund zu verzweifeln. Ihre Arbeitsfähigkeit ist der Schlußtest, und Ihr Geist entfaltet viel Tatkraft.«

»Und produziert nichts. Sie können sich kaum vorstellen, wie beunruhigend es ist, sich an bestimmte Dinge nicht erinnern zu können. Es ist, als wären in meinem eigenen Garten hinter dem Haus überall Landminen versteckt. Ich weiß, daß ich sie selbst gelegt habe, aber ich kann mich nicht mehr erinnern, wohin.«

»Sie wissen ebensogut wie ich, daß jeder Mensch in sich – in seinem Garten, wie Sie sagen – die totale Palette von Gut und Böse hat. Und es gibt nichts dort, was nicht zumindest menschlich ist. Sie werden entdecken, daß nichts in Ihnen Sie in Stücke zerreißen kann.«

»Dann sagen Sie mir, was meiner Frau zugestoßen ist!« Taylors Stimme hatte plötzlich einen lauten, schrillen Ton bekommen. »Warum hat es mir niemand erzählt?«

»Vergessen Sie nicht, daß Sie sich bis heute nicht einmal daran erinnern konnten, daß Sie überhaupt eine Frau hatten. Commander Wright wollte, daß Sie Ihr Erinnerungsvermögen auf ganz natürliche Weise zurückgewinnen.«

Taylor drehte sich auf seinem Stuhl herum, um in Klifters Gesicht emporsehen zu können. »Ich kann nicht den Rest meines Lebens in diesem Käfig leben. Mir ist, als hätte man mich in ein Fach im Mausoleum gepackt.«

»Ich begreife, was in Ihnen vorgeht«, sagte Klifter ruhig.

»Wir werden uns also wiedersehen?«

»Wenn Sie glauben, daß es etwas nützt. Commander Wright hat etwas von einer Entlassung gesagt.«

»Ja. Wenn Sie bei Miss West in Los Angeles wohnen, werden Sie für mich erreichbar sein. Sie hat bereits mit Commander Wrights Vorgesetzten gesprochen. Werden Sie mich also in dieser Woche in Los Angeles besuchen?«

»Es bleibt mir keine andere Wahl. Oder?«

»Sie handeln aus freiem Entschluß. Sie sind ein freier Mann –«

»Ich wollte nicht undankbar sein«, sagte Taylor. »Wenn ich die Wahl hätte oder da ich sie habe, werde ich kommen.«

»Gut. In der Zwischenzeit wird es gut sein, wenn Sie das hier lesen.« Er holte den Stoß Zeitungsausschnitte aus seiner Tasche und reichte ihn Taylor. »Bei unserem nächsten Treffen werden wir darüber sprechen.«

Der junge Mann starrte auf die Ausschnitte. »Was ist das?«

»Die Zeitungsberichte über den Tod Ihrer Frau. Sie wurde vor neun Monaten ermordet. Damals hat Ihre Krankheit ihren Anfang genommen.«

Bret war aufgesprungen. Er fixierte den Doktor. Seine Iris schimmerte grau und erinnerte an kleine Spinnräder. »Wer hat sie umgebracht?«

»Der Mörder ist unbekannt und nach wie vor auf freiem Fuß. Wenn Sie diese Artikel gelesen haben, wissen Sie darüber soviel wie ich.«

»Jetzt verstehe ich diese ganze Geheimnistuerei«, sagte Taylor langsam. »Diese verdammten Narren!«

»Sie müssen mich jetzt entschuldigen«, sagte Klifter. »Auf Wiedersehen.«

Bret war so von dem Zeitungsausschnitt in seiner Hand in Anspruch genommen, daß er versäumte, den Gruß zu erwidern. Mit einem letzten Blick auf sein gequältes Gesicht ging Klifter zur Tür. Während er sie hinter sich schloß, ging ihm flüchtig durch den Kopf, daß diese Amerikaner doch eine optimistische und weltliche Sippschaft waren. Unablässig laufende Radioapparate vertrieben ihnen die Einsamkeit, fünffarbige Anzeigen und verchromte Badezimmer bannten ihre Krankheiten, Leichenhallen wie Himmelsschlösser, tarnten ihre Beerdigungen. Aber das tragische Innenleben ging weiter, und zwar kräftig, wenn man bedachte, wie es geleugnet, und heftig, wenn man bedachte, wie es verheimlicht wurde. Die hübschen rasierten und sonnengebräunten Gesichter waren vom Tod überschattet. Es schien ihm, daß Taylor sogar noch mehr als die anderen in einen lebenslangen Kampf mit dem Tod verwickelt gewesen war. Er sollte seinem Gegner von Angesicht zu Angesicht gegenübertreten.

III. Teil
Montag

8

Der Nachmittag war warm für Februar, und sie fuhren mit zurückgeschlagenem Verdeck. Es war gut, wieder unterwegs zu sein nach dieser letzten, sich so dahinschleppenden Stunde im Krankenhaus. Sie hatte Brets Gepäck in den Kofferraum des Roadster gepackt und Commander Wrights »Instruktionen in letzter Minute« gelauscht. »Es spricht nichts dagegen, warum er sich nicht in Maßen amüsieren sollte. Sportarten wie das Schwimmen und das Golfspielen sind genau das, was er braucht, um sein Selbstbewußtsein wieder aufzubauen. Vielleicht schadet sogar ein gelegentlicher Nachtklubbesuch nichts, nur sollte er nicht trinken –«

Als sie San Diegos trübselige Vororte hinter sich gelassen hatten und auf die Küstenstraße kamen, beschleunigte Paula das Tempo. Die Schnelligkeit und die Luft, die ihnen in die Gesichter peitschte, erweckten in ihr die Illusion von Fortschritt und nahender Erfüllung eines Versprechens. Aber sie war von Brets Verhalten enttäuscht. Natürlich mußte er sich nach all den Monaten, die für ihn praktisch Gewahrsam bedeutet hatten, an seinem ersten Tag in der Außenwelt unsicher und scheu fühlen. Commander Wright hatte sie bereits davor gewarnt, daß dies zu erwarten war. Trotzdem bedrückte sie sein unentwegtes Schweigen. Es nagte an den Rändern ihrer Hoffnung und drohte, diesen sonnigen, windigen Geburtstag seiner Freiheit zu verderben.

Nach jedem Strohhalm greifend, um ihn zum Sprechen zu bringen, deutete sie auf ein Wahrzeichen, das sie schon oft zuvor bemerkt hatte, den hohen, schiefen Schornstein einer Ziegelei auf der ins Landesinnere führenden Seite des Highways. »Ich könnte wetten, das ist ein Ableger des Turms zu Pisa.«

»Entschuldige.« Seine Stimme klang dumpf und bedrückt. Er hatte den schiefen Schornstein nicht registriert; er hatte nicht einmal gehört, was sie gesagt hatte, doch sie mußte zugeben, daß der aufgewärmte Witz kaum Gehör verdiente.

Sein Gesicht – ein flüchtiger Blick auf ihn verriet es ihr – sah so betrübt aus wie seine Stimme klang und glich einer verschlossenen Tür, die zwischen seine Gedanken und sie geschoben war. Sie konnte sich denken, wie sein Geist, der weder die Sonne noch den Wind wahrnahm, gefangen saß und vergeblich in einer licht- und luftlosen Mine der Erinnerung herumgrub. Ihr fielen die Grubenpferde ein, die ihr Augenlicht verloren, weil sie nie das Sonnenlicht gesehen hatten, und einen verzweifelten Augenblick lang fürchtete sie, daß Bret für immer in jenen unterirdischen Tunnels für sie verloren war. Doch sie wehrte sich gegen diese gedrückte Stimmung, sobald sie ihr bewußt wurde, und fuhr fünf Meilen in der Stunde schneller.

»Ich habe nicht gehört, was du gesagt hast, Paula. Entschuldige!«

»Es war eine alberne Bemerkung, und ich kann sie kaum wiederholen. Schau, zwischen den beiden Hügeln kannst du das Meer sehen. Ist es nicht schön blau?«

Er schaute pflichtschuldigst auf den glänzenden, keilförmigen Meeresausschnitt zwischen den Hügeln und sah dann wieder weg. Seine Augen waren leuchtend-blau und unbeseelt wie das Meer. Er war ganz in sich gekehrt und blickte hinab in den dunklen Schacht. Es war ihr nicht ausdrücklich bewußt, daß sie nur wenige Meilen von La Jolla entfernt waren, aber daß er sich weigerte, aufs Meer zu schauen, bestürzte sie geradezu. Sie war so begierig, ihm all das zu zeigen, worauf er inzwischen hatte verzichten müssen, all das Schöne, was die Welt zu bieten hatte, und er mißachtete selbst ihre gemeinsame Erinnerung: den Pazifik!

»Was ist los, Bret?« fragte sie schließlich gegen ihren Willen.

»Ich habe ziemlich intensiv nachgedacht.«

»Worüber denn?«

»Über das, was ich machen soll.«

»Ich dachte, das wäre alles abgemacht gewesen. Du wohnst bei mir und gehst jeden zweiten Tag zu Dr. Klifter. Den Rest der Zeit kannst du zur Abwechslung mal das tun, was dir Spaß macht. Ich muß vormittags im Studio sein, so hast du Gelegenheit, irgend etwas zu arbeiten, wenn du magst.«

»Ich weiß nicht, ob ich mich der Mühe unterziehen soll, Klifter zu besuchen.«

»Aber Darling! Du bist mit ihm am Mittwoch verabredet.«

»Ich glaube nicht, daß meine Schwierigkeiten von der Art sind, daß mir ein Psychoanalytiker helfen kann. Dafür sind sie zu real.«

»Er gehört nicht zu deinen altmodischen Traum-Doktoren, Bret. Er erklärt nicht alles mit infantilem Bettnässen und Ähnlichem. Er kennt die Wichtigkeit der Probleme Erwachsener –«

»Ich auch. Hör zu, ich weiß, was mit meiner Frau geschehen ist.«

»Du hast dich daran erinnert?«

Seine Antwort kam zögernd. Sie hatte das Gefühl, alles hing davon ab, so wie bei Ödipus' Antwort auf das Rätsel der Sphinx. Die Tachonadel überschritt die sechzig Meilen und pendelte sich bei fünfundsiebzig ein. Sein Haar wehte wild um seinen Kopf herum, aber seine Miene war so unbewegt wie ein Stein.

Würde sich seine Miene verändern, wenn der Wagen plötzlich die Straße verließ, wenn er sich das Ufer hinunter überschlug? Einen irrsinnigen Augenblick lang spielte sie mit dem Gedanken, dem Lenkrad eine letzte Drehung zu geben und sie beide den Kräften der Masse und der Energie zu überlassen. Ein so strahlender, windiger Tag wie dieser war ebenso geeignet zum Sterben wie jeder andere. Es würde als letzte Geste ihrer endenden Jugend passend sein.

Doch fast noch bevor ihr diese Gedankengänge bewußt wurden, waren sie durch ein tief in ihr aufsteigendes Gefühl der Hoffnung verscheucht. Sie hatte eine Vision, wie sie Jahre später mit ihrem Mann in einem Haus lebte, zu dem ein Garten mit einer großen Wiese gehörte, auf dem Kinder und Hunde herumtollen konnten. Und während sie mit dem rechten Fuß auf die Bremse trat, klammerte sie sich fest an die Stabilität des ungebauten Hauses und jener nicht vollzogenen Ehe. Dann fuhr sie an den Straßenrand und hielt an. Einen Augenblick lang schien die Welt stillzustehen, und die Berge um sie herum schienen auf ein Signal zu warten, sich in Bewegung zu setzen.

»Erinnerst du dich?«

»Ich erinnere mich nicht an ihren Tod, wenn du das meinst. Ich erinnere mich daran, sie in San Francisco geheiratet zu haben.«

»Woher weißt du von ihrem Tod? Hat dir Dr. Klifter davon erzählt?«

»Er hat mir das hier gegeben.«

Er zeigte ihr das Bündel Zeitungsausschnitte, und sie fühlte sich wie eine Träumerin, deren immer wiederkehrender Alptraum plötzlich und auf unfaßliche Weise Bestandteil der wirklichen Welt geworden war. Sie sah in sein Gesicht und zitterte danach zu erfahren, was hinter diesem ruhigen Blick vorging.

In erster Linie empfand er sehr stark schreckliches Mitleid mit seiner toten Frau und dazu bohrende Scham. Er hatte bei Lorraine versagt, solange sie lebte, und auch, als sie tot war. Lebend hatte er sie Gewalt und Mord ausgesetzt. Als sie tot war, hatte er selbst ihre Existenz vergessen und hatte sich gemütlich und selbstzufrieden neun Monate lang in einer animalischen Welt ohne Erinnerung niedergelassen und sich knabenhaften Träumen des Glücks mit einer anderen Frau hingegeben. Doch die irreparable Vergangenheit – schicksalhafter als irgendeine vorherbestimmte Zukunft, da sie unveränderbar und entschieden war – hatte ihn eingeholt und von hinten umschlungen.

»Das also ist passiert, nicht wahr?« Sein rechter Zeigefinger tippte auf die Papiere, die er in der Linken hielt. Sie nahm ihm die Abschnitte aus der Hand und blickte darauf hinab, aber sie war so aufgeregt, daß sie außer den Überschriften nichts entziffern konnte.

»Ja. Hast du dich –«

»Du brauchst mich nicht wieder zu fragen, ob ich mich erinnere. Ich erinnere mich nicht. Wahrscheinlich werde ich mich nie erinnern. Das letzte, woran ich mich entsinne, ist, daß ich an jenem Morgen nach San Francisco flog und in Alameda landete. Man hat den Mann, der sie umgebracht hat, noch nicht gefaßt?«

»Nein. Ich habe die ganze Zeit über mit der Polizei in Verbindung gestanden, und sie ist seit damals nicht weitergekommen. Bret?«

»Ja.«

»Wäre es nicht besser, du würdest über diese Sache nicht weiter nachdenken? Es tut mir schrecklich leid, daß Klifter dir diese Ausschnitte gegeben hat. Ich hätte sie ihm nicht überlassen sollen. Ich hätte sie schon vor langem vernichten sollen.«

»Er hat mir einen Gefallen getan. Einen größeren als du und Wright, die ihr mich in meinem Idiotenparadies habt leben lassen.«

»Aber das liegt doch alles in der Vergangenheit. Es kann die Gegenwart nicht ändern. Es war pures Pech, daß uns das alles zugestoßen ist, und es gibt wirklich nichts, was wir tun könnten.«

»Zufällig ist es meiner Frau zugestoßen«, sagte er kalt. »Uns nur nebenbei.«

»Ich werde dieses Dreckszeug verbrennen.« Sie holte ihr Feuerzeug aus der Schlangenledertasche, die zwischen ihnen auf dem Sitz lag, zündete es an und hielt die tränenförmige Flamme an den Rand der Ausschnitte.

Er schlug ihr das Feuerzeug aus der Hand und nahm es weg.

»Verdammt!« schrie sie. »Ich kann Gewalttätigkeiten nicht ausstehen, Bret!« Sie beherrschte sich jedoch sofort und sagte mit sachlicher Stimme: »Du könntest mein Feuerzeug aufheben und mir eine Zigarette anzünden.«

»Entschuldige, wenn ich grob war.«

»Schon gut.« Sie nahm die brennende Zigarette als eine weitere dargereichte Entschuldigung an. »Ich verstehe trotzdem nicht, warum du mich sie nicht hast verbrennen lassen.«

»Es stehen ein paar Namen drin, die ich brauche –«

»Du denkst doch nicht etwa daran, zur Polizei zu gehen?« Sie versuchte, ihre Stimme ruhig und sanft klingen zu lassen, aber das Entsetzen steckte ihr wie eine Blechpfeife im Hals, und die Worte kamen schrill heraus. »Ich habe vor Monaten die ganze Sache mit der Polizei durchgesprochen, und es kam nichts dabei heraus.«

»Ich glaube nicht, daß sie eine große Hilfe wäre. Ich wollte diesen Barkeeper Rollins aufsuchen. Vielleicht kann der mir etwas erzählen.«

»Rollins?«

»Er war einer der Zeugen bei der gerichtlichen Voruntersuchung.«

Er blätterte die Zeitungsausschnitte so sachkundig durch, als ob er sie ausreichend oft durchgesehen hätte, um sie inhaltlich registrieren zu können. »Hier.« Er wies auf einen Absatz am Ende eines Artikels.

Der Aussage von James P. Rollins zufolge, Barkeeper in dem Restaurant in der Innenstadt und ein Bekannter der Ermordeten, war Lorraine Taylor allein, als sie das Golden Sunset Café *verließ. »Sie war allein und ein bißchen beschwipst«, drückte sich Rollins aus. »Ich erbot mich, ihr ein Taxi zu rufen, aber sie wollte das nicht. Ich dachte, sie könnte es wohl auch allein schaffen.«*

»Er hat gesagt, sie sei allein weggegangen.« Die Blechpfeife in Paulas Kehle gab einen mißtönenden Laut von sich. »Was sollte er sonst noch erzählen können?«

»Wahrscheinlich nichts, aber ich möchte mit ihm sprechen. Verstehst du denn nicht – ich weiß ja nicht einmal, wer ihre Freunde waren. Ich muß versuchen zu begreifen, was passiert ist.«

»Aber was willst du tun? Es gibt nichts, was du tun kannst.«

»Das muß ich selber herausfinden. Wenn ich den Mann finden könnte, der bei ihr war –«

»Bist du wegen einer toten Frau eifersüchtig, Bret?«

»Man könnte meinen, du selber seist auf sie eifersüchtig.«

Sie ließ den Motor an und lenkte den Wagen auf die Fernstraße zurück. Sie hatte Mühe, durch die Tränen, die ihr durch den Wind oder das plötzliche Gefühl der Trostlosigkeit in die Augen gestiegen waren, die Straße zu sehen. Gegenwart und Zukunft entglitten ihr wieder, und in gewisser Weise war sie selbst schuld daran. Sie verfluchte ihre eigene Dummheit und Schwäche. Schweigend fuhren sie durch die grünen Täler und zwischen den kahlen Bergen hindurch, vorbei an den weiß-geschrubbten Seebädern und den geometrischen Ölfeldern von Long Beach. Die Vergangenheit schlenkerte hinter ihnen her in einem Wohnwagenanhänger, so real wie das surrende, wuchernde Durcheinander der Vorstädte von Los Angeles. Sie sehnte sich nach einer Stadt, in der sie selbst untertauchen, die hinter ihr herschleifende Vergangenheit vergessen konnte. Doch die lärmende Leere von L.A. war ein trostloser Hintergrund für ihre Einsamkeit.

Schließlich sagte Paula, getrieben von dem Gefühl der Einsamkeit, auch wenn sie ihrer Stimme mißtraute: »Es war doch nicht dein Ernst, als du sagtest, du wolltest vielleicht doch nicht zu Dr. Klifter gehen?«

»Meinst du?«

Sie nahm eine Hand vom Lenkrad und berührte seinen

Arm. »Ich finde, du solltest keine Entscheidungen treffen, solange du deprimiert bist.«

»Ich habe Grund, deprimiert zu sein. Und ich werde mich von dieser Depression nicht befreien, indem ich mit meinen Kindheitserinnerungen herumspiele. Ich muß in der realen Welt handeln, in der meine Schwierigkeiten entstanden sind.«

»Handeln?«

»Meine Frau wurde ermordet. Der Himmel weiß, daß unsere Ehe nie viel bedeutet hat, aber ich schulde ihr etwas. Zumindest schulde ich ihr den Versuch, herauszufinden, wer sie umgebracht hat.«

Die betonierte Straße wogte vor ihren Augen, und zum zweitenmal an jenem Nachmittag fühlte sie sich unfähig weiterzufahren. Sie befanden sich weit draußen auf dem Boulevard, so daß es einfach war, einen Parkplatz zu finden. Paula stellte den Motor ab und lehnte sich mit einer Geste der Erschöpfung und der Hingabe an seine Schulter.

»Du weißt, daß du nicht in der richtigen Verfassung bist, dich in eine solche Sache zu stürzen. Man hat dich nur unter der Bedingung aus dem Hospital entlassen, daß du dich in Dr. Klifters Obhut begibst.«

»Ich kann erst zur Ruhe kommen, wenn ich den Mann gefunden habe, der sie umgebracht hat. Das erscheint dir sinnlos, nicht wahr? Was mir sinnlos erscheint, ist deine Idee, ich sollte meine Zeit damit verschwenden, einem Psychoanalytiker meine Träume zu erzählen, anstatt das Übel bei der Wurzel zu packen.«

»Bist du sicher, daß es die Wurzel des Übels ist? Selbst wenn es so ist, kann die Sache nicht in Ordnung gebracht werden. Du mußt lernen, damit zu leben.«

Er warf ihr einen scharfen, zweifelnden Blick zu. »Wieso bist du da so sicher?«

»Die Polizei hat sich Monate mit dem Fall beschäftigt. Du kannst nichts auf eigene Faust unternehmen. Ich werde nicht zulassen, daß du dich in der Vergangenheit vergräbst.«

»Es klingt, als ob du Angst hättest.«
»Ich habe Angst.«
Sie preßte ihr Gesicht gegen die starren Muskeln seines Arms. Selbst in diesem Augenblick des Zweifels und der Entfremdung spürte sie unterschwellig so etwas wie Stolz über seine Stärke und Dankbarkeit darüber, daß er körperlich gesund aus dem Krieg zu ihr zurückgekehrt war.
»Ich möchte nicht mehr mit dir streiten«, sagte er. »Gib mir die Schlüssel zum Kofferraum.«
»Aber du fährst doch mit mir nach Hause? Ich habe Mrs. Robert gesagt, sie sollte das Abendessen um sieben Uhr fertig haben.«
»Es tut mir leid, daß ich deine Pläne durchkreuzen muß. Ich habe deine Pläne immer durchkreuzt, nicht wahr? Gib mir den Schlüssel!«
»Nein.« Sie drehte den Zündschlüssel herum und ließ den Motor an. »Du kommst mit mir nach Hause, ob du willst oder nicht.«
Noch bevor sie den Satz beendet hatte, war er aus dem Wagen gesprungen. Sie rief seinen Namen und begann ungeschickt auf ihren hohen Absätzen hinter ihm herzurennen. Ein schäbig aussehender alter Mann, der auf der Schwelle eines Zigarrenladens stand, drehte sich um, beobachtete sie und lächelte verständnisvoll. Bret ging schnell davon, seine breiten blauen Schultern wirkten völlig teilnahmslos. Sie rief noch einmal seinen Namen, aber er achtete nicht darauf.
Sie kehrte zum Wagen zurück und glitt hinter das Lenkrad. Seine weiße Mütze war nun hundert Meter weit weg, bewegte sich gleichmäßig den Gehsteig entlang. Sie sah ihr nach wie einer schwindenden Hoffnung, bis sie nicht mehr zu sehen war.

Sobald sie zu Hause war, ging sie zum Telefon im Korridor und wählte eine Nummer. Während das Rufzeichen am anderen Ende der Leitung ertönte, stieß sie mit dem Fuß die Küchentür zu, damit Mrs. Robert sie nicht hören konnte.

»Ja?« sagte die Stimme eines Mannes.

»Larry Miles?«

»Na, das ist aber eine erfreuliche Überraschung! Ich habe erwartet, erst in ungefähr einer Woche von Ihnen zu hören.«

»Es ist gar nicht erfreulich. Bret Taylor ist in der Stadt.«

»Na, sowas!« sagte die weichklingende Stimme. »Ich dachte, er säße sicher eingesperrt mit den anderen Meschuggen.«

»Die Sache ist nicht komisch. Er sucht Sie vielleicht.«

»Was soll ich tun? Abhauen?«

»Ja. Verschwinden Sie aus der Stadt.«

»Das kostet Geld.«

»Sie haben Geld.«

»Nichts da! Ich habe diese Woche Pech gehabt. Kein Geld. Ohne Geld kann ich nicht abhauen. Mit zweihundert Eiern könnte ich nach Las Vegas fahren. Dort habe ich Freunde.«

»Gut, Sie können das Geld bekommen. Wenn Sie für zwei Wochen aus der Stadt verschwinden, schicke ich es Ihnen noch heute abend.«

»Gutes Mädchen«, sagte die gewinnende Stimme. »Am gewohnten Ort zur gewohnten Zeit?«

»Ja. Im übrigen – kennen Sie ein Lokal namens Golden Sunset Café?«

»Aber ja! Soll ich es aufsuchen?«

»Bleiben Sie weg von dort«, sagte sie. »Haben Sie gehört, Miles?«

»Entschuldigen Sie, ich muß erst mein Hörgerät zurechtrücken.«

»Ich hab' gesagt, die Sache ist nicht komisch. Bret Taylor

ist ein starker Mann, und es gibt nichts, was er nicht tun würde.«

»Immer mit der Ruhe, Süße, ich habe gehört.«

»Dann vergessen Sie es nicht!«

Sie legte den Hörer auf und stieg die Treppe hinauf in ihr Zimmer. Die stabilen Böden und Backsteinmauern ihres Hauses erschienen ihr so immateriell wie ein Atelieraufbau aus Pappe.

Selbst ihrem Schlafzimmer mangelte die intime Atmosphäre, als würden die vier Wände fehlen, und als würde das Bett, auf das sie sich schmiß, voll im Blickfeld der unfreundlichen Stadt stehen.

Sie stand auf, ging zum Spiegel, schaute in ihr Gesicht und mochte es nicht. Langsam durchquerte sie das Zimmer und steuerte auf den großen Wandschrank zu, um sich ein hübsches Kleid auszusuchen. Ihre Garderobe erschreckte sie. Die Kleider und Pullover, Kostüme und Schals, Röcke und Mäntel waren häßlich und so grell in den Farben wie Maskenballkostüme am Morgen beim Katerfrühstück. Unter den bunten Seiden-, Baumwoll- und Wollsachen befand sich auch nicht ein einziges Stück, in dem sie nicht tot ausgesehen hätte.

Als Larry ins Schlafzimmer zurückkehrte, saß das Mädchen auf dem Bettrand. In der Aufregung des Telefonanrufs hatte er sie völlig vergessen. Ihr rotes Haar war zerzaust, glänzte aber hübsch in dem spärlichen Licht, das durch die herabgelassenen Jalousien sickerte. Wenn man es in besserem Licht betrachtete, konnte man die dunklen Haarwurzeln sehen.

»Du warst lange weg, Schätzchen«, sagte sie.

Sie stand auf und kam mit einem dämlichen Ausdruck auf ihn zu. Ihr Nabel und die beiden Brustwarzen bildeten die Karikatur eines anderen Gesichts, eines langgezogenen und traurigen Gesichts. Wann immer er dieses Gesicht statt eines Körpers sah, wußte er, daß er von dem betreffenden Mädchen die Nase voll hatte. Er ließ sich von ihr küssen, küßte sie aber nicht wieder.

»Was ist los, Larry?«

»Nicht das geringste.«

»Wer war das am Telefon?« flüsterte sie in sein Ohr. Ihre Arme, die um seinen Hals lagen, fühlten sich klebrig an.

»Eine geschäftliche Sache. Ich habe so meine Eisen im Feuer.«

»Zum Beispiel?«

»Das ist *meine* Sache, nicht deine. Hör zu, Fran, warum haust du jetzt nicht mal ab?«

»Damit du dich mit einem anderen Mädchen verabreden kannst.«

»Ich habe gesagt, daß es sich um Geschäftliches handelt.«

»Ich habe gehört, wie du am Telefon gesprochen hast. Hältst du mich für blöde?«

Er blickte ihr in die Augen und grinste. »Was meinst du?«

»Wer ist sie?«

»Ich erinnere mich, dir den Rat gegeben zu haben, zu verduften. Verdufte, verschwinde, hau ab!«

Sie legte ihre rechte Wange an seine Brust und verharrte so. »Ich gehe, wenn du mir sagst, wer sie ist.«

»In Ordnung«, sagte er. »Du willst also, daß ich grob werde.« Er ergriff ihre beiden Ellbogen, löste mit einem Ruck, wie ein Mann, der sich eines unbequemen Kragens entledigt, ihre Umarmung und stieß sie zurück.

»Du solltest mich nicht so behandeln«, sagte sie.

Er trat einen Schritt auf sie zu.

Sie wich zurück. »Ich gehe schon. Aber es wird dir noch leid tun, daß du mich so behandelst.«

Sie zog ihre Schuhe an und schlüpfte in einen lohfarbenen Kamelhaarmantel. Er folgte ihr ins Wohnzimmer. »Sei nicht so, Fran. Ich habe dir doch gesagt, daß es etwas Geschäftliches ist. Vielleicht muß ich für vierzehn Tage nach Nevada.«

»Das ist mir egal«, sagte sie von der Schwelle aus und fügte mit zuckersüßer, gehässiger Stimme hinzu: »Grüß sie schön von mir!«

Während er auf ihre Schritte lauschte, die sich den Korridor entlang in Richtung ihrer eigenen Wohnung entfernten, zuckte er mit den Schultern. Fran bildete sich ein, es handelte sich um ein anderes Mädchen, und es hatte keinen Sinn, mit Frauenzimmern zu streiten. Ganz recht, es handelte sich um ein anderes Mädchen, aber Paula West war nicht *sein* Mädchen. Die West hatte ein bißchen zu viel Klasse für ihn; sie war nicht nur rein äußerlich Klasse, wie seine Miezen, und sie hatte was von einem dahinwandelnden Eisberg, der einen schon auf zehn Schritt Entfernung frösteln ließ. Aber es war nicht klug von ihr gewesen, ihm zu sagen, er sollte dem Golden Sunset fernbleiben. Seit Monaten war er nicht mehr in seine Nähe gekommen, aber nun, da er Grund hatte, nicht hinzugehen, war es genau das Bistro, das er aufsuchen würde.

Er warf seinen Morgenrock ab und ging ins Badezimmer, um sich zu rasieren. Miles besaß keinen dieser dreiflügeligen Spiegel, um sich im Profil betrachten zu können, aber aus den Augenwinkeln heraus schaffte er es, einen Blick auf sein Halbprofil zu werfen. Ihm gefiel die Art, wie sein Kinn in einer klaren Linie herausragte. Ganz entschieden griechisch. Nicht wie die Griechen in den Restaurants, sondern wie die Statuen. Auf den Anschlägen in Syrakus hatte man ihn, als er dort im Semifinale kämpfte, als »Adonis« bezeichnet, und er hatte das Wort in einem Konversationslexikon in der Fach-Bibliothek nachgeschlagen. Sein Haar war auch hell und lockig, genauso wie bei der Statue auf der Abbildung im Lexikon.

Nachdem er sich Brillantine ins Haar geschmiert, sein Gesicht sonnenbraun gepudert und für die Achseln Deodorant benutzt hatte, begann er sich hastig anzuziehen. Er hatte es sich schon damals, noch bevor er zu Geld gekommen war, abgewöhnt, ein Unterhemd anzuziehen, und schlüpfte daher als erstes in ein braunes, sportliches Wollhemd. Es hatte ihn nicht weniger als fünfzehn Eier gekostet, aber schließlich war die Garderobe eine Art Investition. Er fand, es seinem Aussehen schuldig zu sein, sich klassisch zu kleiden. Tatsächlich hatte er einige seiner besten Bekanntschaften gemacht, wenn er es am wenigsten erwartet hatte. Wenn man nicht das Risiko eingehen wollte, erstklassige Chancen ungenützt vorübergehen zu lassen, zahlte es sich aus, vierundzwanzig Stunden am Tag am Drücker zu sein.

Er verließ das Haus durch die Hintertür und holte seinen Wagen aus der Garage in der Gasse. Es war ein Chevrolet Coupé, das letzte Vorkriegsmodell, und das beste an der Karre war, daß sie noch aus jenen Tagen stammte, als er mit gestohlenen Wagen gehandelt und sie ihn somit keinen Cent gekostet hatte; ein zauberhaftes kleines Ding, nachdem er den Motor frisiert hatte, und es lief immer noch wie geschmiert. Überhaupt lief alles wie geschmiert zur Zeit. Er hatte einen Wagen und eine eigene Wohnung und mehr als in einer Beziehung gute Verbindungen und Geld wie Heu. Nun ja, es war nur ein kleiner Heuhaufen. So gut bei Kasse war er nun auch wieder nicht, daß ihm nicht zwei weitere Hunderter sehr gelegen kommen würden. Wenn er erst das Geld in seinem Geldbeutel hatte, würde er sich in bezug auf Nevada entscheiden. Vielleicht war es klüger, hier in Los Angeles zu bleiben und ein Auge auf Taylor zu haben. Man konnte nie wissen, was sich noch tun würde, und wenn er vorsichtig und schlau vorging, würde er zu guter Letzt noch wie die Made im Speck leben.

Der Gedanke beflügelte ihn so, daß er auf der Wilshire fünfzig fuhr, ohne es zu merken. Als er auf den Tachometer blickte, ging er mit der Geschwindigkeit sofort auf dreißig herunter. Es würde sich nicht lohnen, sich wegen einer Geschwindigkeitsüberschreitung schnappen zu lassen. Eine Gesetzesübertretung war genau das, was er sich im Moment nicht leisten konnte. Er ließ fünfzehn oder zwanzig Wagen, die in Richtung Innenstadt fuhren, an sich vorbei. Sollten die blöden Kerle doch ihre Köpfe hinhalten, er würde seinen schützen.

Er fand einen Parkplatz jenseits der Round Street, gleich um die Ecke vom Golden Sunset Café. Wenn er sich nicht geirrt hatte, würde Taylor dort auftauchen. Es war der Ort, von dem ihn die West unbedingt fernhalten wollte, und was konnte es sonst für einen Grund für sie geben? Bevor er eintrat, inspizierte er die Spelunke durch das sternförmige Fenster in der Tür. Die Bar war gerammelt voll, und die Nischen waren zum größten Teil besetzt. Aber von Taylor war nichts zu sehen. Vielleicht hatte er sich doch geirrt. In gewisser Weise war es eine Erleichterung.

Trotzdem trat er ein und fand eine leere Nische im hinteren Teil. Der Geruch von zerlassenem Kochfett aus der Küche erinnerte ihn daran, daß er hungrig war. Als ihn die Kellnerin entdeckt hatte, bestellte er ein halb durchgebratenes Steak mit Pommes frites und einer doppelten Portion Zwiebeln und für die Wartezeit eine Flasche Bier.

Als er sein Steak halb gegessen hatte, sah er Taylor den Gang zwischen der Bar und den Nischen entlangkommen. Er war in Uniform, und die Visage hätte er ohnehin nie vergessen. Larry senkte rasch den Kopf. Nicht, daß auch nur die geringste Chance bestand, daß Taylor seinerseits ihn erkennen würde. Darüber brauchte er sich keinerlei Sorgen zu machen. Aber er stellte fest, daß er den Rest seines Steaks nicht mehr essen konnte. Das bereits Verzehrte lag ihm wie ein Stück Blei im Magen.

Als er wieder aufblickte, saß Taylor an der Bar. Alles, was er von ihm sehen konnte, war sein breiter blauer Rücken. Larry ertappte sich bei dem Wunsch, daß er und Taylor allein im Raum wären und Taylor ihm ebenso den Rücken zuwandte und er eine Pistole in der Hand hielt. Er hatte das Gefühl, daß er bis über beide Ohren in der Sache drinsteckte und es schon einer Pistole bedurfte, um aus ihr herauszukommen.

Er schob den Gedanken zwar beiseite, aber er kam beharrlich zurück und verdarb ihm alles Vergnügen.

10

Bret stellte fest, daß er keine Leute mehr mochte. Er mochte die Männer mittleren Alters mit ihren braunen Alkoholikergesichtern nicht, die in die Bars hereinkamen oder sie verließen. Er mochte die halbwüchsigen Mädchen mit ihren spitzen Brüsten nicht, die in vergnügten Runden plapperten und nach Autogrammen Ausschau hielten, ebensowenig wie die älteren Frauen, die wie dralle Vögel mit unangemessen hellem Gefieder aussahen. Er mochte auch die forschen jungen Mädchen nicht, die ohne Hut und mit geöffnetem Hemdkragen hereinkamen und deren beide Augen wie ein einziges großes Zyklopenauge nur den eigenen Vorteil suchten. Und am wenigsten von allen mochte er sich selber.

Obgleich seine Uniform dick genug war, und die fahle Sonne immer noch wärmte, stand er an der Ecke Hollywood und Vine und schauderte ob einer nicht greifbaren Kälte. Die hohen Gebäude, der Lärm auf der Straße und die dahineilenden unerforschlichen Menschenmassen erschreckten ihn. Beschämt sehnte er sich nach seinem Zimmer im Hospital zurück – und nach Paula. Die Qualen der Sehnsucht verwandelten sich in Kopfschmerzen, und ihm war, als würde man mit Gummiabsätzen auf seinem Kopf herumtrampeln. Die Ladenfenster wurden wie elastische Glasvorhänge herein- und herausgedrückt, und die gemarterte Luft wand sich und kreischte schrill.

Ein leeres gelbes Taxi hielt auf der anderen Straßenseite, und er winkte es herbei. Es war etwas, in das er einsteigen konnte. Als erstes mußte er sich ein Zimmer für die Nacht besorgen. Er wußte nicht, für wie viele Nächte. Zeit und Raum waren zu einem unwirklichen Kontinuum verschmolzen, das in ungewöhnlichen Mustern an ihm vorbeiflog. Morgen, das war Los Angeles, das niemand ganz und er überhaupt nicht kannte.

Als er die Straße überquerte und auf das wartende Taxi zuging, strömte der Verkehr aus zwei Richtungen auf ihn zu, als würden Vergangenheit und Zukunft in der Gegenwart aufeinanderprallen. Aber der Vergleich war falsch. Die Zeit bewegte sich in einem geschlossenen Kreis, wie auf einer Rennbahn. Das sagte er sich immer wieder in jeder Runde vor. Er saß gefangen in einem geschlossenen Kreis, aus dem nur der Tod herausführen konnte. Ein Spiel, das vom Selbstmord lebte.

»Wohin?« fragte der Fahrer.

»Kennen Sie das Golden Sunset Café?«

»Den Schuppen in der Round Street? In der Round Street gibt's ein Golden Sunset Café.«

»Das ist's vermutlich.«

Sie fuhren quer durch die Stadt, durch weiße, an Chiroco erinnernde Alleen, kahl im verblassenden Abendlicht, das den Blick nur auf ähnliche Ausblicke hinlenkte. Er war erleichtert, als er den älteren Teil der Innenstadt erreichte, mit den Slums und Beinahe-Slums. Sie erschienen ihm menschlicher als das ausgedehnte Ödland der Vorstädte, und wenn auch nur, weil eine Generation von Menschen hier widerwillig gelebt und gestorben war. In seinem Kopf winselten immer noch quietschende Gummireifen, aber der Schmerz ließ langsam nach. Als er in der Round Street aus dem Taxi stieg, fühlte er sich leicht und voller Ungeduld.

An jedem der mit Stabjalousien versehenen Fenster wurden in roter Neonschrift Cocktails angepriesen; und auf einem gemalten Schild über dem Eingang stand: *Golden Sunset Chicken-fried Steak and Jumbo Shrimp*. Bret schritt durch die Drehtür aus imitiertem Leder und kam in einen Raum voller Menschen, die ihm besser gefielen, als die an der Ecke Hollywood und Vine. Der Abend war eben erst angebrochen, oder vielleicht war der Nachmittag noch nicht einmal zu Ende, aber beinahe alle Barhocker waren besetzt. Die meisten Leute an der Theke hatten ein unbestimmbares Alter und ein unsicheres Einkommen und saßen bei ihren Drinks, fast so, als würden sie beten, obwohl es in dem Café lauter zuging als in irgendeiner Kirche. Sie waren Blutsbrüder durch den Alkohol in ihren Adern, dachte er; sie beteten zum Gott der Flasche um ein kurzes, promptes Himmelreich auf Erden; der Alkohol wurde umgewandelt in Träume. Er kam sich wie ein Eindringling vor, dessen Gegenwart erklärt werden mußte, aber niemand achtete auf ihn. Ein auffallend gekleideter junger Mann in einer der hinteren Nischen blickte von seinem Teller auf, als wollte er ihn begrüßen, senkte dann aber den Blick schnell wieder auf den Teller.

In dem Gang zwischen der Bar und den Sperrholznischen führte ein sehr alter Mann unsicher und wackelig einen Twostep vor, dem Rhythmus der Version von *Sentimental Journey*, die aus der kratzenden Musicbox tönte, leidlich angepaßt. Bret wich ihm aus und ließ ihn vorbeischwanken. Der Mann war ganz in sich gekehrt und vom Traum der Jugend getragen, der in seinen blassen alten Augen glänzte. Bret konnte sich nicht erinnern, die Melodie schon mal zuvor gehört zu haben, aber die sanften, melancholischen Töne kontrapunktierten mit der schwach winselnden Einsamkeit in seinem Kopf.

Er konnte die Einsamkeit begreifen, die Lorraine an diesen Ort getrieben hatte. Zu den wenigen Dingen, die er von ihr wußte, gehörte, daß sie Menschenmengen, Musikautomaten und das feuchtfröhliche Treiben in den Bars geliebt hatte. Die Erinnerung an sie schmerzte so intensiv, daß er nicht überrascht gewesen wäre, sie in einer der Nischen zu erblicken, zusammengesunken über einem Drink, wie er sie mehr als einmal angetroffen hatte, das Kinn in eine Hand gestützt, das dunkle Haar in die Schläfen fallend, lose gefalteten Flügeln gleich. In der vorletzten Nische saß ein dunkelhaariges

Mädchen, das Lorraine hätte sein können, bis sie sich umwandte und ihm einen abschätzigen Blick zuwarf. Er war enttäuscht, und der harte Blick ihrer schwarzen Augen und ihr fleischiger Mund stießen ihn ab. Zugleich aber war er auch dankbar, daß die Gesichter der Toten nur in Träumen zurückkehrten.

Am hinteren Ende der Theke, neben dem beschlagenen Fenster in der Küchentür, fand er einen leeren Hocker. Ein großer Mann, dessen schmutzige weiße Schürze sich über seinem Bauch wie ein Umstandskleid bauschte, kam, um ihn zu bedienen.

»Scotch und Soda.« Erst als er den Mund öffnete, wurde ihm bewußt, wie sehr er sich nach einem Drink sehnte.

»Seit dem Krieg haben wir keinen offenen Scotch mehr.« Der Barkeeper hatte einen starken Akzent und unterstrich seine Worte mit seinen dichten schwarzen Brauen. »Wollen Sie Black and White aus der Flasche? Kostet fünfundsechzig.«

»Dann Black and White.«

Dieser Mann mit dem mitteleuropäischen Akzent konnte nicht James P. Rollins sein. Rollins war ein englischer Name, oder ein irischer. Vielleicht war Rollins der Barkeeper am anderen Ende der Theke, der dünne dunkle Bursche mit den Koteletten, die sein Gesicht noch schmaler erscheinen ließen, als es war.

Als ihm der dicke Mann sein Wechselgeld brachte, ließ er ein Zehncentstück liegen und wies mit dem Kopf zu dem dunklen jungen Mann hinüber. »Ist das dort Rollins?«

»Nein, das ist Rod. Jimmy ist heute abend nicht hier. Er hat frei.«

»Sie wissen nicht, wo ich ihn finden kann?«

»Zu Hause ist er nicht, das weiß ich. Jimmy geht nur zum Schlafen nach Hause. Bleiben Sie hier, Mister! An seinem freien Abend kommt er immer hierher. Kriegt seine Drinks hier billiger, wissen Sie? Ich mach' das nicht. Wenn ich nicht arbeiten muß, komme ich nie hierher. Ich hab' eine Frau und Familie, das ist der Unterschied. Drei Kinder hab' ich, davon sind zwei Jungens. Werden mal groß und stark wie ihr Alter.« Er streckte seinen Bauch in einer Geste triumphierender Vaterschaft vor.

»Gut. Wie sieht Rollins aus?«

»Ein kleiner Bursche. Lockiges Haar, 'ne bucklige Nase, er hat sie sich mal gebrochen. Bleiben Sie nur hier sitzen, ich sag' Ihnen Bescheid, wenn er reinkommt. Für gewöhnlich rückt er um acht oder neun Uhr an. Warten Sie nur!«

»Rock und Rye, Sollie!« rief jemand an der Mitte der Theke.

Bret schnippte den Vierteldollar in seiner Hand auf die Theke. Lächelnd und sich verbeugend, nahm Sollie ihn an sich und eilte davon.

Bret warf einen Blick auf seine Uhr. Es war noch nicht sieben. Er richtete sich darauf ein, zu warten. Als er seinen Whisky getrunken hatte, bestellte er einen weiteren. Als er auch den zweiten intus hatte, begann der starke Whisky seine melancholische Stimmung zu lindern und zu dämpfen. Der Spiegel mit dem Goldrand hinter der Theke wirkte wie ein altertümliches Proszenium, auf dem er das tragische Leben der Welt betrachten konnte. Eine ältere Frau mit stark gewelltem, grauem Haar und in einem kleingeblümten Kleid stand an der Tür, und spähte mit müden kurzsichtigen Augen in den Raum. Jemandes Mutter, dachte er in einem burlesken Anflug von Rührseligkeit, die nach ihrem auf Abwege geratenen Mann oder herumbummelnden Sohn Ausschau hält. Die alternde Hero, die nach Leander sucht, der im nächtlichen Hellespont aus Gin ertrinkt. Oder Penelope, das Flittchen, nach all diesen Jahren ohne Liebhaber, die den verlorenen Odysseus sucht, um ihm die Resultate ihres Wassermanntests zu zeigen. Ein kleiner Mann in Arbeitskleidung, der neben Bret gesessen hatte, glitt von seinem Hocker und machte eine Kopfbewegung zu der Frau hinüber. Sie setzten sich zusammen in eine Nische unter den Rahmen des Spiegels.

Ein Mann in der Uniform eines Stabsbootsmannes war neben ihn auf den leeren Hocker geklettert und bestellte Rum mit Coca-Cola. Im Spiegel sah Bret, daß ihn der Stabsbootsmann über den Rand seines Glases hinweg beobachtete. Er wich dem Blick der scharfen kleinen Augen aus, da er keine Unterhaltung wünschte.

Der Stabsbootsmann sprach ihn dessenungeachtet an, zusammenhangslos, aber nicht beziehungslos, wenn man die Marine-Seele kannte. »Sie haben versucht, aus mir einen Offizier zu machen, aber ich hatte keine Lust und kann jetzt nicht behaupten, daß ich traurig darüber bin. Ich hatte die Chance, Oberstabsbootsmann zu werden, aber ich bin zum Captain gegangen und habe ihm gesagt, ich wollte kein Offizier sein, ich wollte die Verantwortung nicht übernehmen, und ich würd' mich in der Offiziersmesse nicht wohl fühlen. Er erhob Einwand, aber ich hatte eben keine Lust, und damit hatte sich's. Ich hab' weiter in der Unteroffiziersmesse gegessen, da gab's das beste Essen auf dem Schiff.«

»So war es auf unserem Schiff auch«, sagte Bret.

Er hatte keine Lust, sich mit dem breitgesichtigen Mann zu unterhalten, aber er konnte nicht ausweichen. Etwas, was ein Offizier nicht tun sollte, war, einen Unteroffizier verächtlich behandeln; und obwohl der Krieg vorüber und er schon lange Zeit nicht mehr im Dienst war, so war er sich doch der Verpflichtung seiner Uniform noch immer bewußt und hatte das Gefühl, daß er den Privilegien seines Standes irgendeine Gegenleistung schuldete. Als der Barkeeper dem Stabsbootsmann einen weiteren Rum mit Cola brachte, bestand Bret darauf, dafür zu bezahlen, und bestellte sich selber noch einen Whisky. Es war sein vierter, und er begann, ihn zu spüren. Das beunruhigte ihn ein wenig, aber seine Zweifel wurden bald verscheucht durch das gute Gefühl, das der Drink in ihm wachrief. Er hatte ja schließlich schon seit langer Zeit nicht mehr getrunken, und es war zu erwarten gewesen, daß er den Alkohol spüren würde. Dafür war er ja auch gedacht.

»Sie waren auf einem Schiff, nicht wahr?« sagte der Stabsbootsmann.

»Ein Jahr lang. Auf einem Geleitflugzeugträger.«

»Ich heiße Mustin.« Der Stabsbootsmann streckte ihm eine dicke Hand hin.

»Taylor. Freut mich, Sie kennenzulernen.«

Ihr Händeschütteln hatte etwas von einem Wettkampf im Händezerquetschen. Mustin bildete sich ein, zäher als irgendein Offizier zu sein, und er freute sich, das zeigen zu können.

»Ich war auch auf einem AKA«, sagte er. »Im letzten Kriegsjahr. Davor auf einem Zerstörer. Jetzt bin ich drüben auf der Insel, und wenn dieser Hafendienst noch zwei weitere Jahre so läuft, kann ich wahrlich nicht meckern. In zwei Jahren setz' ich mich zur Ruhe. Früher war ich mal ehrgeizig, doch nachdem ich herausgefunden hatte, wo ich hingehörte, hatte ich genügend Grips, da auch zu bleiben.« Er winkte dem Barkeeper und bestellte noch zwei weitere Whisky.

Bret blickte in sein Gesicht und sah, wie unter einem Vergrößerungsglas, die tiefen Linien in der vom Wetter gegerbten Haut, die vom Rum wäßrigen Augen und das schlaffe Fleisch am Hals unter dem mächtigen Kinn. Nach zwanzig Jahren Dienst hatten sie sich ihren Ruhestand verdient, dachte Bret. Wenn sie schon sehr jung Soldat wurden, konnten sie schon mit vierzig den Dienst quittieren, aber nach zwanzig Jahren in dieser rauhen, unerbittlichen Welt waren sie alte Männer. Zwanzig Jahre in den Bars und Bordellen, die die Küste der beiden Ozeane säumten. Die alten Stabsbootsmänner sahen alle gleich aus: schwerfällig, hart, gerissen und irgendwie einsam.

»Frauen sind doch was Verrücktes«, sagte der Stabsbootsmann. Nach Jahren in der Männergesellschaft bei der Marine

fand Bret den abrupten Themawechsel völlig natürlich.
»Nehmen Sie zum Beispiel mal die Frau eines Freundes von mir. Er ist auch Stabsbootsmann. Er ist in der ganzen Welt herumgekommen, von Shanghai bis Frankreich, und hatte gedacht, er würde sich auskennen. Vor sechs Jahren hat er dieses Mädchen in Boston geheiratet, und jetzt macht sie ihn total verrückt. Als er in den Pazifik zurückbeordert wurde, hat er sie hierhergebracht, und sie haben sich ein Häuschen in Dago, draußen am Pazifikstrand neben der Bucht, gekauft. Das war, bevor wir in den Krieg eintraten, und lange Zeit kam er jede Nacht nach Hause. Dann, als sie das Schiff hinausschickten und es im Einsatz war, sah er seine Frau nur noch alle zwei oder drei Wochen. Sie war eine gute, treue Frau, auch religiös, aber er hat mir verraten, daß sie verdammt leidenschaftlich wäre. Nicht, daß er etwas dagegengehabt hätte. Ihm gefiel die Sache sehr.

Nach Pearl Harbor wurde das Schiff in den Südpazifik beordert. Seine Frau schrieb ihm praktisch jeden Tag, aber etwa ein Jahr nachdem er weggefahren war, schickte sie ihm einen Brief, der ihn glatt umlegte. Es stellte sich heraus, daß sie ganz in Ordnung war, wenn er regelmäßig kam, aber daß es einfach schlecht lief, wenn sie allein war. Sie hatte sich mit einem anderen eingelassen, und das war ihr so schrecklich, weil sie doch so religiös war, daß sie es ihm einfach sagen mußte. Also schrieb sie es ihm.

Das Schiff meines Kumpels kreuzte damals im Salomonarchipel, und neben all seinen anderen Sorgen brachte ihn diese Geschichte mit seiner Frau fast um den Verstand. Ob er ihr nicht verzeihen könnte, fragte sie in ihrem Brief – sie würde es nie wieder tun. Sie hatte es überhaupt nicht tun wollen, aber sie wäre betrunken gewesen und hätte nicht gewußt, was sie tat, bis hinterher, als sie mit diesem Burschen zusammen im Bett in seinem Hotelzimmer aufgewacht war. Mein Freund dachte zwei Wochen lang darüber nach und besprach das Ganze mit einigen Freunden, und schließlich riß er sich zusammen und schrieb ihr einen netten, anständigen Brief. Er schrieb, er fühlte sich verdammt elend wegen der Geschichte, aber er gehörte noch nie zu den Leuten, die wegen vergossener Milch weinten. Und da sie gesagt hätte, sie würde es nie wieder tun, müßte er die Sache ja wohl schlucken und vergessen, soweit er das könnte. Zwei Monate später bekam er ihre Antwort. Sie schrieb, er wäre der beste Mann der Welt und solches Zeug, und sie würde den Rest ihres Lebens damit zubringen zu versuchen, ihm gerecht zu werden. Quatsch!«

»Vielleicht war es ihr ernst damit«, sagte Bret. Er hatte Mitgefühl mit der Frau. »Ein Seitensprung beweist gar nichts.«

»Einer vielleicht nicht. Aber ich habe mich bei Ihnen noch nicht revanchiert. Wie wäre es mit noch einem Drink?«

»Ich bin an der Reihe.« Obwohl die Geschichte interessant war und er ihr Ende hören wollte, wurde er zugleich von einer heftigen Ungeduld erfaßt. Er ärgerte sich, zum Beichtvater aus dritter Hand gemacht zu werden, für eine Sünderin, die er nie gesehen hatte, zum Aufbewahrungsort eines absurden Moralproblems, an dem er keinen Anteil haben wollte. Aber er ließ sich den Whisky bringen und den Rest der Geschichte erzählen.

»Es dauerte noch etwa ein Jahr, bevor mein Freund nach Hause kam, und dann auch nur für fünf Tage. Er fand, daß seine Frau wundervoll zu ihm war. Es gab nichts, was sie nicht für ihn getan hätte, und zugleich war sie religiöser denn je, ging jeden verflixten Tag zur Messe und solches Zeug. Er fand, die Kirche hätte sie zurechtgebogen oder weiß der Himmel, was, und er hatte recht daran getan, bei ihr zu bleiben. Er ging wieder für achtzehn oder zwanzig Monate hinaus und machte sechs oder sieben Invasionen mit, und sie schrieb ihm wieder jeden Tag und erzählte ihm, wie sehr sie ihn liebte und was sie nicht alles darum geben würde, ihn daheim bei sich im Bett zu haben. Im Frühjahr fünfundvierzig wurde er für den Hafendienst abgestellt und kam für immer nach Hause. Seine Frau erwartete ihn am Dock, und sobald er sie gesehen hatte, wußte er, daß etwas nicht in Ordnung war. Sie waren kaum zu Hause, als sie ihm erzählte, sie hätte es wieder getan, sie könnte nicht anders. Er war irgendwie mit den Nerven herunter, hatte nicht geschlafen, seit das Schiff Pearl Harbor verlassen hatte, und er schlug ihr ins Gesicht. Da brach sie zusammen und kam auf den Knien gekrochen und bettelte, er möchte ihr ihre Sünden verzeihen. ›Sünden?‹ fragte er. ›Wie oft, verdammt noch mal?‹ ›Fünfzehn oder sechzehnmal‹, sagte sie. Aber sie sagte, sie liebte nur ihn und schwor, daß sie ihm, wenn er sie behalten würde, für den Rest ihres Lebens eine gute Frau sein wollte, nun, nachdem er zu Hause war. Das Teuflische ist, daß er sie in gewisser Weise immer noch liebte, und er kann den Gedanken nicht ertragen, daß sie sich einer Bande von lausigen Wehrdienst-Drückebergern hingegeben hatte, während er auf See war. Wenn er sie ansieht, kann er nicht anders, als eine Hure in ihr zu sehen, und er hat ehrlich Angst, daß er eines Tages so verrückt wird, daß er sie totschlägt. Was tut ein Mann in einer solchen Lage, Lieutenant?«

»Ich weiß es nicht«, sagte Bret. »Was würden Sie tun?«

Mustins kleine Augen bewegten sich, und er blickte zur Seite. »Wir können noch was trinken.«

Bei seinem sechsten Whisky – oder war es der siebente? – grübelte Bret über das Problem nach. Er haßte Mustin und seine dreckige Geschichte; trotzdem war er von ihr fasziniert, als würde es eine Parabel sein, deren verborgener Sinn sich auf sein eigenes Leben bezog. Durch den Alkoholspiegel, der in seinem Gehirn abwechselnd anstieg und wieder abfiel, stark beeinflußt, sah er in seiner Fantasie mit hysterischer Klarheit die Abwasserrohre, die sich wie verseuchte Wasseradern durch sämtliche Straßen sämtlicher Städte verzweigten, sah das Scheusal mit den zwei Buckeln, das seinen Brunstschrei in tausend unbürgerlichen Schlafzimmern ausstieß, wurde Zeuge des unersättlichen Appetits weiblicher Lenden und sah die brutale Niete, die jene wahllosen ehebrecherischen Münder fütterte. Zum zweitenmal spürte er an jenem Tag, wie ein böser Wind ihn auf die Vernichtung und das Grab zutrieb, jenem sterilen Schoß entgegen, der keine Gewalt fürchtete und keine zweite Geburt androhte. Er war ein Toter, der Fötus des Grabes, zukunftslos und nicht mal von den ersten Bewußtseinsstacheln gequält, sorglos mit dem Schmutz und Abfall von Generationen verschmolzen, ohne Geschichte oder den Gedanken, die große Heiterkeit der Leere zu zerstören, die zeitlose Schwangerschaft des letzten Staubes.

Weil er den Wunsch hatte, tot zu sein, bestellte und trank er noch einen doppelten Whisky und dann noch einen und noch einen. Sie ließen ihn wieder wünschen zu leben, aber kehrten seinen inneren Ekel nach außen.

Er wandte sich an Mustin, der eine Weile schweigend dagesessen hatte, und fragte: »Ihr Freund mit der untreuen Frau – ist er ihr treu gewesen?«

Auf Mustins Gesicht trat ein Ausdruck des Erschreckens, als ob Bret ein ungeläufiges, obszönes Schimpfwort benutzt hätte. »Verdammt, nein! Er ist sein Leben lang bei der Marine gewesen. Wenn er zu Hause ist, bleibt er bei der Stange, aber wenn er in Panama und Honolulu anlegt, nimmt er natürlich, was er kriegen kann.«

»Warum regt er sich dann so auf?« fragte Bret grob.

»Sie verstehen nicht, Lieutenant.« Mustin beugte sich in seinem Eifer zu ihm herüber. »Sie begreifen die Situation nicht. Er hat dieses Mädchen 1940 geheiratet und dachte, sie wäre unberührt – Sie wissen schon –, Jungfrau und so. Und dann, wenn er weg ist, um für sein Land zu kämpfen, stellt sich heraus, daß sie nichts weiter ist als ein billiges Flittchen.«

»Sie meinen, während er weg ist, um für sein Land zu kämpfen und nebenher jeden Rockschoß mitnimmt, der ihm unter die Finger kommt.«

»Zum Teufel!« explodierte Mustin. »Ich bin schließlich

ein Mann, oder? Ein Mann hat das Recht, von seiner Frau zu verlangen, daß sie keusch ist, selbst wenn er es nicht ist.«

»Wir sprechen also von Ihrer eigenen Frau?«

Mustin senkte den Blick. »Ja. Ich wollte es Ihnen nicht sagen.«

»Und Sie wollen meine Ansicht darüber hören, was Sie tun sollen?«

»Ich weiß nicht.« Mustins Stimme klang belegt aufgrund des Alkohols und vor Zorn. »Sie begreifen die Situation nicht. Sie waren nie verheiratet. Oder?«

»Das geht Sie nichts an, verdammt!« schrie Bret. »Ich verstehe die Situation ausgezeichnet, Sie wollen sich an Ihrer Frau ein Leben lang für etwas rächen, was Sie die ganze Zeit über getan haben. Gehen Sie nach Hause und sagen Sie ihr, es täte Ihnen leid.«

Der breite Mund des Stabsmaats verzog sich und fauchte: »Zum Teufel mit Ihnen, Lieutenant! Sie verstehen überhaupt nichts davon.«

»Ich verstehe mehr davon, als mir lieb ist. Sie haben mir Ihre Geschichte aufgedrängt und mich um Rat gefragt.«

»Und was für einen Rat haben Sie mir gegeben? Sie können ihn sich in den Hintern stopfen.«

»Reden Sie nicht so mit mir!«

»Warum nicht, zum Teufel?« Das Gesicht des Stabsmaats war jetzt rot und sah bösartig aus, während er immer näher rückte, wie ein sich ausdehnender Ballon. »Sie sind zum Glück nicht mein Vorgesetzter, und ich danke Gott dafür! Wenn das die Ideen sind, die man euch im College beibringt, dann bin ich verdammt froh, daß ich nie in einem gewesen bin! Diese verfluchten College-Absolventen maßen sich an, Offiziere zu sein –«

Mit einer Bewegung, die er weder beabsichtigt hatte noch unterdrücken konnte, legte Bret seine rechte Handfläche an das zornige Gesicht und stieß es zurück.

»He, ihr beiden, laßt das!« Sollie, der Barkeeper, begann, über die Theke zu klettern.

Mustin fiel plump auf den Rücken und stand mit gekrümmten Schultern und ausgestreckten Fäusten wieder auf.

»Komm und kämpf wie ein Mann, du verfluchter Feigling!«

Der Satz wurde durch einen Schlag gegen Brets Schläfe unterstützt, der ihn zurücktaumeln ließ. Er fing sich, bereit, das rote Gesicht hinter den Fäusten zu attackieren, als repräsentierte es all den unausgesprochenen Haß des Untergebenen gegen den Offizier und all die sexuellen Sünden aller Häfen der Welt.

Eine linke Gerade gegen die Wange und ein rechter Haken gegen die Seite des Kinns schickten Mustin zum zweiten- und letztenmal zu Boden. Bret stand über ihm und sah befriedigt auf das Blut in seinem Gesicht. Er hörte hinter und über sich ein Geräusch in der Luft, aber es war zu spät, um auszuweichen. Ein harter Schlag traf seinen Hinterkopf und zersplitterte den Raum in lauter winzige Fragmente. Es muß eine Flasche gewesen sein, dachte er, als seine Knie nachgaben und er nach vorn auf den Boden fiel. Dann blies der schwarze Wind die schillernden Lichter aus.

11

»Halt!« rief Larry Miles, aber er war zu weit weg, um die im hohen Bogen durch die Luft sausende Flasche noch abbremsen zu können. Er hatte den Verlauf der Debatte zwischen Bret und Mustin verfolgt, doch der Eklat kam so plötzlich, daß er überrumpelt worden war. Er rannte ans Ende der Bar, kletterte über die beiden zu Boden gestreckten Männer und fixierte Sollie, den Barkeeper, der müßig die unzerbrochene Bierflasche in der Rechten schwenkte.

»Geben Sie lieber mir die Flasche, mein Freund!« sagte Larry.

»Was glauben Sie denn, wer Sie sind? Und was glauben Sie denn, mit wem Sie hier reden?«

»Dieser Offizier ist ein Freund von mir. Und ich mag nicht zuschauen, wie man meine Freunde verletzt.«

»Dann halten Sie sie davon ab, sich hier in dieser Bar herumzuprügeln.«

»Soll ich die Bullen rufen, Sollie?« fragte der andere Barkeeper.

Die Hälfte der Barbesucher beobachtete die Szene von ihren Sitzplätzen aus, die andere Hälfte hatte bereits das große Interesse an dem Kampf verloren. Es war sowieso keine große Sache gewesen. Drei Faustschläge und der übliche K.-o.-Schlag mit der Flasche.

Mustin setzte sich hin, hielt sein Kinn und stand dann unbeholfen auf. »Sie hätten den Burschen nicht bewußtlos zu schlagen brauchen«, sagte er zu Sollie.

»Soll ich die Polizei holen?« fragte Sollie.

»Wozu, zum Teufel? Er hat mir ja nichts weiter getan.«

Mustin betupfte sich sein Gesicht mit einem Taschentuch und betrachtete es mißtrauisch, so als könnte es vielleicht auch ein hinterhältiger Widersacher von ihm mit roter Tinte getränkt haben.

»Was soll ich mit dem Burschen anfangen?« sagte Sollie. »Wir können ihn nicht einfach auf dem Boden liegen lassen.«

»Ich werde mich um ihn kümmern«, sagte Larry Miles, der hinzugetreten war. Er kniete neben dem Bewußtlosen nieder und untersuchte die Beule an seinem Hinterkopf.

»Ist er schlimm verletzt?« fragte Sollie mit einiger Besorgnis.

»Nein, er wird bald wieder okay sein. Er wäre schon wieder bei sich, wenn er nicht betrunken wäre. Aber wir schaffen ihn besser von hier weg.«

»Haben Sie einen Wagen – und wissen Sie, wo er wohnt?«

»Ja. Ich fahre den Wagen zum Vordereingang, und Sie können ihn hinausbringen.«

»Sind Sie sicher, daß Sie ein Freund von ihm sind?« sagte Mustin. »Wenn ihn jemand fleddern möchte, ist er das gefundene Fressen. Wie heißt er denn?«

»Taylor«, antwortete Larry geschmeidig. »Lieutenant Bret Taylor, USNR. Ich arbeite für einen sehr guten Freund von ihm.«

»Das ist sein Name, stimmt«, sagte Mustin zu dem Barkeeper. Er schob eine Hand unter Brets Schulter, drehte ihn auf den Rücken und richtete ihn dann zu einer halb sitzenden Stellung auf. »Na dann los! Es tut mir leid, daß das passiert ist, aber es war wohl nicht zu ändern. Der Bursche ist ein bißchen verrückt, wenn ihr mich fragt.«

Vielleicht liegst du richtiger, als du ahnst, dachte Larry. Natürlich weißt du nicht, daß du mit einem aus einer Gummizelle Entflohenen geredet hast, und ich werde es dir auch kaum erzählen. Er fuhr seine Limousine zum Vordereingang der Bar und blickte die Straße rauf und runter, nach seinen besten Freunden und strengsten Kritikern, den Bullen, Ausschau haltend. Nicht daß er sie westlich von Syrakus kannte, noch daß sie ihn kannten, aber er hatte einen ganz besonderen Grund, sich dieses Vergnügen zu versagen. Als er sich vergewissert hatte, daß die Luft rein war, hupte er. Mustin und Sollie kamen durch die Schwingtür, Bret halb aufrecht zwischen sich schleppend. Larry öffnete die Tür und half ihnen, den Bewußtlosen im Wagen zu verstauen. Aus der Art, wie er atmete, schloß er – oder glaubte, daraus entnehmen zu können –, daß Bret wieder zu sich gekommen und direkt dazu übergegangen war, seinen Rausch auszuschlafen.

Als Larry mit dem neben ihm halb auf dem Sitz liegenden blauen Bündel davonfuhr, war er so zufrieden mit der Situation, daß er am liebsten wie ein Hahn gekräht hätte. Wenn er es so bedachte, konnte das alles mögliche bedeuten, ein Hahn zu sein, selbst wenn den Hahn an der Hintertür des Harems ein Beil erwartete. Verdammt noch mal, auch ihn erwartete ein Beil, aber er würde dem angeheuerten Killer eine lange, fröhliche Hetzjagd gönnen, bevor sich das Beil in seinen speziellen Nacken grub.

Er fuhr in Richtung Hollywood, den breiten Boulevard entlang, der von strahlendem, falschem Glanz und nächtliche Vergnügungen verheißenden Neonreklamen erhellt war, vorbei an erleuchteten Schaufenstern, durch die er flüchtig die elegante, glitzernde Welt erblickte, die er eines Tages zertrümmern würde. Wie der bewußtlose Mann neben ihm in das Bild paßte, wußte er noch nicht, aber es schien ihm ein guter Einfall zu sein, ihn mitzunehmen. Solange er den Burschen bei sich hatte, wußte er, was der andere tat; und je genauer er die Entwicklung im Fall Taylor im Auge behielt, desto größer war seine Chance, daß die Dinge weiterhin glatt für ihn liefen.

Und was noch wichtiger war, er genoß es, genau das Gegenteil von dem zu tun, was Paula West von ihm erwartete. Sie hatte ihm befohlen, von ihrem Lieutenant wegzubleiben, und sie wollte ihn dafür bezahlen, nur nahm er zufällig nicht von jedermann Befehle entgegen. Er würde wie ein Bruder mit Taylor zusammenkleben, solange er auch nur irgendeinen Druck von der anderen Seite spürte; das heißt, er war noch was Besseres als ein Bruder, er war ein guter Samariter. Den Rest der Heimfahrt verbrachte er damit, sich Gedanken darüber zu machen, was ein guter Samariter war, und mit der Überlegung, ob er es wohl riskieren konnte, sich einen kleinen Anteil aus Taylors Brieftasche zu nehmen, etwa so fünfzig Prozent. Doch er entschied sich letztlich dagegen. Dieser Unteroffizier der Marine aus dem Golden Sunset schien ein ziemlich gerissener Kerl zu sein, und wahrscheinlich würde er ein gutes Gedächtnis haben. Larry glaubte, sicher besser wegzukommen, wenn er ehrlich war und auf den unbedeutenden Profit verzichtete. Er war überzeugt, daß ein guter Samariter genau das tun würde, was immer ein guter Samariter auch, verdammt noch mal, sein mochte. Wahrscheinlich irgend so was Ähnliches wie das Rote Kreuz.

Er fuhr geradewegs in seine Garage und stellte den Motor ab. Taylor schlief noch, den Kopf ungeschickt in die Ecke des Sitzes geklemmt. Larry nahm eine Taschenlampe aus dem Handschuhfach und beleuchtete das schlafende Gesicht. An der Schläfe, wo ihn die Faust des Stabsmaats getroffen hatte, war ein blauer Striemen zu sehen, sonst schien ihm aber nichts zu fehlen, und er schnarchte munter vor sich hin, als würde er zu Hause in seinem Bett liegen. Es gab ihm ein angenehmes Gefühl der Macht, Taylor so in seinem Wagen zu haben, vollkommen hilf- und ahnungslos, in der dunklen Garage. Selbst im Schlaf war es nicht das Gesicht eines Mannes, mit dem man sich gern anlegen mochte. Es war ein energisches, hartes Gesicht, und Taylor war ein starker, harter Junge. Die beiden altbewährten Boxhiebe, die den Staabsmaat zu Boden geschickt hatten, gehörten zu den gekonntesten, die er seit den Tagen, da er selbst gekämpft hatte, gesehen hatte. Aber im Augenblick war er so harmlos wie ein Baby. Larry schlug ihm ein paarmal versuchsweise leicht ins Gesicht, und verdammt – der Bursche öffnete die Augen und versuchte, sich aufzurichten!

»Immer mit der Ruhe, Lieutenant!« sagte Larry.

»Wer sind Sie?« Die Worte kamen schwerfällig aus dem trockenen und geschwollenen Mund.

»Ein Freund, ein guter Freund der Familie. Fühlen Sie sich okay?«

»Du lieber Himmel, nein! Was ist denn passiert?«

»Sie sind vorhin mit einer Flasche niedergeschlagen worden, Lieutenant. Der Barkeeper hat es gemacht, damit Sie den anderen Burschen nicht umbringen.«

»Ich muß betrunken gewesen sein. Warum, zum Teufel, habe ich denn mit ihm gerauft? Es ging irgendwie um eine Frau –«

»Ja, wie meistens. Glauben Sie, daß Sie es schaffen, in meine Wohnung hinaufzugehen? Was Sie brauchen, ist eine

Mütze voll Schlaf. Es ist nicht gerade eine Luxusbleibe, aber sie steht zu Ihrer Verfügung, wenn Sie wollen.«

»Sie haben mir Ihren Namen nicht genannt. Ich kenne Sie doch nicht. Oder?«

»Ich heiße Milne, Harry Milne.« Es war der Name, den er bereithielt, wenn es ihm geraten schien, seinen eigenen nicht zu benutzen. »Ich saß im Café und sah, wie Sie bewußtlos geschlagen wurden, und da dachte ich, es wäre gut, Sie wegzubringen, bevor die Polizei kommt. Diese Bullen in L.A. können manchmal ganz schön unvernünftig sein.«

»Das ist sehr freundlich von Ihnen, aber ich kann mich Ihnen doch nicht aufdrängen –«

»Machen Sie sich deswegen keine Gedanken. Mir gefällt Ihre Boxtechnik. Ich hab' früher selber mal geboxt. Wir wollen gehen, wenn Sie es schaffen.«

Taylor war zittrig, aber er konnte ohne Hilfe gehen. Larry brachte ihn durch die Hintertür ins Haus und fuhr mit ihm im Lastenaufzug hinauf, denn es lag kein Grund vor, die Tatsache, daß er einen Gast bei sich hatte, an die große Glocke zu hängen. Frauen waren was anderes; die Mädchen, die ihn besuchten, waren gut für seinen Ruf. Kamen sie nicht zu ihm, besuchte er sie. Aber bisher wußte er ja noch nicht mal, was er mit Taylor machen würde, deshalb behielt er seine Errungenschaft lieber für sich.

Taylor benahm sich lammfromm und sagte kein einziges Wort, bis sie in der Wohnung waren. Dort fragte er nach dem Badezimmer und verschwand eilig. Während Taylor über der Toilette würgte und krächzte, nahm Larry seine Sammlung von Nackten mit den eigenhändigen Widmungen von den Wänden und verschloß sie in einer Schublade. Solange die Situation zwischen dem Lieutenant und ihm so unklar war, wollte er sich tunlichst darauf konzentrieren, einen guten Eindruck zu machen. So wie die Sache lief, würden er und Taylor am Ende noch Busenfreunde werden. Und das würde zu einem schallenden Gelächter erster Güte Anlaß geben. Er war ein exzentrischer Bursche, fürwahr, ein richtiger Spaßvogel, aus der obersten Kategorie, und mit Schellen dran. In gewisser Weise bedauerte Larry, kein Publikum zu haben, aber natürlich gab es niemanden, dem er vertrauen konnte. Er war so ein falscher Fünfziger, daß er sich kaum selbst traute.

Als Taylor aus dem Badezimmer kam, sah er ausschließlich bettlägrig aus. Da sein Gesicht blutleer war, hatte er den schmutzig-gelben Teint eines Gelbsüchtigen. Seine Stirn glänzte vor Schweiß, und seine Augen tränten noch vom Erbrechen. Sein Gang war jedoch aufrechter, und das war ein gutes Zeichen.

»Fühlen Sie sich besser?«

»Ja. Ich mußte erst einiges loswerden. Ich bin nicht daran gewöhnt, Whisky zu trinken.«

»Wie geht es Ihrem Kopf?«

»Nicht übel. Scheint zu bluten.«

»Sie haben Glück gehabt, daß die Flasche nicht zerbrochen ist.«

»Wahrscheinlich ja. Nun ja, dann werde ich mich jetzt verdrücken –«

»Tun Sie das nicht, Lieutenant! Wohin wollen Sie gehen?«

»Übrigens ist mein Name Taylor.« Er schüttelte Larrys Hand. »Ich weiß nicht, wie ich Ihnen danken soll.«

»Gar nicht. Sie sind nicht in der Verfassung, jetzt gleich wieder zu gehen. Haben Sie eine Unterkunft?«

»Nein, eigentlich nicht. Aber ich kann unmöglich noch mehr von Ihrer Zeit in Anspruch nehmen.«

»Himmel, dann bleiben Sie hier. Sie können im anderen Bett schlafen. Sagen Sie mir einen Grund, warum das nicht gehen soll.«

»Das ist sehr freundlich von Ihnen –«

»Unsinn! Ich würde das für jeden tun, für jeden ehemaligen Soldaten jedenfalls. So wie ich die Sache sehe, schulden wir alle euch Jungens, die ihr im Krieg gekämpft habt, etwas.« Du lieber Himmel, was für ein Schmalz! Aber er hatte es bestimmt geschafft, einen Unterton von Aufrichtigkeit in seinen Spruch zu legen.

»Wenn es Ihnen ganz sicher nichts ausmacht – ich muß zugeben, daß mich der Gedanke, mir für heute nacht noch ein Zimmer suchen zu müssen, nicht besonders reizt.«

»Also betrachten Sie die Sache als erledigt, Lieutenant. Sie können hierbleiben, solange Sie wollen. Sie können sogar einen meiner Pyjamas haben – wir sind doch etwa gleich groß. Nicht? Und jetzt kein Wort mehr. Ihr Bett ist gleich hier drinnen.«

Um zweiundzwanzig Uhr dreißig schlief Bret schon wieder, und Larry verließ leise die Wohnung, um seine Verabredung mit Paula West einzuhalten.

IV. TEIL
Jüngstes Gericht

12

Brets Verstand sträubte sich gegen die Klarheit des Morgens. Er war halb wach, hatte die Lider halb geöffnet und war sich schmerzhaft der messerscharfen Lichtstrahlen bewußt, die durch die Schlitze der Stabjalousien fielen. Er schloß die Augen wieder ganz und griff nach den abgetrennten Fäden seines Traums. Aber die Traumphantome entglitten ihm, flohen unkörperlichen Gespenstern gleich den Tunnel des Schlafes zurück. Das Bewußtsein hatte ihn wie mit einer Geburtszange fest im Griff und zerrte ihn am Kopf ins Leben. Der Druck der Realität, der auf seinen Schädel ausgeübt wurde, war schmerzhaft und irgendwie demütigend. Bret setzte sich auf, um den Druck abzuschütteln, doch der Schmerz und das Gefühl der Demütigung ließen sich nicht vertreiben. Der Schmerz lokalisierte sich deutlich in seinem Hinterkopf, und das Gefühl der Demütigung sackte in seine Magengrube und erzeugte dort einen Brechreiz. Er schluckte, aber seine Kehle war so trocken wie Sandpapier.

Ganz plötzlich erinnerte er sich wieder an das, was er tun mußte, und er sah auf seine Armbanduhr. Fast neun Uhr. Er hatte eine ganze Nacht damit vergeudet, zu saufen, sich zu prügeln und zu pennen, und war dem Mann, der seine Frau ermordet hatte, nicht die Spur nähergekommen. Rasch sprang er aus dem Bett und begann sich anzuziehen.

Ihm wurde bewußt, daß ihn jemand von dem Bett auf der anderen Seite des Zimmers aus beobachtete. Er wandte sich halb um und sah, wie sich sein Zimmergenosse auf einen Ellbogen stützte und dabei schief zu ihm herüberlächelte. Wie hieß der Mann doch noch gleich? Mill? Nein, Milne.

Harry Milne. Ihre Unterhaltung von der Nacht zuvor kam von weither in sein Gedächtnis zurück und hallte von den hohlklingenden Wänden seines Katers wider.

»Guten Morgen!« sagte der Mann in dem Bett. »Haben Sie gut geschlafen?«

»Sehr gut«, sagte Bret. »Vielen Dank, daß ich Ihr Bett benutzen durfte.«

»Ach, schon gut! Benutzen Sie es, solange Sie wollen. Ich kann nur in einem Bett schlafen.«

»Darf ich Ihnen etwas dafür bezahlen?« fragte Bret.

Aus irgendeinem Grund fand Harry Milne das komisch. Er lachte knabenhaft. »Himmel, nein! Dies hier ist keine Pension. Für meine Freunde tue ich Dinge, die ich für Geld nicht tun würde. Sie sind mein Freund, weil ich Sie mag. Ich schließe Freundschaften ganz einfach so« – er schnalzte mit den Fingern – »und lasse die Freunde ebenso schnell wieder fallen, wenn mir danach zumute ist, und der Alkohol mich dazu animiert. Weil wir gerade davon sprechen – der Alkohol scheint Sie gestern abend vorübergehend ganz schön animiert zu haben. Haben Sie übrigens einen Kater?«

»Ich fühle mich ausgetrocknet wie eine Dörrzwetschge.«

»Einen Augenblick! Ich hole Ihnen aus dem Eisschrank Milch.«

»Bitte, machen Sie sich keine Mühe.«

»Es ist keine Mühe.« Er sprang aus dem Bett und latschte durchs Zimmer. Bret mißfiel sein katzenhafter Gang, aber er unterdrückte dies Empfinden. Der Mann handelte wie ein Bruder, und er hatte kein Recht, ihn nicht zu mögen.

Larry merkte, daß irgendwas nicht stimmte. Kannte ihn der Bursche schließlich doch? War ihm ein Schnitzer unterlaufen? Nein, das war unmöglich. Wahrscheinlich gab es eine ganz einfache Erklärung für sein Benehmen; vielleicht mochte er sich nur nicht mit jemandem so halbbekleidet unterhalten. Er hatte Schultern wie ein Preisboxer. Konnte sein, sie waren ein bißchen zu wuchtig für eine perfekte Figur (wie seine, zum Beispiel), aber er war auch schnell, ein guter, schneller Halbschwergewichtler. Larry hatte den Wunsch, mit dem Mann zu kämpfen; nicht, daß er im Augenblick etwas gegen ihn gehabt hätte, sondern nur weil es interessant sein würde. Nun ja, interessant für etwa dreißig Sekunden. Mit seiner Erfahrung im Ring würde er den Burschen mit sechs Fausthieben sozusagen zerfetzen. Und auch das würde gewissen Spaß machen. In der Tat, es würde verdammt viel Spaß machen.

Bret nahm seine blaue Hose und begann, sie anzuziehen.

»He!« sagte Larry von der Tür her. »Die können Sie nicht anziehen.« Er wies auf den Triangel im rechten Hosenbein. Ganz abgesehen davon, daß die gesamte Uniform voller Schmutz war, den man nicht abbürsten konnte.

»Verdammt! Ich habe keine andere Kleidung bei mir.«

Er kam gar nicht auf die Idee, deswegen zu Paula zu gehen. Er wollte sie nicht wiedersehen, bis er getan hatte, was er tun mußte. Außerdem hatte sie vermutlich das Hospital angerufen und dort erzählt, daß er sozusagen seine Entlassungsauflagen nicht eingehalten hatte. Vielleicht suchten sie schon nach ihm. Bei diesem Gedanken drehte sich ihm der Magen um, und er wurde wütend.

»Hören Sie«, sagte der andere. »Wir haben ungefähr dieselbe Größe. Eigentlich müßten Sie einen meiner Anzüge tragen können. Ich bringe Ihre Uniform zu dem Schneider um die Ecke. Sie können sie noch heute zurückbekommen.«

»Nein, nein, ich kann die Uniform schon tragen.«

»Seien Sie nicht albern. Sie sieht gräßlich aus. Hier, probieren Sie das mal an!« Er warf Bret eine lose Kamelhaarsportjacke zu. »Ich hasse es, meine Garderobe so unbenutzt herumliegen zu sehen. Diese Hose hier müßte Ihnen auch passen. Für mich ist sie ein bißchen zu groß. Los, probieren Sie sie an!«

Bret zog beides aus reiner Neugierde an. Seit Jahren hatte er keine Zivilkleidung mehr getragen, und zu keinem Zeitpunkt hatte er je eine Kamelhaarjacke und hellbraune Gabardinehosen angehabt. »Ich komme mir wie ein Wolf im Schafspelz vor«, sagte er.

»Das ist wirklich gut.« Larry lachte wieder. Bret mochte das Lachen ebensowenig wie den Gang. Irgend etwas an dieser Freundlichkeit war falsch, und er mochte durch sie nicht zu irgend etwas verpflichtet werden. Aber er hatte keine andere Wahl, wenn er nicht noch mehr Zeit vergeuden wollte.

Larry reichte ihm eine gestrickte braune Krawatte und sah zu, wie Bret sie sich umband. »Sie sehen raffiniert aus.« Er redete weiter, während er sich anzog. »Schöne weiche Jacke, stimmt's? Hat mich achtzig Eier gekostet. Daß Sie mir ja nicht abziehen und sich wieder in eine Kneipenrauferei verwickeln lassen. Aber das würden Sie ja mir und meiner Jacke nicht antun, nicht wahr?«

»Ich kann Ihre Jacke nicht tragen«, sagte Bret scharf.

»Nun haben Sie sich doch nicht so, mein Lieber! Ich habe doch nur Spaß gemacht. Ich möchte, daß Sie meine Jacke tragen, ja, ich bin ganz versessen darauf, Lieutenant. Sie sollten lernen, eine liebevolle Stichelei zu erkennen.«

Du sprichst zuviel, dachte Bret, und ich mag deinen Jargon nicht. Welchen billigen Hollywood-Darsteller versuchte er zu imitieren? Doch der Mann hatte ihn aus dem Schlamassel herausgeholt und ihn mit nach Hause genommen und ihn in seinem eigenen Bett schlafen lassen. Er konnte ihn nicht gut schroff abservieren, weil er sich zu leichtfüßig bewegte, oder weil sein Unterhaltungsstil zu flott und hohl war.

»Sie sind der Arzt«, brachte er ein bißchen mühsam heraus. »Ich bin Ihnen sehr dankbar.«

Larry griff nach der blauen Uniform und faltete sie über seinen Arm. »Ich bringe dies schnell zum Schneider hinüber, bevor Sie wieder Ihren Entschluß ändern. Wenn Sie die Milch haben wollen, die ich Ihnen versprochen habe, der Eisschrank steht gleich dort drüben.« Er wies durch die offene

Tür des Wohnzimmers. »Oh, einen Augenblick noch! Ich habe beinahe vergessen, Ihr Zeug aus den Taschen zu nehmen.« Seine Finger durchsuchten sie rasch und häuften die Dinge aufs Bett: Ein Taschentuch, ein Kamm, Briefe, ein Adreßbuch, ein Schlüsselmäppchen, eine Brieftasche und ein paar zerknitterte Zeitungsausschnitte.

»Geben Sie mir das!« Bret ging auf ihn zu und riß ihm die Ausschnitte aus der Hand, jedoch nicht, bevor Larry gesehen hatte, um was es sich handelte.

»Klar, klar!« sagte Larry. Der Bursche begann, ihm auf die Nerven zu gehen, und er hatte sogar flüchtig so etwas wie Angst vor ihm. Schließlich sollte Taylor ein Verrückter sein, und da wußte man nie, was passierte. Wenn man mit normalen Menschen Schwierigkeiten bekam, konnte man sie niederschlagen und liegen lassen, aber ein Verrückter hatte etwas an sich, das einem den Mumm nahm. Vielleicht war er selber verrückt gewesen, einen Verrückten wie Taylor zu sich nach Hause zu bringen. Für was für eine Art Komiker hatte er sich denn gehalten, daß er sich selbst derlei Späße bot? Der Bursche hätte ihn im Schlaf ermorden können.

»Klar!« wiederholte er. »Glauben Sie bloß nicht, ich wollte versuchen, mich in Ihre Angelegenheiten einzumischen.«

»Ich glaube, ich war unhöflich«, sagte Bret. »Ich habe nur in diesen Ausschnitten ein paar Sachen angestrichen. Stoff zum Nachdenken«, fügte er ungeschickt hinzu.

Stoff zum Nachdenken ist der richtige Ausdruck, dachte Larry. Sein Mut kehrte zurück und machte ihn vergnügt. Himmel, der Kerl wußte nichts, nicht das allergeringste. Aber er, Larry, wußte über alles Bescheid und beherrschte die Situation. Er spielte den Gimpel, mit seinem eigenen Würfel, mit jedem Einsatz, der ihm beliebte. Der Trottel Taylor hatte nichts gegen ihn in der Hand und würde es auch nie haben. Es war ja doch genau umgekehrt, wie er sich jetzt wieder ins Gedächtnis rief. Fast hatte er Mitleid mit dem Trottel, aber nicht richtig. Es zahlte sich nie aus, mit jemandem Mitleid zu haben.

Er fühlte sich so leicht und beschwingt, daß er den Weg zum Schneider beinahe im Laufschritt zurücklegte. Zwar wußte er nicht, was Ironie war, aber was er genoß, war die Ironie der Situation. Da kümmerte er sich nun ausgerechnet um Taylors Angelegenheit. Er ließ ihn bei sich wohnen, lieh ihm seine Sachen, schlief mit ihm im selben Zimmer. Und das alles mit zwei Hundertdollarscheinen in der Hüfttasche – dafür, daß er sich von dem Burschen fernhielt. Wenn Geld wirklich die Wirkung gehabt hätte, die Paula West davon erwartete, so wäre er jetzt in Nevada. Aber hier war es interessanter, und das Geld hatte er ohnehin, und wo das herkam, gab's noch jede Menge mehr. Er brauchte es nur zu sagen und würde sofort mehr bekommen.

Er war enttäuscht und fühlte sich betrogen, als er in seine Wohnung zurückkehrte und feststellte, daß Taylor weggegangen war. Unter einer vollen Milchflasche auf dem Küchentisch lag ein Zettel:

Entschuldigen Sie, daß ich weggegangen bin, aber ich muß etwas Dringendes erledigen. Nochmals vielen Dank für alles, und machen Sie sich bitte keine Gedanken wegen Ihres Anzugs!
B. Taylor

Ach ja, Taylor würde zurückkommen, darauf konnte er sich verlassen. Taylor war der Typ, der zurückkehren mußte, um ihm seinen Anzug wiederzubringen. Er selber war zum Glück nicht so, aber er war diesem Typ in seinem Leben schon ein- oder zweimal begegnet – dem Typ, der so ehrlich war, daß es schon beinahe weh tat.

Es war nach zehn Uhr, als Bret im Golden Sunset Café eintraf. Das Lokal war leer, bis auf ein paar frühzeitig eingetroffene Barfliegen. Es wirkte kalt und trostlos am Morgen und erinnerte an einen Grippepatienten, der jeden Tag mit einer niedrigen Temperatur begann und am Abend den Höhepunkt des Fieberdeliriums erreicht hatte. Der langgestreckte Raum war gleichsam ein Abbild seines Katers, heruntergewirtschaftet und fast leer und mit den Gerüchen nach ranzigem Fett und verschüttetem, abgestandenen Whisky angefüllt, wie in einer bösen Erinnerung.

Zum Glück hatte keiner der Barkeeper, die am vorhergehenden Abend Zeuge seines Kampfes gewesen waren, Dienst. Den Mann hinter der Theke hatte er noch nie gesehen, einen jungen Mann mit einem hageren und zugleich rundlichen Gesicht wie das eines ausgemergelten Kindes. Unter seinen blassen Augen mit dem unbestimmten Blick hingen graue Tränensäcke, runzelig wie die Haut eines Hühnchens.

Rollins?

Die untere Partie seines Körpers wurde von einer Erregung erfaßt, die ihm alle Kraft raubte und ihn sichtbar zittern ließ. Er ließ sich in der der Tür nächstliegenden Nische nieder und überlegte. Er konnte nicht erwarten, daß Rollins in der Lage war, ihm irgend etwas zu erzählen. Die Polizei hatte ihn vor langer Zeit vernommen und lediglich herausgefunden, daß Lorraine in der bewußten Nacht allein weggegangen war. Selbst wenn Rollins noch etwas mehr wußte, hatte er keinen Grund anzunehmen, daß er es aus ihm herausbekommen konnte. Trotzdem wollte die Erregung nicht nachlassen. Sie stieg hoch in seinem Kopf, so daß ihm schwindelig wurde und Rollins' Gesicht – falls es Rollins war – hinter der Bar verschwamm, und die muffige Luft im Raum wie eine elektrische Glocke summte.

»Was wollen Sie haben?« Eine Kellnerin mit einem dunklen, pockennarbigen Gesicht war aus der Küche hinten herausgekommen und blieb ruhig vor ihm stehen, wie eine Dienerin.

Es fiel ihm ein, daß er seit dem vorigen Mittag nichts gegessen hatte. »Spiegelei auf Toast?«

»Ja. Wir haben auch Schinken heute, wenn Sie den wollen.«

»Gut. Und bringen Sie mir gleich ein Glas Milch.« Sein ausgetrockneter Gaumen bedauerte immer noch, daß die Flasche Milch ungeöffnet, zum Zeichen seiner Unabhängigkeit, auf Harry Milnes Küchentisch stehengeblieben war.

»Ein Glas Milch?« Die Kellnerin hob eine dichte schwarze Braue. »Soll da noch etwas hinein?«

»Nein, danke. Ich bin milchsüchtig.«

Sie blieb stehen, während er trank, als wäre das ein einmaliges Erlebnis. Dann sah sie zu, wie er seinen Schinken und seine Eier aß.

»Sie waren aber hungrig«, sagte sie. Am Morgen bekam man ohnehin nie Trinkgeld – die Typen, die in diese Kneipe kamen, mußten erst gar gekocht werden, bevor man ihnen auch nur einen Fünfcentstück entreißen konnte –, man konnte sich also ruhig natürlich benehmen.

»Ja«, antwortete er. »Eßsüchtig bin ich auch.«

Sie lachte, trotzdem er nicht lachte, und es war nicht zu glauben, er gab ihr einen Dollar und sagte, sie sollte den Rest behalten. Die Zustände besserten sich langsam in der Spelunke, und einen Augenblick lang vergaß sie ihre Krampfadern und hörte fast auf, sich zu wünschen, daß eine dieser Atombomben direkt über dem Dach des Golden Sunset Cafés explodieren und mehrere Quadratmeilen von L.A. einschließlich ihrer Person vernichten möge.

»Ist das James Rollins hinter der Bar?« fragte Bret.

»Hm, das ist Jimmie.«

Bis auf eine hatten sich alle Barfliegen verdrückt. Rollins, der für den verbliebenen alten Mann gerade Whisky mit Bier gemixt hatte, manikürte sich jetzt mit einem Taschenmesser die Fingernägel und runzelte in stumpfsinniger Konzentration die Stirn.

»Sagen Sie ihm, bitte, ich würde gern mit ihm sprechen. Ja? Hier an meinem Tisch.«

»Gern«, sagte die Kellnerin und ging zur Theke.

Rollins trat durch die kleine Tür am vorderen Ende und kam mit schnellen, ruckartigen Schritten auf Bret zu. »Was kann ich für Sie tun, mein Freund?«

»Bitte, setzen Sie sich!«

»Warum nicht?« Er setzte sich Bret gegenüber, die blasse gewölbte Stirn immer noch zerfurcht.

»Sie hatten an dem Abend, als Mrs. Lorraine Taylor ermordet wurde, hier Dienst«, sagte Bret langsam.

Spott kräuselte seine Lippen, und er kniff sie zusammen. »Hm, ja, stimmt. Und?«

»Ich möchte gern, daß Sie mir erzählen, was Sie gesehen haben.«

»Sind Sie ein Polyp?« sagte Jimmie in seinem schnellen, monotonen Tonfall. »Ich habe den Polypen bereits alles erzählt.«

Bret nahm eine Zwanzigdollarnote aus seiner Brieftasche und faltete sie klein zusammen. In den Augen gegenüber glitzerte schwach so etwas wie nagende Gier. »Nein, ich bin kein Polyp. Mich interessiert, was mit Mrs. Taylor passiert ist.«

»Himmel, Freund, ich weiß ebensowenig wie Sie, was mit ihr passiert ist. Sie spazierte in der Nacht damals hier heraus, und das war das letzte, was ich von ihr gesehen habe.«

Mit sichtlicher Anstrengung löste er seinen Blick von der Zwanzigdollarnote und sah in Brets Augen. Sein Blick war unschuldig und durchsichtig wie Gin.

»War sie betrunken?«

Rollins' breites humorloses Grinsen entblößte einen mit einer Goldkrone versehenen Weisheitszahn. »Was meinen

Sie denn? Sie behaupten, Sie hätten Lorrie gekannt. Ich habe sie niemals nüchtern gesehen. Sie?«

»Ich habe nicht behauptet, daß ich sie gekannt habe.«

»Oh, dann habe ich Sie falsch verstanden. Warum sind Sie dann interessiert? Sagen Sie, Sie schreiben nicht zufällig eine von diesen auf Wahrheit beruhenden Kriminalgeschichten?«

»Nein.« Die Unterhaltung war ohnehin hoffnungslos, und es nützte nichts, vorsichtig oder diskret zu sein. »Ich heiße Taylor. Sie war meine Frau.«

»Sie sind ihr Mann?« Rollins richtete sich auf und die widersprüchlichsten Gefühle zerknitterten sein Gesicht wie bei einem plötzlich einsetzenden gewaltsamen Alterungsprozeß. »Ich dachte, Sie wären –« er hatte seine Zunge wieder unter Kontrolle.

»Davon bin ich überzeugt, aber ich bin nicht interessiert, an dem, was Sie dachten.« Er faltete die Banknote auseinander und strich sie auf dem Tisch glatt. »Sind Sie absolut sicher, daß sie allein von hier wegging?«

»Klar bin ich sicher. Außerdem bin ich nicht der einzige Zeuge. Das wissen Sie ja. Und ich würde mit so einer Sache nicht hinterm Berg halten.«

»Sie nannten sie Lorrie –«

»Wirklich? Das muß mir so rausgerutscht sein. Sie wissen, wie das so ist.«

»Nein. Erzählen Sie mir davon! Kam sie öfter hierher?«

»Ja, sicher. Sie war jeden zweiten Abend hier.«

»Allein?«

»Natürlich allein«, sagte Rollins sehr zungenfertig. »Die Kleine war absolut anständig. Sie war eine kleine Säuferin, aber das kann man ihr nicht übelnehmen.«

»Ich nehme ihr überhaupt nichts übel«, sagte Bret und bemühte sich, seine heftigen Gefühle im Zaum zu halten. »War sie mit Ihnen befreundet?«

»Na, befreundet ist nicht gerade das richtige Wort«,

sagte Rollins unbehaglich. »Natürlich habe ich sie gekannt, weil sie doch immer hierherkam.«

»Immer allein?«

»Ich habe Ihnen doch gesagt, daß sie allein war. Nicht wahr? Hören Sie, Mister, Sie müssen mich entschuldigen, ich muß hinter die Theke zurück. Der Boss kann jederzeit kommen.« Er warf einen Abschiedsblick auf den Zwanzigdollarschein und stand auf.

»Setzen Sie sich wieder!« sagte Bret. »Sie haben nur einen Gast, und der hat noch etwas zu trinken.« Er nahm einen zweiten Zwanziger aus der Brieftasche und legte ihn quer auf den anderen.

Rollins widerstand dem Magnetismus der Banknote, wurde aber davon langsam wieder auf seinen Stuhl zurückgezogen. »Ich weiß nicht, was ich Ihnen erzählen soll«, sagte er nach einer Pause. »Die Kleine war kein Flittchen, wenn Sie darauf hinauswollen. Ich hatte nie etwas mit ihr zu tun, außer daß ich ihr einen Drink über die Theke hinschob. Ich wußte nicht mal ihren Nachnamen, bis ich ihn in der Zeitung las.«

»Sie wissen sehr wohl, worauf ich hinauswill. Meine Frau ist tot, und ich versuche herauszufinden, warum.«

»Und weshalb kommen Sie da zu mir? Ich bin kein Prophet. Ich habe den Polypen alles erzählt, was ich weiß, und es hat sie nicht weitergebracht.«

»Hatte sie irgendwelche Freunde? Wenn sie fast jeden Abend hier war, müßten Sie mir doch irgendeinen Hinweis geben können.«

»Klar, sie kannte viele der Stammgäste. Jeder mochte sie. Gelegentlich lud sie mal einer der Burschen zu einem Glas ein, aber da war nichts weiter dahinter.«

In seinem Eifer, den Ehemann von Lorraines Unschuld zu überzeugen, trug Rollins zu stark auf. Bret fühlte sich ermutigt fortzufahren. »Wer hat sie eingeladen? Sagen Sie mir einen Namen!«

Rollins wand sich, aber war nach wie vor von der Hoffnung auf die unverhofften vierzig Dollar beseelt. »Ich führe kein Tagebuch, Mr. Taylor«, winselte er. »Ich habe keine Namensliste. Und ich schnüffle nicht im Privatleben meiner Kunden herum!«

»Einen Namen, einen Mann, der sie gekannt hat. Einen Mann, der sie zum Trinken eingeladen hat.«

»Ich möchte niemanden in Schwierigkeiten bringen, Mr. Taylor. Es ist kein Verbrechen, ein Mädchen zu einem Drink einzuladen. Und es geht mich nichts an, was die Leute tun, solange sie in dieser Bar keinen Stunk machen. Vierzig Dollar sind für mich nicht genug, um einem Gast Scherereien zu machen.«

»Ich habe noch eine Menge Zwanziger in meiner Brieftasche. Wieviel?«

»Verstehen Sie mich nicht falsch, Mr. Taylor. Das Geld ist mir nicht wichtig –«

»Wieviel?«

»Hundert?« flüsterte Rollins.

»Was bekomme ich dafür?«

Rollins beugte sich über den Tisch und sprach leise, während seine Blicke seitlich in Richtung der Küchentür und des Eingangs hinglitten. »Da ist ein Bursche, der an ihr interessiert war. Er hat ein paarmal versucht, sich an sie heranzumachen, aber sie wollte nicht.«

»Wann?«

»Oh, mehrmals. Er war auch in der Nacht da, als sie umgebracht wurde. Er wollte sie nach Hause bringen, aber sie ließ ihn wieder abblitzen.«

»Finden Sie, daß das hundert Dollar wert ist?«

»Warten Sie doch! Ich habe Ihnen noch nicht alles erzählt. Aber, um Himmels willen, lassen Sie mich aus der Sache heraus, Mr. Taylor! Ich möchte niemanden in Schwierigkeiten bringen«, sagte er und dachte dabei an sich selbst.

»Haben Sie deshalb der Polizei nichts davon erzählt?«

Aus Rollins' Gesicht wich alle Farbe, und seine Pickel

zeichneten sich plastisch ab. »Sie werden doch der Polizei nichts davon erzählen? Ich habe keinen Grund anzunehmen, daß der Bursche irgend etwas mit ihrer Ermordung zu tun hat. Ich wollte ihn doch nicht grundlos den Löwen zum Fraß vorwerfen.«

»Ist er etwa ein Freund von Ihnen?«

»Nein, nicht das, was man einen Freund nennt. Wenn er ein Freund wäre, würde ich Ihnen den Namen nicht für hundert Dollar verraten.«

Wirklich nicht? dachte Bret. »Sie haben mir seinen Namen noch nicht gesagt.«

»Sie haben mir den Hunderter noch nicht gegeben.«

»Hier sind erst einmal vierzig.« Bret schob die beiden Zwanziger über den Tisch. »Sie sagten, es gäbe noch mehr zu erzählen.«

Rollins' Hand bewegte sich wie ein schneller, weißer Vogel, und die Banknoten waren vom Tisch verschwunden. »Werden Sie mir das übrige geben?«

»Ja, wenn Sie mir den Rest der Geschichte erzählt haben und wenn etwas an ihr dran ist.«

»Ja, aber woher weiß ich, ob ich Ihnen trauen kann?«

»Sie können mir trauen. Die Frage, die mich bewegt, ist, ob ich Ihnen trauen kann.«

»Ich erzähle Ihnen, was ich weiß. Mehr kann ich nicht tun.«

»Also los, nicht so langsam!«

»Nun, dieser betreffende Kunde versuchte, sich an Lorrie – an Ihre Frau heranzumachen, wie ich schon sagte. Sie sagte, sie wollte allein nach Hause gehen oder so was Ähnliches – die genauen Worte habe ich nicht gehört.«

»Das war in der Nacht, als sie umgebracht wurde?«

»Ja, ein paar Minuten, bevor sie ging. Sie ging allein hinaus, wie ich gesagt habe, und dieser Typ stand auf und verschwand gleich nach ihr. Damals habe ich mir nichts dabei gedacht, aber ich erinnerte mich wieder daran, als die Polypen am nächsten Tag kamen. Ich wußte, daß der Bursche einen Wagen draußen stehen gehabt hatte, und vielleicht ist er hinter ihr hergefahren, um sich noch einmal an sie heranzumachen.«

»Wer ist dieser Mann?«

»Ein Bursche, der manchmal hierherkommt. Früher war er nichts weiter als ein billiger Ganove, aber er hat während des Krieges einen Haufen Geld gemacht, und jetzt hat er seine eigene Cocktailbar drüben in Glendale. Trotzdem ist er immer noch ein Gauner. Der dreckige Bastard hatte mir einen Job bei sich versprochen, doch dann hat er's sich anders überlegt und Lefty-Swift die Bar überlassen, einem Schwulen wie er im Buche steht.«

»Verstehe.«

»Was wollen Sie damit sagen?«

»Sie sind sicher, daß Sie ihm nicht einfach nur Schwierigkeiten machen wollen?«

»Wirklich, Mr. Taylor, Schwierigkeiten sind das letzte, was ich mir wünsche. Sie haben mich gebeten, Ihnen alles zu erzählen, was ich weiß, und genau das habe ich getan. Um Himmels willen, Sie werden doch Garth nicht erzählen, daß Sie's von mir haben?«

»Garth? Heißt er so?«

»Ja, Burton Garth. Aber Sie müssen mir versprechen, daß Sie ihm nicht verraten, daß ich Ihnen von ihm erzählt habe. Ich weiß nicht, ob er was mit dem Mord zu tun hat, aber wenn ja, möchte ich nichts mit der Sache zu tun haben.«

»Es sei denn, sie kommt vor Gericht. Dann müssen Sie als Zeuge auftreten.«

»Ja, vermutlich«, gab er zögernd zu. »Kriege ich die restlichen sechzig?«

»Wenn dieser Garth ein wirklicher Hinweis ist. Sonst nicht.«

»Das haben Sie vorher nicht gesagt«, knurrte Rollins voll

nagender Wut und Enttäuschung. »Sie haben mir hundert versprochen.«

»Sie bekommen den Rest, wenn ich mit Garth gesprochen habe. Ich habe Ihnen gesagt, daß Sie mir trauen können.«

»Ihnen trauen?« Rollins lachte hohl. »Sie haben mir hundert versprochen und mir schäbige vierzig gegeben.«

»Beruhigen Sie sich, oder ich nehme Ihnen die vierzig wieder weg und bewahre sie für Sie auf.« Er stand auf, einen breiten Schatten über die Seite der Nische werfend, auf der Rollins saß.

»Wo ist Burton Garth?«

»Woher soll ich wissen, ob ich Sie je wiedersehe?« brummte Rollins halb zu sich selbst.

»Ich habe gesagt, Sie sollen deswegen ruhig sein. Wo ist Garth?«

»Er leitet das *Cockalorum* in Glendale drüben. Wahrscheinlich ist er jetzt dort. Sie könnten mir wenigstens Ihre Adresse geben. Nicht?«

»Ich habe keine Adresse«, sagte Bret, während er hinausging.

14

Normalerweise hätte er geglaubt, nicht in der Lage zu sein, sich ein Taxi nach Glendale leisten zu können, aber Geld gehörte jetzt zu den Dingen, die keine Rolle mehr spielten. Er hatte vier- bis fünfhundert Dollar in der Tasche und dazu noch zweitausend auf der Bank und er war sicher, daß die Summe ausreichte, um ihn durchzubringen, egal, auf welches Ziel er auch immer blind zusteuerte. Zeit war die einzige Währung, die er sich auszugeben scheute, denn er hatte das Gefühl, daß ihm nur sehr wenig davon zur Verfügung stand.

Während der halbstündigen Fahrt nach Glendale saß er vornübergeneigt, so als wollte er etwas von seinem Schwung auf das Taxi übertragen. Sein Bedürfnis, sich einer Sache bald sicher sein zu wollen, hatte ihn, verbunden mit seiner Abneigung, Tagen oder Wochen des Wartens und der ziellosen, blinden Jagd entgegenzusehen, bereits halb überzeugt, daß Burton Garth der Mann war, der Lorraine getötet hatte.

Das *Cockalorum* lag einen halben Häuserblock vom East Broadway entfernt mitten in Glendale. Es war eine Bar mit einer glänzenden neuen Vorderfront aus schwarzem und orangefarbenem Kunststoff. Bret wies den Taxifahrer an zu warten.

Ja, Mr. Garth wäre da, sagte der junge Mann mit der weichen Stimme hinter der Theke. Er wäre in seinem Büro hinten. Einen Augenblick! Er würde ihn rufen.

»Ich würde gern mit ihm in seinem Büro sprechen.«

»Wie Sie wollen, Sir. Die letzte Tür rechts, die neben der Damentoilette.«

Die Bürotür stand einen Spaltbreit offen. Bret klopfte und trat ein. Garth saß hinter einem neuen Stahlrohrschreibtisch, der fast die Hälfte des winzigen Kabuffs einnahm. Er war ein kahlköpfiger Mann in den Vierzigern, mit fleischigem Kinn und Hals, wodurch die Schärfe seiner Nase und die Kleinheit seiner Augen noch betont wurde. Seine Sportjacke war teuer und von greller Farbe. Sie paßte zu den schreienden Farben seiner handbemalten Sonnenuntergangs-Krawatte. Unter Trinkern, Schwachsinnigen, Hausierern, Prostituierten und Dieben hätte er vielleicht als Ehrenmann durchgehen können, solange er einen Haufen Geld in der Tasche hatte und damit um sich warf. Bret fand ihn auf Anhieb widerlich, aber das hatte nichts zu bedeuten. Der Mann sah viel zu vorsichtig und zu schlau aus, um ein Verbrechen aus Leidenschaft zu begehen.

»Was kann ich für Sie tun, Sir?« sagte Garth mit einem heiseren Tenor.

»Es ist eine bemerkenswerte Geschichte.«

»Hören Sie, ich bin gerade ziemlich beschäftigt. Wenn Sie mir kurz erzählen könnten, worum es geht, Mr. –«

»Ich heiße Taylor. Lorraine Taylor war meine Frau.«

»Ich kenne die Lady nicht. Sollte ich sie kennen?« Seine Blicke huschten nervös hin und her und verdarben die Wirkung seines Lächelns.

Wie alle offensichtlichen Bluffer wirkte Garth so, als wäre er ein gutes Objekt, um selbst gebluft zu werden. »Das glaube ich schon«, sagte Bret. »Man hat sie in der Nacht, als sie ermordet wurde, mit Ihnen zusammen auf der Straße gesehen.«

»Da muß ein Irrtum vorliegen.« Seine Stimme klang laut und fest, aber er beugte sich über den Schreibtisch und schob die Tür zu. Bret spürte, wie er Platzangst bekam und von Ekel erfaßt wurde. War er bereits am Ende angelangt, eingeschlossen in einer fensterlosen Zelle mit einem alternden Tenor in einer handbemalten Krawatte?

»Wollen Sie sich nicht setzen, Mr. Taylor? Ich habe keine Ahnung, wovon Sie reden, aber ich möchte Ihnen gern helfen, wenn ich kann. Sie haben gesagt, Ihre Frau ist ermordet worden?« Er schnalzte auf irritierende Weise mit der Zunge.

»In der Nacht des dreiundzwanzigsten Mai vorigen Jahres, gegen zehn Uhr dreißig. Kurz vorher wurden Sie mit ihr zusammen gesehen. Bestreiten Sie das?«

»Natürlich bestreite ich das.« Aber er war nicht so zornig und aufgebracht, wie er eigentlich hätte sein sollen. »Hören Sie, Mr. Taylor, was haben Sie vor? Soll das ein Scherz sein?«

»Bei solchen Dingen mache ich keine Scherze. Und Sie scheinen auch nicht sonderlich amüsiert zu sein.«

»Natürlich finde ich es nicht komisch, wenn jemand einfach hier hereinplatzt und mich beschuldigt, in einen Mord verwickelt zu sein.« Sein Gesicht war um ein Lächeln bemüht, was aber erneut durch die verängstigt dreinblickenden kleinen Augen vereitelt wurde. »Ich erinnere mich nicht einmal daran, was ich am dreiundzwanzigsten Mai getan habe.«

»Doch! Sie waren an diesem Abend im *Golden Sunset Café*. Sie baten meine Frau, sich von Ihnen heimbringen zu lassen, und sie weigerte sich. Als sie wegging, folgten Sie ihr hinaus und boten ihr an, sie in Ihrem Wagen nach Hause zu bringen.«

»Da hat Ihnen jemand einen Bären aufgebunden und wilde Geschichten über mich verbreitet, Taylor. Wer war es?«

»Sie werden die Betreffenden vor Gericht treffen«, sagte Bret ebenso sachlich wie nachdrücklich. Bisher war dem Mann kein falsches Wort entschlüpft, und doch hatte Bret das fast sichere Gefühl, daß Garth etwas verbarg. »Ich möchte, daß Sie mit mir zur Polizei kommen und Ihre Fingerabdrücke mit denen, die in meinem Haus gefunden wurden, vergleichen lassen.«

»Scheren Sie sich zum Teufel!« schrie Garth mit einer Stimme, die sowohl ein Kläffen als ein Bellen war.

»Wenn Sie nicht hingehen wollen, kann die Polizei auch hierherkommen.«

Der Zorn, der Garth' Gesicht hatte anschwellen lassen, verpuffte wie Luft aus einem undichten Ballon. »Um Himmels willen, Mann, das können Sie nicht machen! Ich habe Frau und Kinder. Ich habe hier eben erst mit einem ehrlichen Geschäft angefangen. Sie können doch nicht einfach grundlos die Polizei hierherbringen.«

»Ich hatte auch einmal eine Frau. Waren Sie bei ihr, als sie starb?«

»Nein! Wollen Sie sich, um Himmels willen, hinsetzen und mir zuhören, Mr. Taylor? Sie können mir das nicht antun. Ich habe weder Ihnen noch Ihrer Frau je irgendein Leid gewünscht. Wollen Sie sich nicht, bitte, hinsetzen und sich von mir erzählen lassen, weshalb Sie die Bullen da nicht mit hineinziehen dürfen? Ich habe mir eine Menge Feinde geschaffen, als ich aus der Organisation ausstieg, und nichts würde denen besser gefallen, als mich aufgrund falscher Beschuldigungen ins Kittchen abwandern zu sehen.«

»Ihre Aussichten interessieren mich nicht. Ich bin ausschließlich an der Wahrheit interessiert.«

»Ich will Ihnen ja die Wahrheit erzählen, Mr. Taylor.« Sein glatter brauner Schädel glitzerte wie schmelzendes Eis.

»Bis jetzt haben Sie mir noch gar nichts erzählt.«

»Ich bin unschuldig, Sie werden es gleich sehen. Ich würde niemals ein solches Verbrechen begehen, Mr. Taylor. Ich habe eine Tochter, die beinahe so alt ist, wie sie es war.«

Bret beugte sich schwer über den Schreibtisch und blickte in das ihm zugewandte Gesicht. »Sie haben gesagt, Sie kannten sie nicht.«

»Ich kannte sie. Natürlich kannte ich sie. Ich habe sie in jener Nacht heimgefahren. Damit bin ich doch schließlich noch kein Mörder. Oder? Nur weil ich eine Frau nach Hause fahre? Sie sind ein vernünftiger Mann, Mr. Taylor. Ich würde Ihnen das hier nicht erzählen, wenn ich schuldig wäre. Nicht wahr? Ich bin ebenso unschuldig wie Sie. Warum setzen Sie sich nicht?«

Bret setzte sich auf den einzigen anderen Stuhl; seine Knie wurden gegen das Ende des Schreibtisches gezwängt. Garth nahm ein weißes Seidentaschentuch aus der Brusttasche und wischte sich über das schweißüberströmte Gesicht.

»Es ist heiß hier drinnen«, sagte er heiser.

»Ich habe es langsam satt zu warten.«

»Ja – natürlich. Ich versuche Sie nicht hinzuhalten, Mr. Taylor.« Er begann nun unverzüglich, seine Geschichte zu erzählen, so als hätte Bret auf einen Knopf gedrückt. »Ich hatte keine Ahnung, daß die junge Lady verheiratet war, das dürfen Sie nicht vergessen. Sie war für mich einfach ein hübsches Mädchen, das ich ein- oder zweimal im Golden Sunset Café gesehen hatte und für das ich mich zufällig zu interessieren begann – auf völlig unschuldige Weise. Ich war einsam – meine Frau und ich sind nicht allzu glücklich miteinander, Mr. Taylor –, und sie sah so aus, als ob sie glücklich wäre, und ich dachte, es wäre irgendwie nett, wenn wir zusammenkommen würden. Gesellschaft war alles, was ich im Sinn hatte, das schwöre ich.«

»Sie würden alles beschwören. Weiter!«

»Es stimmt, was Sie sagten, ich war am Abend des dreiundzwanzigsten Mai im Golden Sunset Café und zufällig sah ich sie dort. Offen gestanden, sie schien ein bißchen viel getrunken zu haben, und ich wurde ein wenig besorgt um sie. Das Golden Sunset ist kein erstklassiges Restaurant, und einige der Gäste dort sind skrupellos, wenn nicht noch schlimmer. Nun, langer Rede kurzer Sinn, ich erbot mich, sie in meinem Wagen heimzubringen. Da sie eine verheiratete Frau war – was sie mir aber nicht sagte –, weigerte sie sich natürlich, und selbstverständlich zog ich mich zurück. Es wäre besser für mich gewesen, ich hätte die Sache auf sich beruhen lassen, aber das konnte ich nicht, Mr. Taylor. Ich machte mir Sorgen um sie und behielt sie im Auge. Ich habe Ihnen ja erzählt, ich habe selber eine Tochter, die beinahe achtzehn ist. Mrs. Taylor konnte nicht viel älter sein –«

»Lassen Sie das väterliche Getue«, sagte Bret barsch. »Sie erwarten doch nicht, daß ich Ihnen das abnehme.«

Die zerfließenden Züge erstarrten in geheucheltem Entsetzen. »Sie beschuldigen mich doch nicht –«

»Sie sollen das lassen, habe ich gesagt. Mir dreht sich der Magen dabei um.«

Garth wischte sich erneut über das Gesicht. Bret sah, wie sich der weiche Seidenkragen, der seinen fleischigen Hals umschloß, langsam entfärbte und mit Feuchtigkeit vollsaugte. Vielleicht war es heiß im Zimmer, aber er selbst war blutleer und fror. Sein Herz klopfte in seiner Brust, so als würde man mit einem dürren Stecken ein Trommelfell bearbeiten.

»Fahren Sie fort!« sagte er.

»Nun ja, nach einer Weile sah ich sie hinausgehen. Sie war unsicher auf den Beinen, und ich bezweifelte, daß sie in der

Lage sein würde, allein nach Hause zu kommen. Ich folgte ihr hinaus und bot ihr an, sie nach Hause zu fahren. Sie willigte ein. Zwar klagte sie nicht darüber, aber ich hatte so das Gefühl, daß ihr ein bißchen schlecht war. Sie sah etwas unpäßlich aus. Auf jeden Fall fuhr ich sie geradewegs nach Hause. Die Fahrt schien ihr gutzutun; denn als wir das Haus erreichten, sah sie viel besser aus als zuvor. Tatsächlich lud sie mich freundlich ein, noch auf einen Drink hereinzukommen, und ich Trottel akzeptierte. Als wir die Treppen zur vorderen Veranda hinaufstiegen, kam ein Mann aus der Eingangstür herausgestürzt. Mrs. Taylor war ein kleines Stück vor mir, und er stieß sie beiseite, um sich auf mich zu stürzen. Er war ein großer Bursche und schrecklich stark. Ich versuchte, ihn abzuwehren, aber er fiel über mich her wie ein Irrer. Er riß mich um und stieß mich rücklings die Stufen hinab. Als ich aufzustehen versuchte, sprang er mich erneut an und schlug mich auf dem Gehsteig nieder. Ich bin kein Feigling, Mr. Taylor, aber ich wußte, daß ich es mit ihm nicht aufnehmen konnte, und so rannte ich zu meinem Wagen und fuhr weg.«

»Warum haben Sie nicht die Polizei gerufen?«

»Daran dachte ich zuerst, aber wissen Sie, die sind nicht so sehr gute Freunde von mir. Außerdem dürfen Sie meine Situation nicht vergessen, Mr. Taylor. Ich war vollkommen unschuldig, aber das hätte mir niemand je geglaubt. Sie glauben es ja auch nicht – und das ist mein Beweis. Zudem bin ich ein verheirateter Mann, und in gewisser Weise hatte ich kein Recht, dort zu sein. Ich dachte, dieser Mann wäre ihr Ehemann. Er kam, wie gesagt, aus ihrem Haus heraus, und außerdem sagte sie, als er sie beiseite stieß, etwas, das mich das glauben ließ.

Genau weiß ich es nicht mehr. So etwas wie: ›Nimm deine Finger von mir weg, du Bastard!‹ Jedenfalls redete sie mit ihm, als ob sie ihn kennen würde. Ich war davon überzeugt, daß es ihr Mann wäre, sonst wäre ich nicht so davongerannt. Und natürlich hätte ich sonst die Polizei gerufen. Aber erst am nächsten Tag, als ich darüber in der Zeitung las, begriff ich, daß es gar nicht ihr Mann gewesen war, und erfuhr auch, daß ihr wirklicher Mann Marineoffizier war. Dieser Bursche trug Zivilkleidung.«

»Wie sah er aus?«

»Er war groß wie Sie, wie ich Ihnen bereits gesagt habe, und ich glaube, ziemlich gut angezogen. Ja, er sah wohl ganz gut aus, aber ich konnte sein Gesicht nicht deutlich sehen. Es war ziemlich dunkel, und alles passierte verdammt schnell. Eben noch lag ich ausgestreckt auf dem Gehsteig, und im nächsten Moment saß ich auch schon in meinem Wagen und machte mich aus dem Staub.«

»Trotzdem scheint es mir komisch, daß Sie nicht zur Polizei gegangen sind«, sagte Bret langsam.

»Das habe ich Ihnen doch erklärt. Ich hatte geglaubt, er wäre ihr Ehemann.«

»Aber als Sie am nächsten Tag herausfanden, daß er es nicht war? Und als Sie in den Zeitungen lasen, daß man sie ermordet hatte?«

»Ich konnte doch nicht zu den Bullen gehen«, winselte er. »Angenommen, ich hätte denen von diesem Burschen erzählt, und sie hätten ihn nicht finden können – wie hätte ich dann dagestanden? Ich werd's Ihnen sagen. Ich hätte mich auf halbem Weg zur Gaskammer von San Quentin befunden und das wegen eines Mordes, den ich nicht begangen hatte, was ich aber nicht beweisen konnte.«

»Und genau da befinden Sie sich jetzt. Sind Sie sicher, daß dieser Mann, der Sie verprügelt hat, überhaupt existiert?«

»Um Himmels willen!« sagte Garth heftig. »Sehen Sie sich das an, wenn Sie mir nicht glauben.« Er wies auf eine lange, weiße Narbe, die parallel unterhalb seiner rechten Braue verlief. »Ich habe beinahe mein rechtes Auge verloren, als mich der Bursche vertrimmte. Mein halbes Augenlid hing herab, und ich hatte eine Beule am Hinterkopf, so groß wie ein Gänseei.«

»Ich habe auch Narben. Das beweist gar nichts.«

»Na gut! Ich werde es Ihnen beweisen. Kommen Sie mit mir nach Los Angeles – jetzt gleich.«

»Wozu?«

»Ich kann beweisen, daß ich Ihnen die Wahrheit erzähle. Mein Gesicht blutete nach der Schlägerei so sehr, daß ich sofort zum nächsten Doktor fuhr, und er hat mein Auge an acht Stellen genäht. Vielleicht kennen Sie ihn. Dr. Ralston? Er wohnt nur zwei oder drei Häuserblocks von Ihrem Haus entfernt.«

»Nein. Ich habe nie dort gewohnt. Aber wir fahren hin und sprechen mit ihm. Ich habe ein Taxi draußen stehen.«

Garth erhob sich und nahm oben vom Safe in der Ecke hinter sich einen perlgrauen, weichen Filzhut. Solange er hinter seinem Schreibtisch gesessen hatte, war Garth ihm groß erschienen, doch jetzt konnte Bret sehen, daß er klein und stämmig war, ein nervöser kleiner Mann, dessen Beine vor Furcht ganz steif waren.

Garth war während der Taxifahrt zerfahren und unruhig. Er versuchte eine Unterhaltung über seine Familie zu starten, doch Bret ermutigte ihn mit keinem Wort. Als Garth schließlich verstummte, fuhren sie schweigend weiter. Bret wandte sich ab von dem anderen Mann und ermüdete seine Augen mit der Monotonie der Straßen, durch die sie fuhren. Es waren entweder Stuck- oder Fachwerkhäuser, und fast alle waren sie ohne Ausnahme einstöckig. Sie standen auf schmalen, fünfzehn bis achtzehn Quadratmeter großen Grundstücken, die Platz ließen für einen kleinen Rasen vor dem Haus und eine Wäscheleine und einen winzigen Garten hinter dem Haus. Die zusammengepferchten Häuser, kaum individueller als eine Reihe von Kaninchenverschlägen, dösten in einer Stadtlandschaft voll stiller Resignation in der Mittagssonne vor sich hin. Aus allen Teilen des Landes und aus allen Teilen der Welt waren die Pioniere jüngster Tage, von ihrer Sehnsucht nach dem Westen angetrieben, hierhergekommen, um in der öden Endgültigkeit dieser Straßen eine Heimstätte zu finden.

»Caesar Street«, sagte Garth plötzlich. »Das ist doch Ihre Straße. Das ist Ihr Haus, nicht wahr?«

»Wirklich?« Bret wandte den Kopf um und erblickte flüchtig durch das Rückfenster den Stuck-Bungalow, auf den Garth gedeutet hatte. Er sah aus wie irgendein anderes Haus, das er nicht kannte.

Garth studierte neugierig sein Gesicht. »Kennen Sie denn Ihr eigenes Haus nicht?«

»Ich habe Ihnen doch gesagt, daß ich nie da gewohnt habe. Meine Frau hat das Haus gekauft, als ich auf See war.« Doch plötzlich fiel ihm ein, daß er das Haus schon mal gesehen hatte, und zwar in der Nacht, in der auch Garth dort gewesen war. Diese Nacht war immer noch eine Lücke in seinem Gehirn. Alles, was er über sie wußte, hatte er aus zweiter Hand erfahren. Aber das ging Garth nichts an.

»Wohnt jetzt niemand dort?«

»Ich weiß es nicht.« Aber natürlich würde da niemand wohnen. »Nein, es steht leer.«

»Ich glaube, eine Dame hinten im Garten gesehen zu haben, aber vermutlich war das im Haus nebenan.«

Bald darauf setzte sie der Taxifahrer vor einem zweistöckigen Fachwerkhaus ab, an dessen Verandageländer ein verwittertes Holzschild mit der Aufschrift Dr. med. Homer L. Ralston angebracht war.

»Ein Glück, daß ich dieses Schild sah«, sagte Garth. »Ich blutete wie ein Schwein, und der Arzt behauptete, ein Schlag wie dieser könnte unter Umständen einen Menschen auch umbringen.«

Ein Pappschild am Vordereingang verkündete: Bitte klingeln und eintreten. Das trübselige Wartezimmer war mit Patienten gefüllt, die unter dem kalten Blick der Sprechstundenhilfe, die an einem Tisch neben der Tür präsidierte, steif dasaßen. Als die beiden eintraten, blickte sie auf.

»Ja?«

»Wir wollen den Doktor sprechen«, sagte Garth.

»Der Doktor ist sehr beschäftigt. Sie müssen warten, bis Sie an der Reihe sind.«

»Wir sind nicht zur Behandlung hierhergekommen«, warf Bret ein. »Es handelt sich um eine rechtliche Sache.«

Sie hob mit übertriebener Resignation die steifen Schultern. »Setzen Sie sich, bitte! Ich werde sehen, was sich tun läßt, sobald er mit seinem Patienten fertig ist.«

Nach angespannten fünf Minuten wurden sie ins Behandlungszimmer geführt. Der Arzt, ein großer Mann Mitte der Fünfzig mit stumpfsinnigem Gesichtsausdruck saß seitlich am Schreibtisch.

»Was kann ich für Sie tun, Gentlemen?« sagte er, ohne aufzustehen.

»Erinnern Sie sich an mich, Doktor?« fragte Garth eifrig. »Da Sie mich letzten Mai am Auge genäht haben?«

Der Doktor betrachtete ihn einen Augenblick lang. »Lassen Sie mich mal überlegen. Sie kamen nach der Sprechstunde, nicht wahr?«

»Ja, stimmt. Es war ungefähr –«

Bret unterbrach ihn. »Lassen Sie sich den Doktor selber erinnern.«

Der Doktor blickte durch dicke Brillengläser von einem zum anderen, was seine braunen Augen froschartig erscheinen ließ und ihnen einen mißtrauischen Ausdruck gab. »Sie haben doch keine Schwierigkeiten mehr mit dem Auge gehabt, Mr. –«

»Garth. Burton Garth. Gar keine Schwierigkeiten mehr, Doktor. Mein eigener Doktor, das ist Clark drüben in Glendale, hat es sich zweimal angesehen und die Fäden gezogen –«

Der Doktor fiel ihm ins Wort. »Wenn es sonst nichts mehr gibt, Mr. Garth – ich habe Patienten, die auf mich warten.«

»Da ist noch etwas«, sagte Bret. »Am dreiundzwanzigsten Mai vorigen Jahres wurde ein Verbrechen begangen. Garth behauptet, er wäre zu diesem Zeitpunkt in Ihrer Praxis gewesen.«

Der Doktor nahm seine Brille ab und enthüllte seine kleinen, müden alten Augen. »Sind Sie von der Polizei?«

»Ich stelle private Nachforschungen an. Können Sie nachprüfen, zu welchem Zeitpunkt Garth hier war?«

»Erinnern Sie sich nicht mehr, Doktor, wann ich hierherkam? Sie können es doch nicht vergessen haben! Mein ganzes Hemd war voller Blut –«

»Ich erinnere mich ganz gut. Ich wollte eben zu Bett gehen. Lassen Sie mich überlegen, es muß gegen zehn Uhr abends gewesen sein.«

»Könnten Sie das beschwören?« fragte Bret.

»Ich glaube, ja. Ja, es war gegen zehn Uhr.«

»Und das Datum?«

Der Doktor drehte in einer hilflosen Geste die Innenfläche seiner dicken Hände nach außen. »Ich weiß kaum je, was für einen Wochentag wir haben. Aber Sie können in meinen Unterlagen nachsehen.« Er hob die Stimme und rief: »Miss Davis!«

Eine junge Arzthelferin kam durch eine Hintertür herein. »Ja, Doktor?«

»Erinnern Sie sich an die Nacht, als ich Sie zurückrief, um mir beim Nähen des Augenlides dieses Gentleman zu helfen? Mr. Garth?«

»Erinnern Sie sich, um welche Zeit der Doktor Sie angerufen hat?« fragte Bret sie.

Sie sah zur Decke hoch und blieb eine Weile schweigend stehen. »Ja«, sagte sie schließlich. »Es war kurz nach zehn, vielleicht zehn Minuten nach zehn. Ich achtete besonders auf die Zeit, weil es so spät war.«

»Sehen Sie das Datum in den Unterlagen nach, Miss Davis! Diese Gentlemen werden im Wartezimmer sein.« Der Doktor winkte ab, als sich die beiden bedanken wollten, und drückte auf einen unter dem Schreibtisch angebrachten Knopf.

Ein paar Minuten später brachte Miss Davis ihnen eine Krankenkarte, auf der der 23. Mai als der Tag von Mr. Garth' Behandlung eingetragen war.

»Das war's also«, sagte Garth, als sie das Haus verließen. Nachdem der Druck der Angst von ihm genommen war, begann er erneut in abscheulicher Weise aufzublühen. »Vielleicht sind Sie das nächste Mal nicht so voreilig, Unschuldige so rasch anzuschuldigen.«

»Sie haben lediglich Glück gehabt«, brummte Bret grimmig. Er war wütend und fühlte sich gedemütigt, weil diese korpulente kleine Ratte seine Frau auf der Straße aufgegabelt hatte, obgleich Garth ganz offensichtlich nichts anderes getan zu haben schien. Garth war ganz einfach die Art von Zivilist, die alle Aktiven haßten – der Mann, der zu Hause geblieben war und sich am Krieg bereichert hatte; der zu alt und zu krank zum Kämpfen gewesen war, aber nicht zu alt oder zu krank, um Frauen nachzusteigen und ihren abwesenden Ehemännern Hörner aufzusetzen. Aber in diesem Fall war Garth selbst ein Opfer gewesen. Brets Gedanken wanderten zu der vagen Gestalt des Mannes, der Garth die Stufen runtergestoßen hatte.

»Können Sie mir sonst noch irgendwas über diesen Mann erzählen? Hat sie ihn mit Namen angeredet oder etwas dergleichen?«

Sie standen neben dem wartenden Taxi. Garth wandte sich zu ihm. »Ich glaube nicht«, sagte er langsam. »Ich habe Ihnen alles gesagt, was ich weiß. Er war groß, sah gut aus und war wohl ziemlich schick angezogen. Sportlich, würden Sie wohl sagen. Ich glaube, er hatte helles Haar, aber so was kann man im Dunkeln schlecht erkennen. Hören Sie, Mr. Taylor, ich muß zu meinen Geschäften zurück.«

»Gehen Sie schon! Ich weiß ja, wo ich Sie finden kann, wenn ich Sie brauche.«

Garth warf ihm über die Schulter einen letzten besorgten Blick zu. Dann wurde sein fetter, in Tweedkleidung steckender Körper vom Taxi verschluckt und langsam entführt.

Bret blieb einen Moment lang am Randstein stehen, um sich wieder zu fangen, und ging dann zu Fuß zurück in Richtung Caesar Street.

15

Eine Frau mittleren Alters saß auf der Veranda des weißen Bungalows. Sie sah ganz so aus, als gehörte sie dahin. Bret warf nochmals einen Blick auf die Nummer, um sicher zu sein, daß sie stimmte. 1233 Caesar Street. Er hatte zu viele Briefe dorthin geschickt, um sich irren zu können. Aber das Haus beschwor kein Bild oder Ortsgefühl herauf. Selbst sein Wissen darum, daß Lorraine hier ermordet worden war und er ihren Leichnam hier gefunden hatte – obwohl dieser Umstand ihm zentnerschwer auf der Seele lastete und alle seine Handlungen während des vergangenen Tages und der vergangenen Nacht bestimmt hatte –, schien völlig äußerlich zu sein und so wenig assimilierbar wie die fremde Frau auf der Veranda seines leeren Hauses.

Er ging den Weg zum Haus entlang, und die Frau stand auf, um ihm entgegenzugehen, eine plumpe Frau mit einem müden Gesicht, umrahmt von kurzem, grau werdendem Haar. Ein schlechtsitzendes blaugeblümtes Baumwollkleid hing zerknittert um ihren Körper, den zu ruinieren sich die Zeit und ihr schweres Leben verschworen hatten.

»Hallo!« sagte sie. »Wenn Sie was zu verkaufen haben – ich möchte nichts, es sei denn, Sie haben Nylonstrümpfe.« Sie blickte auf ihre dicken bloßen Beine herab. »Habe schon seit sechs Monaten keine Strümpfe mehr angehabt, deshalb ist die Haut so rissig geworden. Ich hatte schon immer eine empfindliche Haut.«

»Ich möchte nichts verkaufen. Mein Name ist Taylor –«

»Na, so was!« Ihr schlaffes Gesicht straffte sich in erfreuter Überraschung. »Doch nicht etwa Lieutenant Taylor?«

»Doch!«

»Nein, so was! Ich dachte, Sie wären –« Sie ließ das Ende des Satzes sozusagen wie eine heiße Kartoffel fallen und erhob die Stimme. »Pa, komm und sieh, wer hier ist! Wir haben Besuch. Du würdest nie erraten, wer.« Sie blinzelte Bret zu und flüsterte heiser: »Sagen Sie ihm nicht, wer Sie sind. Lassen Sie ihn raten. Er wird überrascht sein.« Für sich oder die Welt im allgemeinen fügte sie hinzu: »Weiß der Himmel, er braucht etwas, das ihn nüchtern macht!«

»Ich bin selber ein wenig überrascht«, sagte Bret steif. »Ich dachte, mein Haus stünde leer.«

»Wollen Sie damit sagen, daß Miss West Ihnen nichts erzählt hat? Ich wußte, daß sie Sie nicht damit belästigen wollte, so lange Sie krank waren, aber jetzt, wo es Ihnen wieder viel besser geht, ist es komisch, daß sie nichts gesagt hat. Sie war vor einer kleinen Weile auch hier. Jedenfalls, wenn Sie mich um meine Meinung fragen, ganz gleich, ob Sie's nun gewußt haben oder nicht, es war wirklich nett von Ihnen, uns hier einfach so wohnen zu lassen.«

»Gern geschehen.« Es war grotesk und unglaubhaft, aber er begann den Verdacht zu hegen, daß diese Frau Lorraines Mutter war. Lorraine hatte ihm in San Francisco erzählt, ihre Familie wohnte in Michigan, aber sie war detaillierten Fragen über sie ausgewichen. Er hatte vermutet, daß sie sich ihrer schämte, und er hatte keine zu eingehenden Nachforschungen über ihre Geschichte angestellt, ihr Vater wäre einer der engsten Mitarbeiter Henry Fords und könnte ihr jederzeit eine sehr gute Sekretärinnenstelle verschaffen, würde sie es vorziehen, ihr eigenes Leben zu führen und ihre Freiheit zu haben.

Die Frau ließ ihrer Zunge freien Lauf und plapperte mit der Unbefangenheit der Armen, die nichts zu verlieren hatten. »Sie wollen hoffentlich nicht gleich hier einziehen? Pa hat noch keinen Job gefunden und so wie er säuft, seit Lorraine dahingeschieden ist, weiß der Himmel, wann er endlich zu – Pa!« rief sie wieder. »Bist du dort drinnen eingeschlafen?«

Die Stimme eines Mannes brummte und jammerte drinnen im Haus, und zwei Füße stapften schwerfällig über den Boden.

»Er *hat* geschlafen«, sagte sie. »Noch nie habe ich einen Mann gesehen, der so viel schlafen kann wie Joe Berker. Er hat letztes Jahr bei Willow Run die zweite Nachtschicht gehabt, und seither hat er es sich zur Gewohnheit gemacht, am Tage zu schlafen. Jetzt schläft er außerdem auch noch nachts. Ich hab' ihm schon mehr als einmal geraten, er sollte sich untersuchen lassen, ob er die Schlafkrankheit hat, aber das war natürlich nur Spaß. Wahrscheinlich ist es der Wein, den er die ganze Zeit säuft. Er nennt ihn *vino*, seit wir hier rausgezogen sind. Man könnte meinen, er wäre ein Welscher oder so was –«

Ihre Stimme leierte immer weiter, wie ein aufgezogenes Grammophon, bis sie merkte, daß Bret ihr nicht mehr länger zuhörte. Der Name »Berker« hatte seine Vermutung bestätigt, daß diese Frau seine Schwiegermutter war, und diese Erkenntnis bekümmerte ihn arg. In diese Familie hatte er also hineingeheiratet. Diese feiste und alternde Hexe war der erworbene Ersatz für die wunderschöne tote Mutter seiner Kindheit. Plötzlich bemerkte er den besorgten Blick der Frau, die sein versteinertes Gesicht beobachtete. Es war wie eine kalte Dusche. Laß das, du Narr! sagte er sich. Zynische Melancholie war das Opium der Intellektuellen und die letzte Zuflucht kleiner Geister. Laß das und benimm dich wie ein Mann!

»Mrs. Berker.« Er streckte ihr eine Hand hin und suchte

verlegen nach Worten, die ein Ausgleich sein konnten für die Verachtung, die er eben empfunden und kaum zu verbergen versucht hatte. »Ich freue mich, Sie kennenzulernen. Lorraine hat viel von Ihnen erzählt – und mir über Sie geschrieben.« Lorraine hatte sie ein- oder zweimal erwähnt: Die prominente Klubangehörige und charmante Gastgeberin, ein wenig steif und puritanisch, wie es ihre gesellschaftliche Stellung erforderte, obwohl sie eine erfolgreiche Karrierefrau gewesen war, vor ihrer Liebesheirat mit dem aufstrebenden jungen leitenden Direktor Berker –

Ihre Hand, dick und rauh, umfaßte herzlich die seine. »Du meine Güte, nennen Sie mich nicht Mrs. Berker, sagen Sie einfach Ma! Ich nehme doch an, wir sind noch immer verwandt, auch wenn die arme Lorraine nicht mehr bei uns ist.«

»Ja«, sagte er. »Ma.« Das schmerzliche, kläglich hervorgestoßene Wort ließ unglaublicherweise Tränen in seine Augen schießen.

Er war froh, daß sie sich von ihm abgewandt hatte, um durch das schmutzige Fenster ins Haus hineinzusehen. »Sehen Sie sich das an! Er schläft doch tatsächlich wieder. Entschuldigen Sie mich eine Minute! Ich würde Sie hereinbitten, aber das Wohnzimmer ist in solcher Unordnung.«

Sie öffnete die äußere Gittertür und blieb einen Augenblick lang auf der Schwelle stehen, bevor sie hineinging. »Setzen Sie sich und machen Sie es sich bequem!«

»Danke.«

Nicht länger als einen Herzschlag lang war das Licht in einem solchen Winkel auf die scharfen Linien ihrer Backenknochen und ihrer Kinnpartie gefallen, aber er hatte blitzartig ihre Ähnlichkeit mit Lorraine bemerkt. Unter der alternden, welken Haut war die Schädelform zu erkennen, zart, rührend und klar, gleich einem modellierten Fragment der Jugend, das aus der Zeit gefallen war. Diesen einen Moment lang glaubte er, Lorraine wäre zurückgekommen und stünde vor ihm, düster durch das Grab und grausam gealtert durch die immerwährenden Stunden des Todes.

Wahrscheinlich war es nichts weiter als eine Täuschung der Augen, aber es rief die übliche bittere Traurigkeit einer tiefen Einsicht hervor. Klarer denn je erkannte er, daß die Haut wie eine Blume verwelkte, Jugend und Schönheit kostbar und vorübergehend waren, und das Leben selbst ein verderbliches Gut war, das genützt werden sollte, solange es währte, vollmundig und ehrenhaft. Selbst der Schmerz und das Leid hatten etwas angenehm Aufregendes, waren ein gewisses Lebensgefühl; sie waren so etwas wie ein hart verdientes Vergnügen, wie das eines Boxers, der sich der Zeitstrafe unterwirft. Der einzige irreparable Verlust war der des Lebens selbst. Lorraine war diejenige, mit der man Mitleid haben mußte, das tote Mädchen, das mit der Vergeßlichkeit verheiratet war, nicht die erschöpfte Frau, die Lorraine geboren und überlebt hatte, die immer noch in ihrem langsam verfallenden Körper die magischen Fragmente der Jugend in sich trug.

Das Zuschlagen der Gittertür unterbrach seinen Gedankengang. Er ließ sich auf dem abgenutzten Segeltuchstuhl nieder, den seine Schwiegermutter frei gemacht hatte, und blickte auf die Straße hinaus, wobei er versuchte, seine Gedanken von sich selber, von Lorraine, ihrer Familie und der Vergangenheit abzulenken, von all dieser bodenlosen, spiralförmigen Qual der Welt. Frauen gingen mit ihren Babys spazieren und schoben Einkaufswagen über den Bürgersteig. Ein Bote kam auf einem roten Motorroller vorbei, der fortwährend stotternde, prustende Geräusche ausstieß. Ein gelähmter alter Mann schleppte sich Zentimeter um Zentimeter am Haus entlang, mit seinen zwei Stöcken wie ein Vierfüßler gehend. Er war so alt und dünn – die welke Haut hing in Falten an seinem halsstarrigen Skelett –, daß es ein Wunder war, daß er sich überhaupt noch bewegen konnte. Er blieb immer wieder in regelmäßigen Abständen stehen, um sich auszuruhen und zur Sonne emporzublicken, der Not-Batterie, von der ein weiterer Monat oder ein weiteres Lebensjahr abhing.

Bret lächelte dem alten Mann zu, halb aus Mitleid und halb aus Neid. In seinem Alter gab es nur noch ein einziges Problem: zu leben, der Nahrung und dem Wetter einen weiteren Energietropfen abzuringen, einen weiteren Häuserblock mit winzigen Schritten zurückzulegen, den immer größer werdenden Zwischenraum zwischen dem Wachen und dem Schlafen zurückzuerobern. Im Krankenhaus war er selbst eine Weile lang wie der alte Mann gewesen, wie ein alter Mann oder ein Kind, die nichts weiter brauchten als Schlaf und Nahrung, bis ihn sein wiedererwachter Geist wie ein grausamer Engel aus dem Paradies des physischen Lebens herausgetrieben hatte. Es war eine schwere Wiedergeburt, direkt hinein in die Erwachsenenwelt. Immer noch sehnte er sich nach den warmen und ruhigen Plätzen des geistigen Todes, mit einer wilden, unsteten Neigung zum Selbstmitleid. Erst in der letzten Woche war er in der Lage gewesen, die Erinnerung an Lorraine zu ertragen und die schwierige Tatsache anzuerkennen, daß er sich selbst durch sie zerstört hatte. Zweifellos hatten ihn die Kriegsjahre zermürbt und den Weg bereitet zu diesem letzten Schlag; und Lorraine war diejenige gewesen, die in seiner Abwehr die fatale schwache Stelle entdeckt hatte.

Eine Zeitlang war es ihm nach ihrer schnellen und unpassenden Heirat gelungen, die Wahrheit vor sich geheimzuhalten. Während der ersten Wochen der Trennung, als er von der einzigen physischen Liebe seines Lebens abgeschnitten worden war, und er empfindsam und gegen das männliche Leben auf dem Schiff empfindlicher reagierte, war es für ihn wichtig gewesen, ihr Bild intakt zu halten. Sie war ein gutes Mädchen, eine ergebene Ehefrau, vielleicht ein wenig gedankenlos, aber im Grunde war sie so gesund und so süß wie ein Apfel; dies war das Heiligenbild, das ihm die Kraft für seine kritiklose Anbetung verlieh. Dann begannen Zeit und Entfernung, wie miteinander verbundene Säuren zusammenarbeitend, dieses Gewebe der Illusion aufzulösen. Die Erinnerung an ihre Heirat und ihre betrunkenen Flitterwochen – oder -tage – fingen an, sich in die Muster der Realität einzufügen; und ihre unregelmäßigen Briefe füllten die leeren Stellen aus. Sie war egoistisch. Sie war eine Lügnerin. Sie war faul und unzufrieden. Sie war dumm. Und er, der sie zwischen verschiedenen Drinks in einer Zeit geheiratet hatte, die eigentlich einer anderen Frau hätte gehören sollen, war schlimmer als nur dumm gewesen.

Trotzdem verfügte er über ausreichend genug Redlichkeit und Objektivität, um zu versuchen, das Beste daraus zu machen. Wenn er eine unglückliche Ehe führte, dann sie ebenso. Er beantwortete ihre Briefe pflichtschuldigst. Er schickte ihr so viel Geld, wie er sich leisten konnte, und als sie ihn darum bat, auch die Anzahlung für das Haus, was mehr als die Hälfte des Geldes war, das er gespart hatte, um sein Buch schreiben zu können, sobald der Krieg zu Ende war. Er hatte versucht, in Gedanken ihr gegenüber loyal zu bleiben, und entschied zu ihren Gunsten, was für Zweifel ihn auch plagen mochten. Unterdessen lebte er auf Kosten seiner Nerven und von seinem Pflichtgefühl. Doch beides reichte nicht aus, um einem Mann unbegrenzt im Einsatzgebiet Kraft zu geben. Die letzten sieben Wochen vor dem Untergang des Schiffes hatten sie pro Tag im Durchschnitt acht oder zehn Einsätze gehabt, aber das störte ihn nicht sehr, denn er hatte es fast ganz aufgegeben gehabt zu schlafen.

Aber nun gab es keinen Zweifel mehr. Lorraines Moral war ebensowenig entwickelt gewesen wie ihr Verstand. Das einzig Unverständliche war lediglich, warum er das nicht am ersten Abend erkannt hatte. Beiläufig, wie irgendeine Nutte, hatte sie sich von ihm ansprechen und in sein Hotelzimmer hinaufbringen lassen. Er vermutete, daß er nur einer in einer langen Reihe von Liebhabern gewesen war, die keineswegs mit ihm geendet hatte. Vielleicht war der Mann, der sie auf dieser Veranda hier mit Garth ertappt hatte, ihr ständiger Liebhaber gewesen. Aber selbst wenn es so gewesen war, auf jeden Fall war sie doch bereit gewesen, ihm untreu zu sein, und auch noch mit einer solchen Kreatur wie Garth. Doch Bret brachte es nicht fertig, das Mädchen, das ihn betrogen hatte und dann plötzlich mitten während ihrer kleinen Sünden gestorben war, zu hassen. Sie hatte nichts weiter zu verlieren gehabt als ihr Leben, und sie hatte es verloren. Ihr Körper war bereits halb zu Staub zerfallen. Sein gesamter Haß konzentrierte sich auf den Mann, der als letzter ihr Bett entweiht hatte, der schattenhafte Mann, der ihr in seiner Eifersucht das Leben genommen hatte.

Die Tür hinter ihm knarrte, und er sprang auf, um Lorraines Vater zu begrüßen, der im Türrahmen stand, wie die lebendige Verkörperung der Depression.

»Das ist dein Schwiegersohn, Pa. Lieutenant Bret Taylor, kein anderer. Geh raus und begrüß ihn! Zeig dich gesellig!«

Berker stieß die Gittertür halb auf und schlüpfte hindurch. Er trug ein fadenscheiniges Drillichhemd, das am Hals offen war und das drahtige Haargeflecht auf seiner Brust zur Schau stellte, das eine Schattierung dunkler war als sein grauer Stoppelbart. Sein Atem roch nach Wein, und das Weiße seiner verschwollenen Augen war weinrot. Er streckte eine rissige schmutzige Hand aus, an der der Zeigefinger fehlte.

»Freut mich, Sie kennenzulernen«, sagte Bret, als sie sich die Hände schüttelten.

»Gleichfalls. Vermutlich haben Sie meinen fehlenden Finger bemerkt. Den hat mir neunzehnhundertfünfzehn ein Maisschneider abgeschnitten. Ich bin noch in den Silo hinabgestiegen, um danach zu suchen, aber ich konnte ihn nicht finden. Hat wahrscheinlich gutes Grünfutter gegeben –«

»Na, Pa, der Lieutenant will das bestimmt nicht hören.« Sie lächelte Bret entschuldigend zu. »Das ist das erste, was er jedem erzählen möchte, wenn er jemanden trifft.«

»Ich möchte schließlich nicht, daß jemand denkt, ich sei so geboren«, sagte Berker verdrossen. »Ich hab' ihn in ein kleines Loch im Schneider gesteckt und wupp! Ich wäre vorsichtiger gewesen, wenn ich gewußt hätte, wie schwierig es ist, mit einem fehlenden Finger einen Job zu bekommen. Aber Sie haben bestimmt keine Sorgen mit Jobs. Ihre Verlobte macht den Eindruck, als ob sie ziemlich viel Zaster hätte, so wie sie aussah –«

»Sei ruhig, Joe!« sagte seine Frau scharf. »Wo sind deine Manieren?«

»Wollen Sie 'nen Schluck *vino*?« fragte Berker, sich an seine Manieren erinnernd. »Ich hab' einen Zweiliter-Krug da, und der ist erst zur Hälfte geleert.

»Nein, danke. Sie sagten, Paula war hier?«

»Ja, vor zwei Stunden«, sagte Mrs. Berker. »Sie hat nach Ihnen gesucht. Ja, sie hat sogar davon gesprochen, daß sie eine Annonce in die Zeitung setzen wollte, aber ich hab' ihr gesagt, daß sie sich doch deswegen nicht so aufzuregen brauchte. Joe hier ist früher einmal, als er so alt war wie Sie, einen ganzen Monat von der Bildfläche verschwunden, und dann ist er plötzlich wie eine anrüchige Person wieder aufgetaucht, todschick.«

»Haben Sie ein Telefon?« Er ärgerte sich über Paulas beharrliche Einmischung, aber wenn sie sich Sorgen um ihn machte, mußte er sich mit ihr in Verbindung setzen.

Berker grinste dämlich. »Wir haben ein Telefon, nur ist es außer Betrieb. Aber wir kennen in diesem Kaff hier sowieso keinen, deshalb ist es egal. Warum wir überhaupt quer durchs Land gefahren sind, um in einer Stadt zu leben, in der ich niemanden kenne und nicht einmal einen Job finden kann.«

»Du sei still!« fuhr ihn seine Frau an. »Wenn du keinen Job bekommst, dann weißt du genau, wessen Schuld es ist, und du hättest es auch nicht gern, wenn deine älteste Tochter in einem Grab läge, das niemand pflegt. Außerdem hat Ellie im Kaufhaus einige recht nette Bekannte gefunden, was man von dem Gesindel, das sie im Wohnwagen-Camp kannte, nicht behaupten konnte. Ellie ist unsere andere Tochter«, erklärte sie Bret beiläufig. »Sie würde Ihnen gefallen. Wenn wir noch in Michigan wären, Joe Berker, dann wäre sie ebensowenig wie Lorraine noch bei uns, das weißt du genau.«

»Dann wären wir sie, Gott sei Dank, los!«

»Das ist 'ne feine Art zu reden! Willst du, daß der Lieutenant uns für schlechte Eltern hält? Wo wären wir denn jetzt ohne Ellie? Antworte!«

»Scher dich zum Teufel!« Er ging hinein und knallte die Tür hinter sich zu. Seine leiser werdende Stimme klagte während seines Rückzugs. »Ich hab' besseres Geld in meinem Leben herangeschafft als irgend so eine freche Göre –«

»Beachten Sie ihn nicht!« sagte die Frau. »Er ist nicht mehr derselbe, seit Lorraine – Und dann haben sie auch noch die Fabrik zugemacht. Er macht sich Sorgen um Ellie, glaubt, sie ließe sich von den anderen Mädchen in dem billigen Kaufhaus flotte Ideen in den Kopf setzen. Er hat sich um Lorraine dieselben Sorgen gemacht, als sie nach Hollywood wegrannte. Ich hab' ihm gesagt, daß ein so hübsches und gescheites Mädchen wie Lorraine bestimmt auf die Füße fallen würde und vielleicht noch beim Film Karriere machte, aber er hat immer gesagt, sie würde zugrunde gehen. Er war wirklich platt, als sie uns eiskalt schrieb, sie hätte einen Marinelieutenant geheiratet. Hoffentlich werden Sie Gelegenheit haben, Ellie bald einmal kennenzulernen. Ich finde, sie ist nicht ganz so hübsch wie Lorraine, aber eine Menge Leute ist doch dieser Ansicht. Sie ist blond, schlägt Joes Mutter nach, und sie hat naturgelocktes Haar. Sie hat nie im Leben eine Dauerwelle gehabt.«

Brets Mitgefühl war trotz aller Anstrengung geschwunden, und zurückblieb nur seine eisige Verachtung. »Ich muß gehen«, sagte er brüsk. War denn eine ihrer Töchter nicht genug für ihn gewesen? Sollte sie doch ihre Ellie mit dem naturgelockten Haar behalten, und auch das Haus, die Möbel und die damit verbundenen Erinnerungen!

»Du meine Güte!« sagte sie. »Setzen Sie sich doch und ruhen Sie sich ein bißchen aus. Lassen Sie sich nicht durch Joe so aus dem Konzept bringen. Er hat nichts zu sagen. Wir haben bis jetzt noch keinen richtigen Besuch gehabt, und Sie wollen doch sicher Lorraines Bilder sehen. Sie war das süßeste Kind, das man sich nur vorstellen konnte. Hat Sie Ihnen je erzählt, daß sie als Kleinkind rote Haare gehabt hat? Ich werd' mal im Koffer nachsehn.«

Er wollte schon gehen, da wurde ihm plötzlich bewußt, daß dies die Stufen waren, auf denen Garth angegriffen worden und durch die Tür der Mörder gekommen war. Vielleicht hatte Lorraine den Mann seit Jahren gekannt, vielleicht kannte auch ihre Mutter ihn. Mrs. Berker stand in der Tür, hielt sie auf und wartete unsicher auf irgendeine Aufforderung von seiner Seite, doch ihre Andenken an Lorraine zu holen. Ganz allmählich entspannte sich ihr Arm und ließ die Tür zuschwingen.

»Ich suche nach einem Mann, den Lorraine kannte. Möglicherweise hat er etwas mit dem Mord zu tun.«

»Wer könnte das sein?« Ihre wimmernde Frage endete in einem schrillen Schluchzen, und eine Grimasse einer Teufelsmaske gleich verzerrte ihr Gesicht und kräuselte dessen schlaffe Züge. »Solch eine schreckliche Sache – daß meinem kleinen Mädchen so etwas Schreckliches zustoßen mußte!« Das Wort »Mord« hatte ihre ganze Selbstbeherrschung weggeschwemmt. Nichts zählte mehr, weder Schnappschüsse aus der Kindheit noch Haarlocken. Sie stand da und blinzelte, wie jemand, der in ein blendendes Licht blickt.

»Ich kenne ihn nicht. Ich habe nicht einmal eine gute Personenbeschreibung von ihm.«

»Jemand aus Michigan? Sie hatte Freunde in Michigan, aber die meisten der Burschen, die sie in Dearborn High kannte, waren nette Jungens. Die hätten nie so was getan.«

»Kannte sie einen großen Mann mit blondem Haar? Wahrscheinlich hatte er Geld, er war gut angezogen. Etwa meine Größe, glaube ich, und war rauflustig. Es ist auch möglich, daß sein Haar nicht blond war.«

»Doch nicht Sammy Luger? Er war ein großer blonder Junge, mit dem sie ausging, und er war gut angezogen. Bloß habe ich gehört, als wir aus Michigan wegzogen, daß er noch bei der Armee ist. Er war Sergeant in Berlin.«

»Dann kann es wohl kaum Sammy Luger gewesen sein, nicht?« Er bereute sofort die grausame Ironie in seinem Ton und milderte ihn. »Kennen Sie sonst noch jemanden, auf den die Beschreibung passen würde?«

»Sie kannte eine Menge großer Männer, aber sie hat sich nie mit jemandem, der gerauft hat, eingelassen. Sie hat in Dearborn High nur mit netten erstklassigen Leuten verkehrt. Als sie in einer der unteren Klassen war, wurde sie zum beliebtesten Mädchen der Klasse gewählt. Ich glaube, das ist ihr irgendwie zu Kopf gestiegen. Sie war recht gut im Lernen, aber sie hörte auf, bevor jenes Jahr um war. Sie hätte bei ihrer Ma und ihrem Pa bleiben sollen«, lamentierte sie, »dann wäre das nicht passiert. Es war bestimmt nicht jemand, den sie kannte. Es war einer dieser wahnsinnigen Sexualverbrecher aus Los Angeles, vielleicht ein Mexikaner oder ein Neger. Die machen doch alles, um ein weißes Mädchen zu bekommen. Oft habe ich gedacht, es wäre besser für sie gewesen, wenn sie häßlich wie eine Hexe herangewachsen wäre.«

Ihre Schluchzer vermehrten sich, und die rhythmisch ausgestoßenen spitzen Töne endeten in einem Geheul, das von Satzfragmenten durchsetzt war: »...ein gutes Mädchen... niemand, den sie kannte... bringt die dreckigen Bestien um... mein Mädchen ermordet...«

Bret öffnete die Tür mit der linken Hand, legte den rechten Arm um die bebenden Schultern der Frau und schob sie ins Haus. Durch die Eingangstür kam man direkt ins Wohnzimmer. Berker lag auf dem abgewetzten Polstersofa am anderen

Ende des Zimmers auf dem Rücken und gab gequetschte Schnarchtöne von sich. Neben ihm stand auf dem mit Zeitungen bedeckten Boden ein grüner offener Glaskrug. Der zwischen den verdreckten Zeitungsfetzen sichtbare Fußboden hatte seine Hartholzpolitur eingebüßt und war dabei, sich eine Patina aus Schmutz und Schmiere zuzulegen. Auf der zersprungenen Glasplatte des Kaffeetisches standen mehrere Teetassen voller Zigarettenstummel, doch die meiste Asche sowie Stummel früherer Monate häuften sich in dem nicht mehr benutzten Kamin, von wo aus sie sich allmählich wie Vulkanasche über das ganze Zimmer ausgebreitet hatten. Auf dem Radioapparat lag ein Knäuel pfirsichfarbener Damenunterwäsche, und in der gegenüberliegenden Ecke lehnte ein Mop voller Staubfusseln. Der Lehnsessel neben der Tür, wie mit einem Fleischermesser aufgeschlitzt, ergoß seine Baumwollinnereien in dessen Schoß.

Mrs. Berker ließ sich schwer auf den Stuhl sinken. Sie schluchzte weiter und synchronisierte unbewußt ihre Schluchzer mit den Schnarchtönen ihres Mannes.

»Es tut mir leid«, sagte Bret auf ihren gebeugten Kopf hinab. »Es tut mir alles so leid.«

Dann rannte er durch die Tür und weg vom Haus.

16

Er erwischte ein Taxi am Boulevard.

»Wohin?« fragte der Fahrer, als er sich zurückbeugte, um die Tür zu öffnen.

Es lag Bret auf der Zunge, Paulas Adresse zu nennen, aber er unterließ es. Wenn er zu Paula ging, würde der alte Streit wieder ausbrechen. Er war sicher, daß bei ihrem Haus zwei Krankenpfleger auf ihn warten würden, um ihn in feuchte Tücher zu hüllen und ins Hospital zurückzubefördern. Man konnte nie wissen, wie weit eine ängstliche Frau gehen würde. Natürlich mußte er sie, sobald er Gelegenheit dazu hatte, anrufen. Fast ohne zu überlegen, gab er die Adresse von Harry Milnes Wohnung an. Es wurde ihm auch sofort klar, warum. Den ganzen Tag über hatte er sich in Milnes Anzug wie ein Betrüger gefühlt, als Marineoffizier, der sich als unbedeutender Chargenspieler verkleidet hatte.

Er war überzeugt, besser denken zu können, wenn er erst seine blaue Uniform wieder anhatte. Das Zusammentreffen mit seinen unverhofften Mietern hatte ihm einen Schock versetzt und ließ seinen Geist endlos kreisen. Paula schien in all seinen Angelegenheiten die Finger drin zu haben.

Als sein Taxi vor dem langen Stuckgebäude hielt, bemerkte er einen Wagen von derselben Farbe wie der Paulas, der vor dem Haus unter einer Palme parkte. Ohne Zweifel hätte sie ihn hier erwartet, wenn sie gewußt hätte, daß er kommen würde, aber nicht einmal eine intuitive Frau konnte so hellsichtig sein. Als er die Treppe zum ersten Stock emporgestiegen war und die Tür zu Milnes Wohnung gefunden hatte, wurden seine Zweifel an ihrer Hellsichtigkeit erschüttert. Eine Frauenstimme, die sehr nach der Paulas klang, sprach auf der andern Seite der Tür in zornigem Ton auf jemanden ein. Er klopfte sofort, und die wütende Stimme wurde zum Schweigen gebracht.

Harry Milne, groß und selbstsicher in seinen Hemdsärmeln, öffnete vorsichtig die Tür und blieb stehen, den Türrahmen mit seiner Gestalt ausfüllend und blockierend.

»Hallo! Sie habe ich nicht erwartet!« Er trat in den Flur hinaus und schloß die Tür hinter sich.

»Ich bin gekommen, um Ihnen den Anzug zurückzubringen.«

»Ihr Anzug ist noch beim Schneider«, sagte Milne schnell. »Er ist gleich rechts um die Ecke und hat ein Schild MAC DER SCHNEIDER über seinem Geschäft. Lassen Sie meine Sachen bei Mac, ich hole sie später ab. Ja? Ich bin gerade beschäftigt, Sie verstehen schon.« Er versuchte vergnügt und verschwörerisch zu zwinkern, aber in dem angespannten Blick seiner bläßlichen Augen war kein Funken Humor.

In Anbetracht der Eile, mit der er ihn loszuwerden wünschte, verzögerte Bret den Abschied. »Ich bin Ihnen sehr dankbar, daß Sie mir ausgeholfen haben«, sagte er einschmeichelnd. »Wenn ich...«
»Hören Sie, mein Freund, ich habe ein Mädchen bei mir. Wenn Sie mir einen Gefallen tun wollen, verduften Sie. Lassen Sie meinen Anzug bei Mac. Ich vertraue Ihnen.«

Sein Verhalten hatte etwas Verlegenes und Verkrampftes, seine rechte Hand lag hinter ihm auf dem Türknauf. Die Tür wurde plötzlich aufgerissen, was ihn fast aus dem Gleichgewicht brachte. Er zuckte die Schultern und trat beiseite, um Paula Platz zu machen.

»Bret! Wo um Himmels willen hast du gesteckt?«

Sie sah gepflegt aus wie immer, aber ihre Haut war blaß und durchsichtig, und ihre Augen waren, wie bei Mongoloiden, leicht aufgedunsen, als ob sie die Nacht schlecht geschlafen hätte. Sie trug einen hohen, auffallenden Hut und ein gelbes Wollkostüm, das in schreiendem Kontrast zu ihrer Stimmung stand.

»Hier in der Nähe. Mr. Milne war so gut, mir einen Anzug zu leihen –«

»Mr. Milne?« Sie warf einen Blick auf den Mann neben sich, der mit gespielter Nonchalance gegen die Wand gelehnt dastand. Es schien Bret, als ob die Blicke, die sie austauschten, von Haß oder irgendeiner anderen Emotion aufgeladen wären. »Oh!« sagte sie nur, aber sie atmete dabei aus, so daß es wie ein Zischlaut klang.

»Hören Sie zu, Lieutenant! Lassen Sie meine Kleidung einfach bei Mac, dem Schneider, wie ich gesagt habe, und dann ist alles erledigt.« Er wollte auf die offene Tür zugehen.

»Eine Sekunde! Ich habe meine Handtasche drinnen liegenlassen.« Paula betrat vor ihm die Wohnung und kehrte gleich darauf mit der gelben Tasche zurück. Die Tür fiel hinter ihr zu und das Sicherheitsschloß schnappte ein.

»Was ist denn mit ihm los? Hast du ihn vielleicht beschuldigt, mich entführt zu haben oder so etwas?«

»Wie, in Teufels Namen, bist du dazu gekommen, dich mit diesem Mann einzulassen?«

»Das ging alles auf völlig natürliche Weise vor sich«, sagte er unfreundlich. »Ich habe mich gestern abend um den Besitz meiner Zurechnungsfähigkeit gebracht, wie du wahrscheinlich erwartet hast, und er hat mich mit zu sich nach Hause genommen. Aber wie kommst *du* hierher?«

»Ich habe dich gesucht. Ich habe die ganze Nacht wachgelegen –«

»Die Mühe hättest du dir sparen können. Ich gebe zu, mein Erinnerungsvermögen weist weiße Flecke auf, aber trotzdem bin ich nicht ganz irre.«

»Darum dreht es sich nicht, Bret. Du hattest mir gesagt, du wolltest den Mörder suchen. Es gibt in dieser Stadt schreckliche Orte und schreckliche Leute.« Unwillkürlich wandten sich ihre Blicke der geschlossenen Tür zu. Sie ergriff seine Hand und zog ihn den Flur entlang.

Während sie noch die Treppe hinabstiegen, sagte er: »Rein aus biologischer Sicht bin ich zumindest besser gerüstet, mit ihnen fertig zu werden, als du.«

»Ich weiß nicht, ob das so ist, Liebling. Ich bin eine Frau, und meine Gedanken sind stets so verschlungen.«

»Du hast mir noch nicht erklärt, wie du hierhergekommen bist.«

»Nein?«

Sie schwieg, bis er sein Taxi bezahlt hatte und neben ihr im Wagen saß.

»Ich weiß, du magst es nicht, wenn ich solche Dinge tue, aber du hast keine Ahnung, wie unglücklich ich war. Ich kam schließlich auf die Idee, in dieses verdammte Café zu gehen, und einer der Barkeeper kannte diesen Miles – diesen Mann,

der dich mit zu sich nach Hause genommen hat. Warum bist du nicht zu mir gekommen? Ich habe den größten Teil der letzten Woche damit verbracht, ein Zimmer für dich herzurichten.«
»Es tut mir leid. Es tut mir leid, daß du dir Sorgen gemacht hast. Ich wollte dich anrufen, als Mrs. Berker mir erzählt hat, daß du nach mir gesucht hast.«
»Du warst also dort?«
»Ich wollte das Haus sehen. Ich dachte, es stünde leer.«
»Du hast doch nichts dagegen, daß ich sie dort wohnen lasse. Es begann zu verwildern.«
»Was mich betrifft, können sie dort für alle Zeiten wohnen.« Er beugte sich vor und blickte ihr ernst ins Gesicht. »Du bist eine gute Frau, nicht wahr? Eine großzügige Frau.«
»Wirklich?« Sie lachte sanft und unsicher. »Vermutlich habe ich das Gefühl, den Leuten, die ich gehaßt habe, etwas zu schulden, ja sogar ihren Verwandten.«
»Hast du Lorraine gehaßt?« Ihm wurde peinlich bewußt, daß zum ersten Mal Lorraines Namen zwischen ihnen gefallen war. Allein der bloße Name schien ihrer komplizierten Situation eine weitere Dimension, eine rauhe Ecke der Realität hinzuzufügen.
»Ja«, antwortete sie geradeheraus. »Seit ihrem Tod nicht mehr, aber vorher, als sie dich mir weggenommen hatte.« Sie ließ den Motor an, daß er laut aufheulte. »Verdammt, du bringst mich dazu, wie in einem Schauerdrama des 19. Jahrhunderts zu reden! Können wir nicht endlich einmal aufhören, an Lorraine zu denken?«
»Ich kann es nicht.«
Der Wagen stand noch immer am Straßenrand. Sie ließ den Motor im Leerlauf summen, wandte sich zu Bret und sagte mit einer ängstlichen, einschmeichelnden Stimme, wie er sie noch nie an ihr gehört hatte: »Du kommst doch jetzt mit mir nach Hause, nicht wahr? Du bist morgen mit Klifter verabredet. Komisch, daß du erst gestern das Kran-

kenhaus verlassen hast. Es scheint Ewigkeiten her zu sein, nicht wahr?«

»Du wirst den Termin rückgängig machen müssen. Ich habe anderes zu tun. Ich habe in diesen vierundzwanzig Stunden mehr herausgefunden als die Polizei in all den Monaten.«

Ihre Hand fuhr zum Mund und verharrte dort, als müßte sie über das, was Paula sagte, wachen. Er verspürte den Impuls, ihr Gesicht zu berühren, es zu streicheln, um ihr die Angst zu nehmen, aber er widerstand.

»Was hast du herausgefunden?« fragte sie schließlich.

»Ich habe endgültig herausgefunden, daß ein Mann bei ihr war.«

»Die Polizei weiß das.«

»Sie haben keine Beschreibung von ihm und keinen Zeugen, der ihn identifizieren kann – aber ich.« Er gab ihr Garth' Beschreibung des Angreifers. »Die Polizei weiß nichts von einem solchen Mann. Oder?«

»Nein«, sagte sie durch ihre nervösen, herumfummelnden Finger hindurch. »Alles, was sie haben, sind die Fingerabdrücke.« Abrupt fuhr sie den Wagen auf die Straße hinaus.

»Warte! Ich muß mich umziehen. Er hat gesagt, der Laden sei rechts um die Ecke.«

Sie fuhr in einem so großen Bogen um die Ecke, daß sie fast einen Wagen gestreift hätte, der in die entgegengesetzte Richtung brauste. Er mußte sie noch mal daran erinnern, vor der Schneiderei zu halten.

Während Bret hinter dem grünen, verschossenen Vorhang im rückwärtigen Teil des nebulösen Ladens Harry Milnes Anzug auszog, fragte er sich, wieso Paula ihn Miles genannt hatte und weshalb sie sich so seltsam benahm. Er hängte die Gabardinehose gefaltet über einen Drahtbügel und die Kamelhaarjacke darüber. Als er seine gebügelte und geflickte Uniform wieder angezogen hatte, ruhten seine Blicke auf dem Sonntagsstaat, den er eben abgelegt hatte. In dem schummrigen Licht der Glühlampe hatte die ausgezogene Jacke etwas Unheimliches an sich und erinnerte an einen geschrumpften, verstümmelten Mann, der an der Wand hing. Seine Fantasie begann zu arbeiten und gab dem Mann ein Gesicht. Milne (oder Miles?) hatte helles Haar, und auf eine gewisse Weise sah er sehr gut aus. Milne war ein bißchen schwerhörig, und das konnte bedeuten, daß er früher geboxt hatte. Milne war ungefähr gleich groß wie er selbst. Darüber hinaus hatte Milne ein unerklärliches Interesse an ihm gezeigt. War es deshalb, weil Milne wußte, daß er Lorraines Mann gewesen war?

Er stürzte an dem über die Bügelmaschine gebeugten kleinen Mann vorbei und rannte so schnell aus dem Laden, daß Mac ihm auf die Straße folgen mußte, um sein Geld einzukassieren.

»Es tut mir leid, ich bin in Eile«, sagte er und gab dem Mann einen Dollar zuviel. Mac war davon unbeeindruckt. Brummelnd kehrte er in seinen Laden zurück.

»Wieso hast du es so eilig?« fragte Paula, als Bret in den Wagen stieg. »Und wo ist deine Mütze? Erinnerst du dich daran, wie dich der Commander damals am Strand rügte, weil du deine Mütze abgenommen hattest?«

Ihre Stimme klang gepreßter, als es diese harmlose Erinnerung verdiente, und er spürte, daß sie versuchte, ihn abzulenken. Die Erinnerung an ihre ersten gemeinsamen Wochen in La Jolla und die wehmütige Erinnerung an ihre strahlende Liebe zerrten an seinem Gemüt, aber er schüttelte sie ab.

»Meine Mütze liegt noch in Milnes Wohnung. Fahr noch einmal um den Block rum, Paula, bitte!«

»Ich dachte, wir führen jetzt nach Hause.«

»Noch nicht.«

»Geh nicht dorthin zurück, Bret! Der Mann gefällt mir nicht. Ich traue ihm nicht.«

»Ich traue ihm wegen meiner Mütze nicht.«

»Aber du hast doch eine in deinem Gepäck. Nicht wahr? Oder kannst dir eine kaufen.«

»Ich möchte genau diese Mütze. Und noch einiges andere.«

»Einiges andere?« Ihre Hände umklammerten das Lenkrad, obwohl sie den Motor nicht angelassen hatte.

Er wußte, daß sie seine Absicht erriet. Mittels irgendwelcher obskurer weiblicher Kanäle hatte sie den Schluß gezogen, daß er Milne verdächtigte – oder Miles (es war nicht überraschend, daß ein Mörder einen Decknamen benutzte). Und ihm war auch klar, daß sie ein weiteres Treffen zwischen ihnen beiden fürchtete. Aber es würde nur zu einer neuen Debatte kommen, wenn er das Thema auf den Tisch brachte.

»Meine schwarze Krawatte«, sagte er. »Die hat er auch noch.«

Aber sie ließ sich nicht täuschen. »Du darfst nicht dorthin zurückkehren, Bret. Ich erlaube es nicht.«

Zorn wallte in ihm auf. »Erlauben ist ein merkwürdiges Wort. Bis jetzt kam das in deinem Vokabular noch nicht vor.«

Sie blickte ihn zerstreut an, als ob sie mit den Gedanken woanders sein und von irgendeinem inneren Schmerz oder Unglück gepeinigt würde. Als er sie damals zuerst bei Bill Levys Party angesprochen hatte, war sie ihm wie eine langjährige Freundin erschienen. Nun merkte er, daß sie eine Fremde war. Ihr braunes Haar war allzu ordentlich unter dem leuchtenden Hut arrangiert. Auf ihrer Stirn und in den Ecken ihrer geschwollenen Lider zeigten sich winzige strenge Linien. Ihr orangefarbener Lippenstift stach unnatürlich grell gegen die blasse Haut ab und war so dick aufgetragen, daß das Gewicht den Mund hinabzuziehen schien.

»Trotzdem erlaube ich es dir nicht«, sagte sie.

»Das ist bedauerlich.« Seine Miene war starr und gelassen. Schmerz ballte sich hinter seinen Augen, gebündelter Zorn und ein Gefühl der Trostlosigkeit. Er legte eine Hand an den Türgriff und drückte ihn runter.

»Warte!« sagte sie scharf. »Du hast genügend dafür getan, mein Leben zu zerstören. Ich werde dir nicht erlauben, es noch mehr zu zerstören, wenn ich es verhindern kann.«

Er verharrte reglos, erschrocken und bestürzt über ihre Offenheit, die ihn wie ein Schlag unter die Gürtellinie traf.

»Vielleicht hast du das Gefühl, mir etwas schuldig zu sein –«

»Ich weiß, daß ich dir etwas schuldig bin«, sagte er, aber sie ließ sich in ihrem Zorn nicht aufhalten.

»Ich habe jedenfalls das Gefühl. Du hast mir verdammt wenig gegeben, woran ich mich halten konnte, aber ich bin dir so treu gewesen, wie es eine Frau nur sein kann. Begreifst du eigentlich, daß ich vom ersten Tag an nur für dich gelebt habe? Ich habe für unsere gemeinsame Zukunft gearbeitet, und ich habe dafür gelitten. Ich habe das Recht, dich zu bitten, in diesem Wagen zu bleiben und mit mir nach Hause zu kommen.«

»Aber warum?«

»Das kann ich dir nicht sagen.«

»Dann habe ich das Recht, mich zu weigern. Ich weiß, was ich dir schulde, aber das bedeutet nicht, daß du mir Befehle erteilen kannst. Ich habe noch andere Schulden zu bezahlen, und ich werde sie auf meine eigene Weise abtragen.« Er wußte, wie melodramatisch und unfair das alles klang, aber es kümmerte ihn nicht mehr. Sein Gehirn arbeitete eiskalt und kochte gleichzeitig wie eine Schale voll flüssiger Luft.

»Ist eine tote Frau wichtiger als unsere Zukunft?« Sie klang erschöpft und niedergeschlagen, als ob sie insgeheim schon einen Schlußstrich gezogen hätte, ungeachtet all der Worte. Trotzdem mußte sie den Dialog beenden. Jene Szene mußte ihren Dialog haben, auch wenn weinen, schreien und mit den Fäusten gegen die Windschutzscheibe trommeln oder ins Gesicht dieses harten Mannes neben sich schlagen ihre Gefühle treffender wiedergegeben hätte.

Auch er hatte alles schon mal zuvor gesagt und wiederholte es nun noch einmal.

»Meine Zukunft kann nicht beginnen, bevor ich die Vergangenheit nicht besiegt habe.«

»Du kannst die Vergangenheit nicht besiegen. Sie ist vorbei. Ist beendet.«

»Ich besiege sie jetzt.«

Sie versuchte spöttisch zu lachen, aber es klang mehr wie ein kreischendes Gekicher. »Du meinst, du machst dich selber fertig, und das ohne guten Grund. Um Gottes-, um meinet- und deinetwillen, fahr mit mir nach Hause!«

»Ich kann nicht. Wenn du das nicht begreifst, begreifst du überhaupt nicht viel von mir.«

»Ich liebe dich, Bret. Bedeutet dir das etwas?«

»Liebe kann sich irren.«

»Bist du dann bereit, sie aufzugeben?«

»Nur, wenn du mich dazu zwingst. Ich weiß jedenfalls, daß wir in einem offenen Grab keinen Hausstand gründen können.«

»Worte! Man kann sie drehen und wenden, wie es einem beliebt. Aber ich glaube, uns verbindet mehr als nur Rhetorik. Ich dachte, du liebst mich. Wenn du das nicht tust, so will ich nichts erzwingen. Liebst du mich?«

Noch vor einem Augenblick war ihr Gesicht das einer Fremden gewesen, einer unbekannten, gequälten Frau, in deren Wagen er zufällig und unpassender Weise saß, und die für sich das Recht geltend machte, sein schwieriges Leben zu meistern. Er blickte sie wieder an und sah, daß es das Gesicht seiner Geliebten war, vertraut und ihm lieb in jedem Zug. Er hatte sie von Anfang an geliebt und würde niemals eine andere mehr lieben. Er war beschämt, daß sie ihn hatte fragen müssen.

»Ich liebe dich«, sagte er. »Aber verstehst du nicht, daß es Dinge gibt, die wichtiger sind als die Liebe?«

»Gerechtigkeit.«

»Gerechtigkeit! Glaubst du, du kannst einfach hingehen und Gerechtigkeit vom Boden aufheben wie ein glückbringendes Hufeisen? Oder wie ein vierblättriges Kleeblatt auf der Wiese? Sieh dich um und sag mir, wo du Gerechtigkeit findest außer in Büchern und Filmen. Findest du, daß die guten Menschen Glückspilze sind und die schlechten Pech haben? Den Teufel findest du das. Es gibt keine Dienststelle, die das Leben zensiert und dafür sorgt, daß am Ende alles seine Ordnung hat. Jeder muß sehen, wie er mit seinem Leben zurechtkommt, und das weißt du auch. Das ist es, wofür ich kämpfe, Bret. Ich möchte, daß du dir keine Schwierigkeiten aufhalst. Du versuchst, die Dinge zu ändern, doch du wirst dir dabei nur den Kopf einrennen.«

Aber noch bevor er antwortete, wußte sie, daß ihre wütenden Worte so sinnlos waren, wie sie behauptet hatte, daß Worte sein würden.

»Du mußt mich für ziemlich nutzlos halten.« Die von ihm beabsichtigte Ironie verlor sich in seinem Gefühl, die Wahrheit gesprochen zu haben. Immer noch erschüttert über ihre Behauptung, daß er ihr Leben ruinieren könnte, hielt er aus Mangel an Selbstvertrauen und in seiner Verwirrung stur an seinem Entschluß fest und verharrte in seiner gereizten Stimmung, die ihn erhärtete.

»Ich halte dich für stark«, sagte sie. »Aber du weißt nicht, worauf du dich da einläßt.«

»Meinst du deinen Freund Milne? Oder heißt er Miles?«

»Er ist nicht mein Freund. Ich verabscheue ihn.«

»Und du hast Angst vor ihm, nicht wahr? Du hast mir nicht erzählt, warum.«

»Ich habe Angst vor einem Mann, der zu allem fähig ist.«

»Ich nicht«, sagte er gelassen.

Es hatte keinen Sinn weiterzureden. Nie würde sie begreifen, warum er das, was er tat, tun mußte. Er hatte kein Recht auf Liebe oder Sicherheit, bis das Problem, das auf seinem

Gemüt lastete, gelöst war. Nur durch Handeln konnte er sich dem vernichtenden Magnetismus entziehen, der ihn zurück- und nach unten zerrte und all seine Sicherheit in Frage stellte – selbst Paulas war er sich nicht mehr sicher.

Durch das schmutzige Fenster seines Ladens sah Mac, der Schneider, wie Bret aus dem Wagen stieg und davonging. Der Kopf der Frau wandte sich langsam in die Richtung des Davonschreitenden; sie starrte ihm nach, bis er außer Sichtweite war. Aber sie versuchte nicht, ihm zu folgen oder noch etwas zu sagen. Dem Ausdruck ihres Gesichts nach zu schließen schien es Mac, als würde sie hübsch in der Tinte sitzen und nicht wissen, wie da herauskommen. Er war direkt froh, als sie wegfuhr, denn irgendwie machte es ihn niedergeschlagen, eine so hübsche Frau so sitzengelassen und so deprimiert zu sehen.

17

Im Drugstore an der Ecke befand sich hinter dem Ladentisch versteckt eine Telefonzelle. Bret fand das *Cockalorum* nicht im Telefonbuch, erfuhr die Nummer aber über die Auskunft.

Garth war selber am Apparat. »Ja?«

»Hier ist Bret Taylor. Ich möchte, daß Sie sofort nach Los Angeles kommen.«

»Wozu?« Die hohe Stimme klang mißtrauisch und ärgerlich.

»Ich möchte, daß Sie sich einen Menschen ansehen.«

»Ich bin beschäftigt, Mr. Taylor. Ich habe anderes zu tun, als durch die Gegend zu sausen.«

»Wollen Sie nicht, daß der Mann, der Sie niedergeschlagen hat, erwischt wird?«

»Klar! Aber ich möchte nicht noch mehr Scherereien haben. Ich kann mir das nicht leisten.«

»Sie können es sich nicht leisten, daß ich Ihren Namen der Polizei gebe.«

»Das werden Sie doch nicht tun, Mr. Taylor? Ich habe mit Ihnen zusammengearbeitet. Ich war Ihnen doch in jeder Weise behilflich!«

»Sie können hierherkommen und mir noch ein wenig mehr helfen.« Er beschrieb die Lage des Drugstores. »Ich werde hier auf Sie warten, aber nicht endlos.«

»Die Sache gefällt mir nicht.«

»Sie braucht Ihnen nicht zu gefallen. Ich warte.« Er legte auf. Im vorderen Teil des Drugstores gab es eine Imbißtheke, die ihn daran erinnerte, daß er hungrig war. Er glitt auf einen Hocker und bestellte ein Sandwich und ein Glas Milch. Dann kaufte er eine Zeitung und kehrte auf seinen Platz zurück, um sie zu lesen. Die kleinen schwarzen Buchstaben bildeten Worte, und die Worte setzten sich zu Sätzen zusammen, aber die Sätze ergaben keinen Sinn für ihn. Doch zwischen den Zeilen standen Sätze, die lesbar und wie mit Säure eingraviert waren.

In der ersten Erregung der Erkenntnis hatte er keine Zweifel gehabt, daß Milne der Mann war. Aber als er ruhiger wurde und sein Standpunkt sich im Zuge dessen veränderte, waren die Umstände, die auf Milne wiesen, plötzlich nur noch von untergeordneter Bedeutung. Und egal, ob sein Verdacht nun richtig oder falsch war, auf jeden Fall wäre es am naheliegendsten gewesen, die Polizei zu rufen und ihr all die Fakten darzulegen, die er aufgedeckt hatte. Aber er verwarf den Gedanken. Die Polizei würde nur eine weitere Komplikation bedeuten, und er mißtraute ihr, nachdem sie Lorraine so elend im Stich gelassen hatte. Auch er hatte sie im Stich gelassen, aber er war entschlossen, es nicht wieder zu tun. Er war nur bei sich selbst und bei keinem anderen sicher, daß er unbestechlich bleiben und die Sache bis zum Ende durchfechten würde. Sein Gesicht war angespannt wie der Körper eines Sprinters, der auf den Startschuß wartete. Sein Blick glitt immer wieder zur

Tür hin, aber als Garth wirklich auftauchte, erkannte er ihn nicht sofort. Der kleine Mann hatte einen grauweißen Doppelreiher angezogen und trug dazu ein schwarzes Hemd und eine dottergelbe Krawatte. Er stand direkt in der Tür, gleichsam eine Karikatur aus einem Modejournal. Seine lebhaften kleinen Augen glitten hin und her und machten schließlich Bret ausfindig. Bret legte seine ungelesene Zeitung hin und stand auf, um ihm entgegenzugehen.

»Glauben Sie, daß wir Schwierigkeiten bekommen werden?« fragte Garth, als sie hinausgingen. »Der Bursche ist ein Mörder, vergessen Sie das nicht, wenn Sie überhaupt den Richtigen erwischt haben, was ich bezweifle –«

»Warten Sie, bis Sie ihn gesehen haben.«

»Wo ist er?«

»Einen halben Häuserblock von hier entfernt in seiner Wohnung.«

»Erwarten Sie von mir, daß ich geradewegs bei ihm hineinspaziere? Was ist, wenn er mich erkennt?«

»Es wird Ihnen nichts passieren.«

»Vielleicht. Aber bei dem Burschen gehe ich kein Risiko ein.« Garth klopfte bedeutungsvoll auf die Tasche seiner Jacke.

»Das wird nicht notwendig sein. Wir machen die Sache folgendermaßen.« Nach dem Plan, den er erläuterte, während sie auf die Wohnung zugingen, sollte Garth einen Blick auf Milne werfen können, ohne selber bemerkt zu werden. Bret wollte an Milnes Tür klopfen, während Garth weiter unten im Flur wartete. Wenn Milne die Tür öffnete, wollte Bret ihn so lange hinhalten, bis Garth an der Tür vorbei und hinunter in die Vorhalle gegangen war.

»Ja, aber wenn er mich erkennt? Vielleicht stürzt er sich auf mich?«

»Ich werde ihn halten.«

»Wenn er der richtige Bursche ist, wird das nicht so einfach sein.«

»Ich kann ihn festhalten. Kommen Sie, hier ist es.«

»Die Sache gefällt mir nicht.«

Aber er folgte Bret durch die Vorhalle und die mit einem Teppich belegte Treppe empor. Die Flure oben waren leer und durch die Fenster an den entlegenen Enden matt erhellt. Alle Türen waren geschlossen. Irgendwo wurde hinter einer eine Aufnahme der Pastorale gespielt. Die liebliche, rustikale, fröhliche Musik tönte verloren durch das Gebäude, prallte traurig gegen die Türen und Trennwände und verhallte in der eingeschlossenen Luft.

»Gehen Sie ans andere Ende und kommen Sie, wenn ich geklopft habe, langsam zurück. Wir wollen nicht, daß er uns zusammen kommen hört.«

Bret folgte Garth zur Hälfte den Gang hinunter und klopfte an Milnes Tür. Aus den Augenwinkeln sah er, wie Garth sich wieder auf ihn zu bewegte, und gleichzeitig hörte er drinnen in der Wohnung leichte Schritte. Seine Kehle war wie zugeschnürt. Er hörte, wie der Sicherheitsriegel zurückgeschoben wurde, und dann öffnete Milne die Tür.

»Sie schon wieder?«

»Tut mir leid, daß ich Sie belästigen muß. Sie haben noch meine Mütze und meine Krawatte.«

»Ach ja.« Er blickte Bret eingehend an. »Sonst noch was, oder ist das alles?«

»Lassen Sie mich überlegen.« Garth befand sich links von ihm, außerhalb seines Blickfeldes, aber er konnte seine leisen Schritte auf dem Teppich hören. Milnes Blicke glitten hinter ihn auf den Flur. Garth' Schritte waren nun unmittelbar hinter Bret. Er ging sehr langsam, so daß es Bret so vorkam, als würde sein Herz zwischen den einzelnen Schritten mehrmals schlagen.

»Darf ich Ihnen nichts für Ihre Mühe zahlen?«

Die blassen Augen sahen wieder ihn an. »Teufel, nein. Es hat mich gefreut, Ihnen helfen zu können. Was ist mit Ihrer Freundin passiert?«

»Ich weiß es nicht.«

»Vielleicht wartet sie auf Sie, was? Wie wär's, wenn Sie hereinkommen und ein Glas mit mir trinken? Es kann ihr nicht schaden, wenn sie ein bißchen warten muß, während Sie einen kleinen Schluck mit mir trinken.«

»Nein, danke.« Er gestattete sich einen Unterton von Ungeduld. »Könnte ich meine Mütze und meine Krawatte haben? Ich habe es eilig.«

»Klar, natürlich. Ich wollte nur kameradschaftlich sein.«

Er ließ die Tür offenstehen und kehrte gleich darauf mit der weißgedeckten Mütze und der schwarzen Krawatte zurück. »Wollen Sie die Krawatte vor dem Spiegel umbinden?«

»Nein, danke, jetzt nicht.«

»Haben Sie meinen Anzug beim Schneider gelassen, wie es ausgemacht war?«

»Ja, vielen Dank für alles.«

Bret entfernte sich schnell, ohne sich nochmals umzusehen. Erst als er vorne an der Treppe angekommen war, hörte er, wie die Tür sich leise schloß.

Garth wartete unten auf der Straße, kribbelig vor Nervosität.

»Ist das der Mann?«

»Hören Sie, Mr. Taylor, ich habe ihn nur bei Nacht gesehen, und es ist schon eine ganze Weile her. Ich glaube, er ist es —«

»Können Sie das beschwören?«

»Lassen Sie uns von hier verschwinden. Er könnte herauskommen.« Er eilte mit seinen kurzen Beinen so schnell davon, daß Bret rennen mußte, um ihn einzuholen.

»Sie wissen also, daß er es ist, nicht wahr?«

»Ich habe gesagt, ich *glaube*, daß er's ist, aber beschwören kann ich es nicht. Es hat keinen Sinn, mich vor Gericht zerren zu wollen, denn ich werde nichts beschwören.«

»Lassen Sie doch mal das Gericht beiseite, ja? Dieser Mann hat Sie niedergeschlagen und meine Frau umgebracht, nicht wahr?«

»Er ist es schon«, antwortete Garth zögernd. »Aber vergessen Sie nicht, was ich gesagt habe, falls Sie mich vor Gericht zerren. Ich habe Ihnen so gut geholfen, wie ich nur konnte.«

»Schon gut. Und leihen Sie mir Ihre Pistole.«

»Wozu wollen Sie die? Rufen Sie lieber die Polizei und überlassen Sie denen die Sache. Lassen Sie mich verschwinden, und rufen Sie dann die Polizei.«

»Ich habe nicht um Ihren Rat gebeten, sondern um Ihre Pistole.«

»Sie können sie nicht haben. Es ist eine verdammt gute Pistole, und ich brauche sie in meinem Büro.«

»Sie können sich eine andere kaufen.«

»Sie ist nicht registriert. Und sie hat mich fünfzig Dollar gekostet. Können Sie mir einen Grund sagen, warum ich Ihnen fünfzig Dollar schenken sollte?«

»Hier.« Sie waren an der Ecke vor dem Drugstore angelangt. Bret blieb stehen und hielt Garth eine Fünfzigdollarnote hin.

»Sie ist nicht registriert, habe ich Ihnen doch gesagt. Sie kann nicht so leicht ersetzt werden.«

»Um so besser für uns beide.«

Garth nahm das Geld und betrachtete es. Dann beschrieb er einen Halbkreis um Bret herum, ebensogut und sauber berechnet wie ein *veronica*.

Bret spürte das plötzliche Gewicht des Metalls in der Tasche seiner Uniformjacke und empfand, fast ebenso greifbar, so etwas wie neuen Respekt für Garth. Der Kleine hatte unerwartete Begabungen.

»Danke.«

»Danken Sie mir nicht, Junge. Wenn Sie das Schießeisen benutzen, verbrennen Sie sich dabei mit Sicherheit die Finger.«

»Ich habe nicht vor, es zu benutzen. Ich will es nur zur moralischen Unterstützung haben.«

»Moralische Unterstützung bei was? Ich sage immer noch, rufen Sie die Bullen. Und geben Sie mir fünf Minuten Vorsprung –«

»Vielleicht haben Sie recht. Ich werde sie rufen.«

»Uh?«

Garth verließ ihn, ohne ein Grußwort oder einen Blick zurück und hastete auf seinen Wagen zu. Bret stand an der Ecke und lächelte grimmig, bis Garth' gelbes Kabriolett sich in den Verkehrsstrom eingefädelt hatte. Dann kehrte er in das Appartementhaus zurück, das er und Garth soeben verlassen hatten. Aus Gründen, die er aus Zeitnot im Moment nicht überprüfen konnte, hegte er nicht die Absicht, die Polizei zu holen. Zum drittenmal innerhalb einer Stunde klopfte er an die Tür. Diesmal reagierte niemand. Eine ganze Minute einzelner Sekunden verrann, während er lauschte und wartete. Erneut klopfte er, diesmal lauter, und wieder verstrich eine weitere halbe Minute der Stille. Er klopfte so heftig, daß die dünne Türfüllung unter seinen Knöcheln wie eine Trommel vibrierte. Er wartete nur noch sehr kurz, dann war seine Geduld zu Ende. Er trat an die andere Seite des Flurs zurück, rannte gegen die Tür an und brach sie mit der Schulter auf.

Das Wohnzimmer enthielt nichts als den nachmittäglichen Sonnenschein, der durch die schräggestellten Stabjalousien fiel. Bret schloß die Tür hinter sich und sah sich im Zimmer um. An der Wand zu seiner Rechten war eine Reihe Fotos nackter Mädchen angebracht: *Meinem alten Freund Larry. – Für Larry, der alles hat, was man braucht.* Ein schwerer Sessel, der in einer Ecke neben einer Musiktruhe stand, und ein Tisch, mit Stößen durcheinandergeworfener Schallplatten bedeckt. Er blickte hinter den Stuhl, hinter das Sofa und durchsuchte die gesamte restliche Wohnung – die Küche, die bemerkenswert sauber und ordentlich war, das fensterlose kleine Badezimmer, in dem er sich die Nacht zuvor übergeben hatte, das Schlafzimmer mit den beiden ungemachten Betten, unter denen sich außer den Staubflocken nichts befand, und den Kleiderschrank, in dem in Reih und Glied die Garderobe auf der Stange hing, ohne daß sich ein Mann dahinter versteckte. Er hatte Milne einmal zuviel besucht, und Milne hatte begriffen.

Während er so im Schlafzimmer stand, umgeben von Milnes persönlichen Sachen, in der Nase den Kieferduft irgendeines maskulinen Parfüms, überwältigte ihn plötzlich der Gedanke, wie nahe er dem Mann war, der Lorraine getötet hatte. Er hatte mit ihm gesprochen, war von ihm berührt worden, hatte die ganze Nacht mit ihm in diesem Zimmer verbracht und selbst seine Kleidung getragen. Ja, er hatte intimen Kontakt zu einem Mörder gehabt und nichts Außergewöhnliches an ihm bemerkt. Er hatte ihn lediglich als billig und vulgär empfunden, Züge, die ihm harmlos genug erschienen waren an einer Person, die ihm geholfen hatte. Die Billigkeit war indessen einem moralischen Bankrott und die Vulgarität seiner Lasterhaftigkeit zuzuschreiben gewesen. Er hatte aus Händen Hilfe entgegengenommen, die Lorraine erwürgt hatten, und er fühlte sich verseucht, so wie dieser Raum durch Milnes Benutzung verseucht war. In einem Lederrahmen auf der Kommode im Schlafzimmer stand ein Foto von Milne, auf dem er so geschmeidig und athletisch aussah und ein Sporthemd trug. Bret starrte voll kalten Zorns und Verwirrung auf das lächelnde Gesicht, unfähig zu begreifen, warum Milne ihn überhaupt zu sich nach Hause gebracht hatte. Nächstenliebe war bestimmt nicht der Grund gewesen. Es war möglich – so wie alles jetzt möglich schien –, daß Milne die Absicht gehegt hatte, ihn umzubringen, und daß er dann davon abgekommen war. Die verzwickten Gedankengänge hinter diesem glatten Gesicht und diesem eitlen Lächeln waren ihm völlig rätselhaft.

Nun, wenn überhaupt, war es an der Zeit, die Polizei zu rufen.

Ein flüchtiger Mann konnte im Großraum Los Angeles für Wochen oder für Monate oder gar für immer untertauchen.

Kein Mensch, der sich allein auf Suche begab, konnte auch nur im entferntesten alle Hotels, Motels, Wohnungen, Logierhäuser, Herbergen und Bordelle, in denen sich ein Mann wie Milne verkriechen mochte, beschatten. Ein verrückter Zufall hatte ihm Milne in die Hände gespielt, aber Bret hegte nicht die geringste Hoffnung, daß sich etwas Ähnliches wiederholen könnte. Das war ein Job für die Polizei, und selbst der konnte er mißlingen.

Er machte sich auf den Weg zum Telefon im Wohnzimmer, wobei er sich sarkastisch des dramatischen Gags, von der Wohnung des Flüchtenden aus die Polizei anzurufen, bewußt wurde. Bevor er jedoch den Apparat erreicht hatte, war ihm klar geworden, daß er, ob dramatisch oder nicht, doch nicht anrufen konnte. Er schuldete Paula keinen Gehorsam, aber er schuldete ihr eine gewisse Loyalität. Ihre Rolle in dem Fall war zu zweifelhaft, um ihm zu erlauben, die Polizei hinzuzuziehen. Er scheute innerlich vor dem Versuch zurück, diese Rolle und die Beziehung, die zwischen ihr, der Toten und Harry Milne bestand, näher zu definieren. Er hatte sie immer für ehrlich gehalten, fast ehrlicher, als es für eine Frau natürlich war. Vielleicht war das einfach eine der Illusionen der Liebe. Die Qual und die Zweifel des vergangenen Tages hatten an seiner Liebe zu ihr gezehrt, und er hatte nun das Gefühl, sie weniger gut zu kennen. Er konnte den Gedanken, die sich hinter ihrem offenen Blick verbargen, nicht mehr länger folgen. Er wußte, daß sie unaufrichtig, wenn nicht hinterlistig gewesen war, als sie ihn gedrängt hatte, an ihre Zukunft zu denken, Lorraine zu vergessen und die Sache auf sich beruhen zu lassen. Aber das, was jetzt zwischen ihm und dem Telefon stand, war etwas Schlimmeres als nur simple Hinterlist. Sie und Harry Milne hatten sich schon vorher gekannt. Wenn Paula die Wahrheit – was immer sie sein mochte – verschwiegen hatte, so folgte daraus, daß Paula in fragwürdiger Weise mit dem Mörder verbunden war. Er hatte Angst, zu

Stein zu erstarren, falls er weiter diesem verdrehten Sachverhalt nachging und sämtliche Hintergründe aufdeckte.

Bret benutzte das Telefon, um ein Taxi zu bestellen und ging die Treppe hinab, um unten auf der Straße darauf zu warten. Als das Taxi eintraf, gab er dem Fahrer Paulas Adresse an. Während sie sich in einem wahren Verkehrschaos Wilshire näherten, verfolgte er den Gedanken weiter, halb gegen seinen eigenen Willen. Paula hatte irgend etwas mit Milne zu tun, war wahrscheinlich in etwas, das mit dem Mord zu tun hatte, verwickelt; indem sie ihre Verbindung zu Milne geheimhielt, hatte sie sich schützend vor ihn gestellt; trotz ihrer Bemühungen war Milne gezwungen gewesen zu flüchten. Es bestand die Möglichkeit, daß er zu Paula gefahren war, um dort weiteren Beistand zu finden.

Sie bogen in ihre Straße ein, eine typische Hollywood-Wohnstraße mit Häusern, die zu kunstvoll und zu groß für ihre Grundstücke waren, und mit Palmen zu beiden Seiten, die riesigen alten Männern mit zerzausten Bärten und verfilztem, in die Augen fallendem Haar glichen. Er sah Paulas Wagen in ihrer Zufahrt stehen und wies den Taxifahrer an zu halten, bevor sie das Haus erreichten.

»2245 ist da weiter oben«, sagte der Fahrer.

»Ich weiß. Bleiben Sie trotzdem hier stehen. Ich bezahle Ihnen die Zeit.«

Sie parkten etwa hundert Meter vor Paulas Haus auf der anderen Straßenseite und warteten.

Der Fahrer streckte sich diagonal auf seinem Sitz aus, mit der übertriebenen Hingabe eines Mannes, der sich von seiner Arbeit ausruht. Bret beugte sich gespannt vor, die Ellbogen auf die Knie gestützt, und beobachtete das Haus.

Stunden schienen vergangen zu sein, als er auf seine Uhr blickte. Zehn Minuten vor sechs. Niemand erschien auf der Glasveranda oder ließ sich an einem der Fenster blicken. Kein Wagen war vor- oder weggefahren. Die untergehende Sonne erzeugte tiefe Schatten zwischen den Häusern, und die Luft wurde kühler, je länger die Schatten der Palmen wurden. Das weitläufige niedrige Haus, in dem Paula wohnte, machte in dem bernsteinfarbenen Licht einen stabilen und friedvollen Eindruck; und während die Zeit sanft dahinfloß, bekam es einen immer saubereren Anstrich, wurden die Konturen immer weicher. Ein Sprühregen der Sprenganlage traf auf die horizontalen Lichtstrahlen und ließ zwischen den Büschen auf dem Rasen flüchtig einen Regenbogen entstehen. Und in den letzten Minuten bevor die Sonne unterging, glühten die Fenster auf der Westseite des Hauses feurig im Schein des geborgten Lichtes. Kaum erlosch das Licht, waren die Fenster leer und stumpf wie Augen, die nichts mehr sehen konnten.

Als sich der Nachmittag in den Abend zu verwandeln begann, versank Bret noch tiefer in Depressionen. Es war eine üble Aufgabe, die er sich da selber gestellt hatte – Paulas Haus wie ein Detektiv oder eifersüchtiger Ehemann zu beobachten und darauf zu warten, daß das Schlimmste passierte. Während der Monate, in denen sich sein zerrütteter Geist langsam erholt hatte, war es Paula gewesen, die ihm Hoffnung und Energie verliehen hatte, gegen die ihn bedrückende Trägheit und Langweile anzukämpfen. Sie war sein zentraler Mittelpunkt gewesen. Er zuckte innerlich in panischem Entsetzen vor dem Rand des seelischen Ruins zurück, den er vor sich sah, wenn Paula für ihn verloren sein sollte, vor der Wüste trockener Asche, in der er einst eine Ewigkeit lang gelegen hatte, an Händen und Füßen durch eine Lähmung des Willens gefesselt, in dämmerlosem Zwielicht einer Stimmung, die zu schwach und kalt war, um als Verzweiflung bezeichnet werden zu können, niedergeschmettert durch den eisigen Zugriff des Selbstekels, auf dunkle, geheimnisvolle Weise von kleinen totgeborenen Anregungen gequält und ohne selbst auf die Erinnerung des Alptraums zu reagieren.

In jenen ersten Monaten im Hospital, die sich in seinem

Geist zu einem einzigen grauen, nicht endenden Tag zusammenschoben, war er schlimmer dran, als wenn er tot gewesen wäre, ein nutzloses Etwas von organischer Substanz, zu schwach und zu krank, um die physische Last des Menschseins tragen zu können. Aus diesem recht wenig versprechenden Material hatten die Zeit, die Ärzte und Paulas Liebe wieder einen Mann geschaffen.

Trotzdem trug er die Erinnerung an den Zusammenbruch immer noch in sich wie den Samen einer Jahre hindurch währenden Melancholie. Er hatte genug gelitten, um seine Stärke und seine Schwäche zu kennen, und er wußte, daß seine Welt ohne Paula wieder grau werden würde und zu Staub zerfallen.

Und doch wußte er nicht, wie er sich selber helfen konnte. Er mußte die Wahrheit erfahren und dafür sorgen, daß der Gerechtigkeit Genüge geschah. Wenn er so wie Paula glaubte, daß es nirgendwo Gerechtigkeit gab, würde er nicht in der Lage sein weiterzumachen. Ohne die Gerechtigkeit konnte menschlicher Anstand, konnte das menschliche Leben nicht existieren; und wie ihm schien, hing sein Glaube an die Gerechtigkeit vom Ausgang dieses Falles ab. Er war das einzige Ereignis in seinem Leben, das kompromißlos das Problem der Gerechtigkeit darstellte, trotz der Tatsache, daß er selbst nicht völlig schuldlos war. Wenn er an jenem vergessenen Maiabend gleich nach Hause gegangen und dort geblieben wäre, an jenem Maiabend, der in seiner Erinnerung immer noch unausgefüllt und inhaltlos war, so völlig und quälend leer wie ein Rahmen, in dem einst das vertraute Porträt eines vergessenen Gesichts gesteckt hatte; wenn er zu Hause geblieben wäre und auf Lorraine gewartet hätte, wäre sie nicht ermordet worden, oder er wäre bei dem Versuch, es zu verhindern, umgekommen. Da er dies nicht getan und versagt hatte, mußte er den Mörder vor Gericht bringen, ganz gleich, was für Leiden Paula oder ihm dadurch entstanden. Wenn Paula mit Milne gegen seine Frau konspiriert hatte, so mußte er das wissen. Er verfluchte seine Besessenheit und die Ironie des Schicksals, die ihn zu dem gemacht hatte, was er war, und ihn in dieses Dilemma gebracht hatte. Aber er blieb, wo er war, und behielt Paulas Haus im Auge.

Das Zwielicht kam einer Farbenblindheit gleich, die den Dächern und Fenstern die Farben entzog und die Gebäude der dritten Dimension, die sie erst real erscheinen ließ, beraubte. Der Himmel flammte immer noch in Rosa und Gelb, das langsam nachdunkelte und grün wurde, aber in den Büschen und Bäumen und in den Ecken der Häuser und unter den Dachrinnen logierte bereits die Nacht.

Ein Wagen erschien am anderen Ende des Häuserblocks und kam auf ihn zugefahren; er hielt zweimal, bevor er endgültig vor Paulas Haus anhielt. Es war eine alte, mitgenommen aussehende Limousine, und eine Frau mittleren Alters saß am Steuer. Als sie ausstieg, sah er, daß sie anständig angezogen war, aber irgendwie schlampig wirkte, vielleicht weil der Rock ihres dunklen Kostüms zu lang war oder ihr Hut allzu gerade auf dem Kopf saß.

Die Frau überquerte ein wenig unsicher auf ihren dünnen Beinen den Gehsteig und näherte sich der Glasveranda vor dem Eingang. Sie blickte kurzsichtig in die Richtung der Sprenganlage und machte einen unnötigen und umständlichen Umweg. Bret war zu weit entfernt, um sie deutlich sehen zu können, zudem begann es dunkel zu werden; aber er hatte das sichere Gefühl, sie zu kennen. Er wußte im voraus, wie sie die Treppe zu der Veranda emporsteigen würde, mit geradem Rücken und hocherhobenem Kopf, aber mit einer Unbeholfenheit, die aus der Furcht vor dem Hinfallen resultierte.

Paula kam an die Tür, noch bevor die Frau sie erreicht hatte und begrüßte sie auf den Stufen. Sie reichten sich formell die Hand. Die Frau benahm sich ein bißchen scheu, so wie immer. Und wie immer empfand Bret vage Mitleid mit ihr.

Als die beiden Frauen ins Haus gingen, war es nicht Paula,

sondern jene andere Frau, der seine Blicke folgten. Aber er hatte keine Ahnung, wer sie sein mochte.

So saß er in der zunehmenden Dunkelheit auf dem Rücksitz des Taxis und rang die Furcht nieder, daß sein Gedächtnis ihn wieder verließ. Dort, wo die Flasche ihn getroffen hatte, hämmerte es in seinem Kopf. Vielleicht war sein Gehirn physisch verletzt und sein Erinnerungsvermögen ein für allemal vernichtet worden. Der Gedanke, der ihn während seiner Genesungszeit bedrückt hatte, kehrte zurück und lastete schwer auf ihm. Der Geist war an den Körper gebunden – so wie eine sündige Seele dazu verflucht war, ein ganzes Leben in einer Bestie zu verbringen –, war absolut auf so vergängliche Materie wie das menschliche Fleisch angewiesen.

18

Trotz ihrer recht unglücklichen Erfahrungen mit Professor Taylor, ihrem ersten Mann, einem Bücherwurm, wie er im Buche stand, hatte Mrs. Swanscutt nie aufgehört, eine Liebhaberin von Büchern zu sein. Alles, was zwischen zwei Einbanddeckeln stand, faszinierte sie schlichtweg, wie sie offen ihren Kunden gegenüber zugab. Es war diese ihre Leidenschaft für das gedruckte Wort gewesen, die sie ursprünglich auf die Idee gebracht hatte, eine Leihbibliothek zu eröffnen. Es hatte etwas mit Literatur zu tun und war zudem als Beschäftigung *ladylike*. Mit ihrem guten Geschmack in Büchern und ihrem subtilen Takt in der Behandlung von Menschen hoffte sie, daß die Sache einträglich werden würde. Der Himmel wußte, daß sie nach Franks ungerechtfertigter Entlassung und dem Verlust ihres Hauses das Geld brauchten.

Sie machte keine Goldgrube aus der Bibliothek, aber zu ihrem eigenen, insgeheimen Erstaunen, dem Erstaunen einer

Frau, die bisher nie mit irgend etwas tatsächlich Erfolg gehabt hatte, verdiente sie genügend, um sie beide über Wasser halten zu können. Als der Krieg kam, nahm das Geschäft sogar noch einen Aufschwung, und sie wurde recht wohlhabend. Natürlich war das Geld nicht mehr so viel wert wie früher, aber selbst Frank mußte zugeben, daß seine konfuse kleine Ehefrau mehr Geld verdiente, als es ihm je gelungen war zu verdienen. Aber er war nicht der Mann, der deswegen schmollte; dazu war er zu männlich. Da er keine regelmäßige Arbeit mehr annehmen konnte – sein Asthma machte ihm nach wie vor schwer zu schaffen, was immer man auch über das kalifornische Klima sagen mochte –, kam er beinahe jeden Tag in die Bibliothek, um ihr bei der Arbeit zu helfen. Besonders gut konnte er die Bücher in alphabetischer Reihenfolge nach den Namen der Autoren einordnen und Geld zählen. Trotz seiner Krankheit und all der Enttäuschungen pflegte sich der arme liebe Junge immer sehr, und Mrs. Swanscutt war stolz, ihn im Laden zu haben. Sie wußte, daß viele ihrer weiblichen Kunden es als wirkliches Vergnügen empfanden, bei der Wahl ihrer Bücher von solch einem vornehm erscheinenden Mann beraten zu werden.

Eine primitivere Frau hätte gelegentlich eifersüchtig sein können, aber nicht sie, sie nicht. Mit jedem Wort und jedem Blick, der zwischen ihnen ausgetauscht wurde, sagte ihr Frank so herrlich deutlich, daß er sie noch genauso leidenschaftlich liebte wie am Anfang. Nach diesen fünfundzwanzig Jahren spürte sie immer noch, daß sie ihr früheres Leben zu Recht für diese Liebe geopfert hatte. Sie hatte alles für Frank Swanscutt aufgegeben, ihren guten Namen, ihren Ehemann, ihren Sohn, doch er hatte sie nicht enttäuscht, er hatte sich nicht des Opfers unwürdig gezeigt.

Trotzdem erlaubte sie sich manchmal den Wunsch – ganz und gar nicht in anklagender Form –, daß Frank es doch schaffen möge, regelmäßiger und vielleicht ein bißchen früher am Nachmittag heimzukommen. Nach einer kurzen Belebung des Geschäftes zur Mittagszeit, wurde es meistens während der ersten Hälfte des Nachmittags sehr ruhig, und Mrs. Swanscutt begann sich zunehmend zu langweilen. Fünf Jahre lang hatte sie sechs Tage in der Woche von neun Uhr morgens bis sechs Uhr abends von Büchern eingerahmt dagesessen. Bis vor kurzem hatte sie versucht, mit allen Bestsellern auf dem laufenden zu sein, um informiert zu bleiben, aber in den letzten paar Monaten, das mußte sie zugeben, hatte sich ihre Einstellung zu Büchern durch irgendwas verändert. Manchmal mußte sie sich buchstäblich zwingen, den Deckel eines neuen Buches aufzuschlagen und den ersten Satz auf der ersten Seite zu lesen. Mehr und mehr neigte sie dazu, sich auf die Klappentexte und die rasch hingeworfenen Rezensionen im *Retail Bookseller* zu verlassen. Sie glich einer Person, die gern naschte und die einen Posten in einer Konditorei angenommen und sich den Magen verdorben hatte.

Es war wirklich komisch, was sie alles anstellte, um nicht ein Buch lesen zu müssen. Es waren keine Kunden in der Bücherei, und wahrscheinlich würden auch bis zum späten Nachmittag keine kommen, also konnte sie es sich endlich mal selbst eingestehen. An diesem speziellen Dienstagnachmittag hatte sie ihre Schublade aufgeräumt, ihr Wechselgeld gezählt, ihre linke Hand manikürt (Frank würde sich am Abend die rechte vornehmen), einige hundert Lesezeichen aus dem hübschen blauen Papier ausgeschnitten, für die sechs neuen Bücher, die am Morgen gekommen waren, Karteikarten angelegt und Mrs. Wionowski angerufen, um ihr mitzuteilen, daß *Forever Amber* jetzt da war, für den Fall, daß Mrs. Wionowski zufällig heute vorbeikommen sollte. Als sie gerade nichts mehr fand, was sie noch hätte tun können, und schon fürchtete, daß sie womöglich aus purer Langeweile gezwungen sein könnte, in eines der sechs neuen Bücher einen Blick hineinzuwerfen, kam die Nachmittagszeitung und rettete für sie eine weitere Stunde.

Sie las sie vom Anfang bis zum Ende: die Artikel auf der ersten Seite, die ›Unglücksfälle und Verbrechen‹ auf der dritten, die Kinoreklamen, die Sportseite, die Comics, die Klatschspalte, den Leitartikel, die Frauenseite, die Todesanzeigen und Berichte über Scheidungen und auch den Wirtschaftsteil. Dann nahm sie sich die Kleinanzeigen vor. Das war ihr Lieblingsteil, und sie sparte ihn sich natürlich bis zuletzt auf.

Ihnen waren so viele menschliche Dramen zu entnehmen, die sehr viel zeitnaher und befriedigender waren als ein Roman und so unendlich vielfältig. So viele heimatlose Menschen suchten ein Haus. Ein junges Paar mußte um ihres Babys willen einen Kühlschrank haben. Ärzte, die auf Frauen- oder Männerkrankheiten spezialisiert waren. Privatdetektive, die überall hingingen und für ein bescheidenes Honorar alles herausfanden. Das Interessanteste waren die persönlichen Annoncen, diese rätselhaften Fragmente des menschlichen Lebens, die einen jederzeit für Minuten in romantische Tagträume entführen konnten. »Edie, komm heim, Mutter vergibt Dir alles.« Was hatte Edie getan? »Jack und Sim, die Abmachung gilt noch, wenn ihr euch vor Donnerstag mit mir in Verbindung setzt. Charlie.« Ein Bankraub? Schwarzmarkt? Wer weiß.

Die letzte persönliche Anzeige riß Mrs. Swanscutt rüde aus ihrem Tagtraum und verursachte ihr wildes Herzklopfen. »Bret Taylor«, hieß sie, »bitte unter Gladstone 37416 anrufen. P.W.«

Das Schicksal, dachte Mrs. Swanscutt. Das ist es. Seit Jahren habe ich nun all diese Dinge gelesen, das Ohr an die Tür anderer Leute gehalten, und nun hat mich das Schicksal in den inneren Kreis gelockt.

Doch dann meldete sich die stumpfsinnige Fadheit ihres Lebens zu Wort und sagte ihr, daß ihr so etwas nicht passieren konnte. Es konnte nicht ihr Bret sein. Solche Dinge passierten einfach nicht. Nicht ihr. Und doch, Bret Taylor war kein gewöhnlicher Name. Sonst hätte sie ihn nie gewählt. Nun, es gab eine Möglichkeit, das herauszufinden. Sie konnte diese Nummer anrufen – wenn sie es wagte.

Nach einer Weile nervösen Zögerns wählte sie mit unsicherem Finger die Nummer Gladstone 37416.

Eine Frau meldete sich. »Hier bei Miss West.«

»Hallo«, sagte Mrs. Swanscutt aufgeregt. »Sind Sie – haben Sie die Annonce unter der Rubrik *Persönlich* aufgegeben? Ich meine –«

»Einen Augenblick, bitte«, sagte die Frau. »Ich werde Miss West rufen.«

Dienstboten, dachte Mrs. Swanscutt. Bret mußte mit ein paar sehr geachteten Leuten auf freundschaftlichem Fuß stehen, *wenn* es Bret war. Aber natürlich war das ganz unmöglich –

»Ja?« sagte eine andere Frau, jünger als die erste. »Hier Paula West.«

»Haben Sie diese Anzeige für Bret Taylor heute in der Zeitung aufgegeben?«

»Wer ist bitte am Apparat?« Die Stimme einer Dame, ohne Zweifel.

»Mein Name ist Theodora Swanscutt.« Sie lachte nervös. »Ich hieß früher Taylor. Bret Taylor ist mein Sohn.«

»Das muß ein Irrtum sein, Mrs. Swanscutt. Brets Mutter ist vor langer Zeit gestorben. Es muß sich um einen anderen Bret Taylor handeln. Im übrigen habe ich mich bereits mit ihm in Verbindung gesetzt, es ist also alles in Ordnung.«

»Ach so«, sagte Mrs. Swanscutt dumpf. »Na, ich freue mich für Sie, daß Sie ihn gefunden haben. Ich habe mich natürlich durch die Gleichheit der Namen täuschen lassen. Entschuldigen Sie, bitte –«

»Einen Augenblick, bitte«, sagte Paula. »Ich fürchte, ich bin sehr kurz angebunden gewesen. Macht es Ihnen etwas aus, mir den Namen Ihres Mannes zu sagen?«

»Aber nein! Franklin. Franklin L. Swanscutt.«

»Nein, ich meine den Ihres ersten Mannes. Der Vater Ihres Sohnes.«

»George«, sagte Mrs. Swanscutt. Die junge Frau war brüsk, fast grob gewesen, aber schließlich hatte sie es ja herausgefordert, und so würde sie die Sache zu Ende führen.

»George Watt Taylor. Er war Philosophieprofessor«, fügte sie hinzu, nicht ohne Stolz.

»Dann haben Sie sich nicht geirrt. Das war der Name seines Vaters. Aber ich verstehe das nicht. Bret hat gesagt, seine Mutter wäre tot.«

»Tot? Natürlich habe ich ihn seit fünfundzwanzig Jahren nicht mehr gesehen. Sagen Sie, ist er jetzt bei Ihnen? Kann ich ihn sprechen?«

»Nein, leider ist er nicht da. Aber ich würde mich sehr freuen, wenn Sie mich besuchen würden. Ich bin mit ihm verlobt. Können Sie zum Tee kommen?«

Mrs. Swanscutt sagte zu, und Paula erklärte ihr, wie sie ihr Haus finden würde. Dann ließ Mrs. Swanscutt alle Vorsicht fahren und schloß für den Rest des Abends die Bibliothek. Sie rief nicht einmal Frank an, um ihm mitzuteilen, daß sie wegging. Und obwohl sie es sich nicht eingestand, hatte die Sache etwas Befriedigendes für sie.

Er sollte nur herkommen und feststellen, daß sie weg war; er sollte sich nur den Kopf zerbrechen. In gewisser Weise fühlte sie sich sorgloser und vergnügter, als sie es seit Jahren gewesen war.

Paula wartete voller Unsicherheit und Furcht, wie jemand, der eine Verabredung mit einem Geist getroffen hatte. Die tote Vergangenheit wurde in unerwarteter Weise lebendig. Die verbannten Jahre kehrten aus dem Exil zurück, um wie Hausvögel unter ihrer Dachrinne zu nisten. In ihrem Kopf drehte sich alles vor Verwirrung und Aufregung, und in ihrem tiefsten Innern wurde sie von einer schrecklichen Angst gepackt. Bret hatte ihr gesagt, seine Mutter wäre tot, und zwar nicht erst nach seinem Zusammenbruch, sondern schon lange zuvor, gleich als sie sich kennengelernt hatten. Offensichtlich hatte er sich jahrelang einer Selbsttäuschung hingegeben. Seine Geisteskrankheit – zum ersten Mal gestattete sie sich, seine Krankheit so zu bezeichnen – reichte also weit zurück, bis hin zu ihren ersten gemeinsamen Wochen. Und wie weit noch? Seit der Nacht, in der Lorraine ermordet worden war, hatte sie sich immer wieder mit dem Glauben getröstet, daß seine jetzige nervliche Verfassung etwas Vorübergehendes war, eine Schockreaktion, die sich verlieren würde mit der Zeit. Aber nun war sie unsicher geworden.

Mrs. Swanscutts Telefonanruf hatte die stetig in ihr wachsende Furcht, daß Bret dauerhaft krank und trotz all ihrer Bemühungen hoffnungslos verloren war, sozusagen ans Tageslicht gezerrt. Sie hatte Angst, Angst um ihn und allmählich auch Angst um sich selbst. Zwei Daiquiris und sechs Zigaretten vermochten ihre Angst nicht zu narkotisieren. Sie hatte alles falsch gemacht, lauter falsche Entscheidungen getroffen, und das war die sicherste Garantie, daß sie fortfahren würde, alles falsch zu machen, bis hin zum letzten Zusammenbruch, wie immer der auch aussehen mochte. Die Erkenntnis, daß sie die Strafe – wie immer diese auch ausfallen mochte – verdient hatte, ließ ihre Furcht nur noch größer werden. Jedesmal wenn sie in Aktion trat, beging sie eine Dummheit. Jedesmal, wenn das Telefon klingelte, gemahnte es sie an eine neue schreckliche Möglichkeit.

Ihre Gedanken wirbelten durch ihren Kopf wie ein wahnsinnig gewordenes Eichhörnchen in einem Käfig und ließen ihr keine Ruhe. Sie ging in die Küche, angeblich, um mit Mrs. Roberts über das Abendessen zu sprechen, in Wirklichkeit aber nur, um eine menschliche Stimme zu hören.

Die Haushälterin sprach ruhig und vergnügt über den üblichen Rippenbraten, den sie noch hatte ergattern können, und überlegte nun, ob sie sich wohl die Mühe machen und einen Yorkshire-Pudding zubereiten sollte, aber Paula vermochte ihr kaum zuzuhören.

»Machen Sie, was Sie wollen. Übrigens bin ich nicht hungrig. Sie könnten den Braten auch für später aufheben.«

»Aber er ist schon im Ofen«, sagte Mrs. Roberts steif. »Wenn ich ihn jetzt herausnehme, trocknet er aus.«

»Na und? Lassen Sie ihn austrocknen!«

»Aber Sie müssen doch etwas in Ihren Magen bekommen, Miss West. Es gefällt mir nicht, wie Sie sich in letzter Zeit ernähren. Sie mögen glauben, daß Sie zu nervös sind, um etwas essen zu können, aber Sie werden noch nervöser werden, wenn Sie nicht regelmäßig etwas zu sich nehmen.«

»Ja, ich weiß. Machen Sie weiter mit dem Braten! Ich bekomme übrigens Besuch zum Tee. Eine Bekannte, ich weiß nicht genau, wann, aber sie müßte eigentlich bald da sein. Ich sage Ihnen dann, wann Sie den Tee machen sollen.«

»Es ist ein bißchen spät für Tee, nicht wahr?«

»Das spielt keine Rolle.«

Der Nachmittagstee war eine Sitte, die sie von den englischen Autoren im Studio übernommen hatte. Es war eher eine Annehmlichkeit denn ein Ritual, etwas, womit man die Hände und den Mund beschäftigen konnte, wenn Cocktails unpassend oder dubios erschienen.

»Okay, Miss West.«

Paula floh vor ihrem freundlichen, kritischen Blick zurück ins Wohnzimmer und versuchte, ein Handelsblatt zu lesen, aber das war ein Ding der Unmöglichkeit. Sie war auch nicht in der Lage, sich eine Schallplatte anzuhören; und selbst ihren Modigliani an der Wand mochte sie nicht anschauen. Verdammtes Puppengesicht! El Greco lag ihr ihm Moment mehr, aber sie hatte nicht die El-Greco-Einkommensstufe und würde sie wohl auch nie erreichen. Wenn sie aus dieser Sache mit heiler Haut herauskam und ihr Nervenkostüm noch nicht ganz zerfetzt war, hatte sie mehr Glück gehabt, als sie verdiente. Komisch, dachte sie, noch vor kurzem habe ich versucht, Bret auszureden, über Gerechtigkeit nachzudenken, und nun beschäftige ich mich selbst damit. Doch die einzige Alternative zur Gerechtigkeit war der blinde Zufall, etwas, was man nicht lange ertragen konnte, nicht jedenfalls, wenn man jemanden liebte. Obgleich sie vor gar nicht allzu langer Zeit geglaubt hatte, sie könnte die Muster des Schicksals auftrennen und sie so stricken, daß sie ihr besser paßten. Jetzt hatte das Schicksal (oder war es die Gerechtigkeit?) ihr die Fäden aus der Hand genommen. Wenn es in der realen Welt kein Amt für Gerechtigkeit gab, so sicher auch keine Drehbuchautoren – zumindest keine menschlichen.

Sie hörte den unregelmäßig tuckernden Motor, als das Auto um die Ecke bog und die Straße entlanggefahren kam und war am Vordereingang, ehe die Frau noch ausgestiegen war. Ein gelbes Taxi, das sie bemerkt, als sie vor etwa einer Stunde aus dem Fenster geblickt hatte, stand nach wie vor auf der anderen Straßenseite in der Nähe der Ecke. Einen Augenblick der Panik lang kam ihr der Gedanke, jemand könnte ihr Haus beobachten, aber sie ließ die Idee fallen. Außer dem hinter dem Lenkrad schlafenden Fahrer konnte sie niemanden in dem Taxi sehen, und er hatte sich nach einem harten Arbeitstag nun zwei Mützen voll Schlaf gegönnt. Sie trat hinaus, um Mrs. Swanscutt zu begrüßen, die etwas unsicher die Stufen emporstieg. Die Frau hatte etwas von einem Geist an sich und etwas von einem Vogel. Ein schlechtes Omen? Nein. Es war ein ängstlicher Vogel, der auf die Anzeichen von Gefahr achtete, und ein zaudernder, unerwünschter Geist, der nach einem Haus Ausschau hielt, in dem er herumspuken konnte, ohne die Zuversicht, daß er je eines finden würde. Aber das war eigentlich nicht fair. Sie hatte auch etwas Anziehendes, trotz ihrer Nervosität und Dünne und der altmodischen Kleidung. Sie mußte um die Fünfzig herum sein – natürlich, wenn sie Brets Mutter war –, aber in ihrem blassen Gesicht war noch immer die einstige Schönheit zu erkennen. Paula suchte nach Spuren von Bret darin und entdeckte den gleichen hochgewölbten Nasenrücken und die gleichen blauen Augen. Sie hatte nichts von seiner Kraft, aber unter der Oberfläche verbarg sich ein vager Charme, fast als fürchtete er sich, zum Vorschein zu kommen. Um den Mund und die Augen waren Linien, die zeigten, daß Leiden ihr zur Gewohnheit geworden war.

Paula mochte sie und empfand Mitleid mit ihr. Sie streckte die Hand aus, und die wurde von langen, dünnen Fingern gedrückt: »Es freut mich, Sie kennenzulernen, Mrs. Swanscutt.«

»Es war so nett von Ihnen, mich einzuladen.« Sie sah mit leuchtendem, vogelartigem Blick am Haus empor, als wollte sie Lob und Ehre seiner Größe anpassen. »Der Zufall hat einen langen Arm, nicht wahr?«

Sie schenkte Paula einen ähnlich bewundernden Blick, der etwas absurd erschien, aber nicht unangenehm war. Man zog sich schließlich an für diese Art Blicke anderer Frauen.

Mrs. Swanscutt selbst war nicht gut angezogen, obschon das graue Kostüm, das sie trug, vor sechs oder sieben Jahren, als sie es gekauft hatte, wahrscheinlich ziemlich schick gewesen war, und sie wußte durchaus, wie man etwas zu tragen hatte. Die Zeit hatte ihre Brust flach werden lassen und ihre Beine dünn, aber ihr Knochenbau war gut, und sie bewegte sich wie eine Dame – eine Dame im Unglück.

»Bitte kommen Sie herein.« Paula führte sie ins Wohnzimmer.

»Es tut mir leid, daß Bret nicht hier ist. Ich weiß, wie begierig Sie sein müssen, ihn zu sehen.«

»Oh, ja. Erwarten Sie ihn heute noch? Wo wohnt er?«

»Nein, ich erwarte ihn nicht. Er ist bei der Marine, verstehen Sie – in San Diego stationiert.«

»Bei der Marine?« sagte Mrs. Swanscutt strahlend. »Das freut mich. Er tut seine Pflicht.«

»Er hat eine großartige Karriere hinter sich«, sagte Paula.

Sie konnte das der Frau nicht unterschlagen, obgleich sich in ihrer eigenen Brust eine seltsame Art Gram breitmachte.
»Warten Sie einen Augenblick, ich habe sein Bild da.«
»Das würde ich schrecklich gern sehen.«
Paula rannte hinauf, um das gerahmte Bild Brets herunterzuholen. Er hatte es aufnehmen lassen, als er Fähnrich geworden war, und inzwischen war er beträchtlich gealtert, aber es war das einzige Foto, das sie von ihm besaß. Tränen traten ihr aus irgendeinem Grund in die Augen, als sie das lächelnde junge Gesicht auf ihrem Toilettentisch betrachtete. Sie wischte sie weg und ging hinunter ins Wohnzimmer.
»Das ist mein Bret?« sagte Mrs. Swanscutt. »Du meine Güte, er sieht gut aus, nicht wahr? Sie haben mir gar nicht gesagt, daß er Offizier ist.«
»Ja, damals war er Fähnrich. Jetzt ist er Lieutenant zur See.« Um das Unvermeidliche nicht hinauszuschieben, fügte sie hinzu: »Er wäre jetzt Korvettenkapitän, wenn nicht seine Krankheit gewesen wäre.«
»Seine Krankheit? Ist er krank?«
»Er erholt sich jetzt wieder, aber eine Zeitlang war er ernstlich krank. Sein Schiff wurde im letzten April durch einen Fliegerangriff versenkt, und er hatte einen Anfall –« Sie suchte nach dem richtigen Wort, konnte aber nur an seine Angstträume denken, und die hatte sie selbst. Schließlich sagte sie: »Einen durch die Kampfhandlungen verursachten Erschöpfungsanfall.«
»Aber das ist ja entsetzlich. Der arme Junge. Aber Sie sagen, es geht ihm jetzt besser?«
»Ja, viel besser.« Hoffentlich, hoffentlich.
»Glauben Sie, er würde sich freuen, mich zu sehen?« fragte Mrs. Swanscutt schüchtern. »Spricht er jemals von mir?«
»Nein, nie.« Sie hatte es satt, die Leute mit Samthandschuhen anzufassen. Sie sollten zur Abwechslung einmal der Wahrheit ins Gesicht sehen, so wie sie selber das auch mußte. Die Ironie des Schicksals und das Leid hatten bereits ihr

Mitleid mit dieser Frau aufgebracht, dieser sentimentalen Mutter, die fünfundzwanzig Jahre lang ihren Sohn vergessen hatte und jetzt aus der Vergangenheit heraus hier hereinspaziert kam, um ihre mütterlichen Rechte anzumelden. »Bret hat mir gesagt, Sie seien tot.«

»Das ist seltsam. Das kann er doch gar nicht geglaubt haben. Sein Vater wußte, daß ich lebe. Er war ein starrsinniger Mann, aber gewiß hat er seinem Sohn nicht erzählt, ich sei tot. Das wäre doch unnatürlich.«

Es wäre eine Erleichterung gewesen, anzunehmen, daß diesmal nicht Brets Gedächtnis schuld war, sondern daß ihn sein Vater belogen hatte. Aber dieser Gedanke erhellte, wie eine Lampe, die man in einer Ecke eines Zimmers eingeschaltet hatte, nur einen Bereich, während er den Rest noch in tieferes Dunkel stürzte. Dr. Klifter hatte ihr am Telefon erzählt, daß Bret durch den Tod seiner Mutter tief beeindruckt gewesen war. Doch seine Mutter war gar nicht gestorben. Konnte er seine Mutter und seine Frau durcheinandergebracht haben? Wie sie gelesen hatte, waren schon seltsamere Dinge in solchen Krankengeschichten vorgekommen.

»Ich kann Ihnen nicht verheimlichen, Mrs. Swanscutt, daß Bret ziemlich ernste psychologische Schwierigkeiten gehabt hat. Sie sind im letzten Mai doch nicht etwa in Los Angeles gewesen?«

»Nein. Warum? Wir haben meine Schwester in New Mexico besucht. Meinen Sie, Bret hat einen nervlichen Zusammenbruch gehabt?«

»So ungefähr.«

»Sein Vater hatte auch einen Nervenzusammenbruch. Das war, bevor ich ihn kennenlernte, als er noch im Seminar war. Ich glaube nicht, daß er sich je völlig erholt hat. Er war ein sehr intelligenter und überaus kultivierter Mensch, aber immer ein bißchen unberechenbar.« Ihre Stimme hob sich leicht zu einem trotzigen Singsang, so wie jemand ein Glaubensbekenntnis vor einem privaten Gott ablegt. »Ich habe nie einen Augenblick lang bereut, ihn verlassen zu haben.«

Paula nahm die Gelegenheit wahr. »Unter welchen Umständen haben Sie ihn eigentlich verlassen?«

Mrs. Swanscutts blaue Augen verdüsterten sich, und sie wandte sich ab. »Es ist eine ziemlich schmerzliche Erinnerung«, sagte sie mit schwankender Stimme. Dann wurde ihre Stimme wieder kräftiger und bekam zugleich einen kleinen falschen Unterton. »Glauben Sie nicht, daß ich der Ansicht bin, ich hätte falsch gehandelt. Ich folgte dem Befehl meines Herzens, und ich habe nie das Geringste bereut. Ich heiratete Frank unmittelbar nach der Scheidung, und unsere Ehe ist eine ideal glückliche. Unsere Freunde können Ihnen das bestätigen. Wir stellten die Liebe über Ansehen und Konvention, denn eine Liebe wie die unsere ist wichtiger als alles andere, Miss West.«

Ich kenne das Gefühl, dachte Paula, selbst wenn dein Dialog einer gewissen Dämpfung bedürfte (aber schließlich hast du sprechen gelernt, bevor Hemingway da war, um es dir beizubringen). »Das Letzte, was ich tun möchte, ist Kritik üben«, sagte sie vorsichtig. »Und ich möchte Ihnen auch keinen Schmerz zufügen. Es ist nur so, daß Bret Schwierigkeiten mit seinem Gedächtnis hat. Was Sie anbetrifft, so ist er zum Beispiel völlig verwirrt. Vielleicht könnte es ihm helfen, wenn Sie mir erzählen würden, was sich wirklich zugetragen hat.« Sie atmete langsam aus. Die Wahrheit aus einer alternden Romantikerin herauszubringen war ebenso knifflig, wie auf Eiern zu gehen.

Aber die vorsichtig gewählten Worte taten ihre Wirkung. Die Frau sah sowohl schuldbewußt als auch reuevoll drein und begann, in einem aufrichtigen, keineswegs mehr schwülstigen Tonfall zu sprechen. »Ich hätte niemals absichtlich etwas getan, was Bret verletzen könnte, nicht um alles in der Welt. Es war schrecklich für mich, daß es passieren mußte, und es war schrecklich, ihn verlassen zu müssen. Aber er war so jung, daß ich überzeugt war, er würde sich an nichts erinnern.«

»Wie alt war er?«

»Vier. Fast noch ein Baby. Es kann nichts für ihn bedeutet haben.«

»Brets Arzt wäre wahrscheinlich anderer Ansicht. Ich weiß nicht, ob Sie viel über Psychoanalyse gelesen haben –«

»O ja! Ich lese sehr viel.«

»Dann wissen Sie ja, daß man der Ansicht ist, gewisse Kindheitserlebnisse können ungeheuer wichtig sein. Manche Psychoanalytiker behaupten, das erste Jahr sei das wichtigste.«

»Ich habe sehr gut für ihn gesorgt, als er ein Baby war«, sagte Mrs. Swanscutt, völlig irrelevant.

»Zweifellos. Aber was geschah, als er vier war? Er hat seinem Arzt erzählt, er wäre in Ihr Zimmer gegangen und hätte Sie dort tot aufgefunden.«

»Das hat er gesagt?« In den bekümmerten blauen Augen lag ungläubiges Entsetzen. Vielleicht hatte sie einen Augenblick lang fast selbst geglaubt, damals gestorben zu sein und sich fünfundzwanzig Jahre lang selbst getäuscht zu haben. Vielleicht war ein Teil von ihr tatsächlich damals gestorben, dachte Paula, der Teil, der zu ihrem Sohn gehörte.

»Ja, das hat er gesagt. Diese Täuschung ist möglicherweise der Ursprung seiner seelischen Schwierigkeiten. Deshalb ist die Wahrheit so wichtig, verstehen Sie?«

»Ist er in einer – Anstalt?«

»Ja.« Schließlich war er ja bis gestern unter psychiatrischer Obhut. Sie brauchte alle zur Verfügung stehenden Mittel, um aus dem umnebelten Gehirn dieser Frau die Wahrheit herauszubringen.

»Mein armer Junge!« sagte Mrs. Swanscutt. »Mein armer Junge!«

In diesem Augenblick kam Mrs. Roberts mit dem Teewagen mit festem Schritt, so als hätte sie lange genug gewartet und wäre nun entschlossen, es endlich hinter sich zu bringen.

»Oh, den Tee hatte ich ganz vergessen!« rief Paula aus, aber sie war wütend. Wie konnte diese verdammte Roberts in einer Krisensituation dritten Grades einfach hier so hereinstolpern! Und verdammt sei auch die Swanscutt in ihrer Eigenschaft als Frau! Sie persönlich konnte sich sehr wohl vorstellen, was Bret im Zimmer seiner Mutter vorgefunden hatte. Doch sie mußte Gewißheit haben. Mit leiser, harter Stimme sagte sie über die Teetasse hinweg: »Ich glaube, Sie haben Bret eine schwere seelische Verletzung zugefügt. Das mindeste, was Sie tun könnten, ist, mir erzählen, was geschah, damit ich dem Arzt weiterberichten kann.«

»Ich kann es Ihnen nicht erzählen! Ich kann es nicht!«

Paula spürte, wie kalte Wut in ihr aufstieg. Entweder erzählte es ihr die Frau jetzt, oder sie konnte ihr Haus verlassen.

»Sie hatten einen Liebhaber«, sagte sie.

»Ja.« Das Geständnis war fast unhörbar. »Mein jetziger Mann. Frank war Student in den letzten Semestern und machte die schwere Arbeit im Haus, um dafür ein Zimmer bewohnen zu dürfen. Wir sahen uns sehr oft und verliebten uns ineinander. Aber Sie können unmöglich diese ganzen bisherigen Umstände begreifen, Miss West.«

»Warum nicht? Ich bin schließlich auch in Bret verliebt.«

»Nachdem Bret geboren war, kam mein Mann nie mehr zu mir. Sie verstehen, was ich damit meine? Er war der Ansicht, der eheliche Verkehr diene ausschließlich dem Zweck, Kinder zu zeugen, und der Arzt sagte, ich könnte keine Kinder mehr kriegen. George hatte sein eigenes Zimmer, und während dieser vier Jahre kam er niemals wieder in mein Schlafzimmer.«

Ich habe seit sechs Jahren mit keinem Mann mehr geschlafen, dachte Paula, aber sie sagte es nicht.

»Frank wurde mein Liebhaber. Ich kam nie auf den Gedanken, es als sündhaft anzusehen. Ich betrachtete einfach George nicht mehr als meinen Mann. Er war über zehn Jahre älter als ich, und nach dem ersten Jahr erschien er mir mehr wie ein Vater. Er hatte zwar keine Weihe empfangen, doch er benahm sich wie ein Priester. Frank war mein wirklicher Mann.«

»Sie brauchen sich nicht zu entschuldigen«, sagte Paula. »Die meisten meiner Bekannten haben zumindest zweimal geheiratet. Ich selber habe mich 1940 von meinem ersten Mann scheiden lassen.«

»Ja? Wegen Bret?«

»Nein. Damals kannte ich Bret noch nicht. Ich tat es meinetwegen.«

»Ach so.«

Die Frau begann die Unterhaltung wieder hinauszuzögern.

»Und was hatte Bret mit dem Ganzen zu tun? Oder spielte er dabei überhaupt keine Rolle?«

»Natürlich spielte er eine Rolle«, sagte Mrs. Swanscutt mit ihrer dünnen gefühlvollen Stimme. »Ich liebte ihn auch. Ich habe nie im Traum gedacht, daß die Sache so ausgehen würde.«

»Wie denn?«

»Er muß durch irgendeinen Traum aufgeschreckt worden sein – manchmal hatte er nämlich Alpträume, obwohl er damals seit langem keine mehr gehabt hatte. Jedenfalls wachte er mitten in der Nacht auf und kam in mein Zimmer. Frank war bei mir. Wir – lagen zusammen im Bett. Bret kam sehr leise herein und knipste die Deckenbeleuchtung an – erst da merkten wir, daß er da war. Als er uns sah, reagierte er entsetzlich. Er brach in fürchterliches Geheul aus und ging mit den Fäusten auf mich los. Er schlug meine Brüste grün und blau.«

Das freut mich, dachte Paula.

»George hörte den Lärm und kam die Treppe herabgerannt. Er erwischte Frank, bevor dieser in sein Zimmer zurückkehren konnte, und sie gingen im Korridor draußen aufeinander los. Es war entsetzlich. George schlug Frank nieder – er war ein ziemlich starker Mann. Ich versuchte, Bret in meine Arme zu nehmen und ihn zu beruhigen, aber er schlug nach mir und kratzte mich wie ein wildes Tier. Dann rannte er ins Kinderzimmer zurück, und danach habe ich ihn nie mehr gesehen. George ging hinunter in sein Arbeitszimmer und schloß sich dort ein. Frank und ich fuhren noch in jener Nacht weg – nach Cincinnati, wo seine Familie lebte. Mehrere Jahre später erhielt ich die amtliche Mitteilung, daß George sich wegen böswilligen Verlassens hatte scheiden lassen. Frank und ich heirateten und kamen in den Westen, und ich habe nie mehr etwas von George gehört. Vielleicht *hat* er Bret erzählt, ich sei tot. Ich weiß es nicht.«

Paula respektierte Mrs. Swanscutts Aufrichtigkeit, aber das bewahrte sie nicht davor, diese Frau zu hassen. Sie hatte Bret weh getan, und das verdammte sie für alle Zeiten in Paulas Augen. »Vielen Dank, Mrs. Swanscutt!« sagte sie trotzdem so freundlich wie möglich. »Darf ich Ihnen noch Tee anbieten?«

»Nein, danke. Aber ich glaube, ich würde gern eins dieser Sandwiches nehmen. Ich bin ziemlich ausgehungert.« Dann brach ihre Stimme, und sie legte sanft eine Hand auf Paulas Arm. »Ich weiß, Sie lieben Bret. Sie sprechen von ihm, als ob Sie ihn lieben würden. Halten Sie mich für schlecht, für eine schlechte Mutter?«

»Ich glaube, daß Sie Pech gehabt haben. Das tut mir leid für Sie, Bret hatte ebenfalls Pech – und George auch. Er ist übrigens tot.«

Das Telefon im Flur draußen klingelte, und Paula war dran, bevor Mrs. Roberts aus der Küche kommen konnte.

»Hallo?«

»Sind Sie das, Miss West?«

»Ja.« Sie schloß mit dem Fuß die Tür zum Wohnzimmer.

»Sie wissen schon, wer am Apparat ist. Ich möchte Sie sofort sprechen. Ihr Freund hat seine Nase einmal zu oft hier hereingesteckt, und das paßt mir nicht – nicht im geringsten.«

»Ich habe Sie gewarnt und Ihnen gesagt, Sie sollten die Stadt verlassen. Sie haben es versprochen.«

»Vielleicht. Aber ich gehe nicht. Verstanden? Ich bleibe hier, um zu sehen, was vorgeht. Ich glaube, Sie haben mich reingelegt, und das gefällt mir nicht.«

»Glauben Sie, was Sie wollen. Ich habe Sie nicht betrogen.«

»Vielleicht. Vielleicht auch nicht. Jedenfalls möchte ich mit Ihnen sprechen. Kann ich das?«

»Ja. Ja. Ich werde kommen. Sind Sie zu Hause?«

»Nix! Taylor platzt mir hier zu oft rein. Ich bin im Mexicana Motel, Zimmer 106. Wissen Sie, wo das ist?«

»Am Hollywood Boulevard?«

»Genau. Ich werde warten. Und wenn Sie jemanden mitbringen, wird das ein übler Fehler sein, ein ganz übler.« Er legte auf.

Paula entledigte sich Mrs. Swanscutts so geschickt wie möglich und fuhr ihren Wagen rückwärts die Zufahrt hinunter. Im letzten Augenblick rannte sie noch einmal hinauf und holte die kleine 25er Pistole, die sie in der Schublade neben ihrem Schmuckkasten aufbewahrte.

19

Es war dunkel, als Paulas Besucherin das Haus verließ, aber Bret konnte in dem aus den Fenstern fallenden Licht erkennen, daß Paula nicht bei ihr war. Die mittelalte Frau stieg in ihre Limousine und fuhr allein weg. Bret wollte ihr impulsiv folgen, und wenn auch nur, um herauszufinden, ob er sie wirklich kennen sollte, aber er entschied sich dagegen. Es gab keinen Grund anzunehmen, daß die Frau etwas mit dem Fall oder mit ihm zu tun hatte, und so folgte er Paula. Er hatte so eine Ahnung, daß Harry Milne früher oder später zu ihr kommen oder sie zu ihm hinfahren würde.

Der Taxifahrer wachte auf, als die Limousine an ihnen

vorbeiratterte. Er streckte sich und rieb sich die Augen. »Himmel – es ist ja schon dunkel! Bleiben wir die ganze Nacht hier?«

»Vielleicht. Vielleicht auch nicht.«

»Ich mache um acht Schluß, Freund. Jetzt ist sieben vorbei.«

»Ich möchte, daß Sie bleiben, wenn es möglich ist. Hier sind zehn Dollar als Anzahlung.«

»Na, ich denke, das wird gehen.«

Eine Minute später fuhr, wie um seine Ahnung zu bestätigen, Paulas Wagen rückwärts die Auffahrt hinunter und hielt neben dem Vordereingang. Paula stieg aus und rannte ins Haus zurück.

»Fahren Sie zur Ecke vor!« sagte Bret zu dem Fahrer. »Ich möchte, daß Sie diesem Wagen folgen, aber ich weiß nicht, in welche Richtung er fahren wird.«

»Gut.«

Das Taxi fuhr los und fuhr langsam am Haus vorbei. Bevor sie noch die Ecke erreicht hatten, fuhr Paulas Wagen rückwärts auf die Straße hinaus und auf sie zu. Bret nahm seine Mütze ab und duckte sich runter. Paulas Wagen, in dem sie am Steuer saß, fuhr mit zunehmender Geschwindigkeit an ihnen vorbei und bog an der Ecke in Richtung Zentrum Hollywood ein.

»Das ist der Wagen. Verlieren Sie ihn nicht aus den Augen!«

»Ich tue, was ich kann!« rief der Fahrer über seine Schulter hinweg. »Diese alte Karre hier ist kein Rennwagen.«

Paulas Wagen blieb in Sichtweite. Er tauchte einen Moment lang in einer Verkehrsstockung an der Hollywood und Vine unter, aber Bret sah gleich darauf das Heck des Roadster wieder aufblitzen, und sie holten ihn wieder ein, als er den Boulevard hochfuhr. Nach etwa anderthalb Kilometern hielt er am Straßenrand, und Paula stieg aus. Das Taxi kam gerade so rechtzeitig an, daß Bret sie auf ein zweistöckiges Stuckgebäude mit dem roten Neonzeichen MEXICANA MOTEL zugehen sehen konnte.

»Parken Sie weiter oben vor ihrem Wagen!« sagte Bret, während er ausstieg. »Wenn sie vor mir wieder herauskommt, achten Sie darauf, wo sie hingeht.«

»Okay«, sagte der Fahrer müde.

Paula hatte nicht den Vordereingang des Motels benützt, sondern war eine Außentreppe an der linken Seite des Gebäudes emporgestiegen. Sobald sie verschwunden war, ging Bret hinter ihr her. Als sein Kopf sich auf gleicher Höhe mit der obersten Treppenstufe befand, sah er, wie sie an eine Tür in der Mitte des Balkons klopfte. Die Tür öffnete sich, und einen Augenblick lang sah er ihr Profil klar in dem herausfallenden Lichtstrahl. Sie ging hinein, und die Tür wurde geschlossen.

So leise wie möglich ging Bret den Balkon entlang, an einer Reihe geschlossener Türen vorbei, bis zu der, welche eben geöffnet und geschlossen worden war. Es fiel genügend Licht in den Hof, so daß er die Metallnummer an der Tür erkennen konnte: Nummer 106. Neben der Tür befand sich ein schmales Fenster, aber die Jalousien waren fest heruntergezogen. Nicht einmal ein menschlicher Schatten war sichtbar, doch er konnte das Murmeln von Stimmen hören. Er preßte sich gegen die Wand neben dem Fenster und lauschte angestrengt. Die Stimme eines Mannes kläffte aufgeregt, und eine Frau antwortete in heiserem Ton. Bret kniete nieder und drückte ein Ohr gegen das Fenster. Ohne Zweifel war die Stimme der Frau die Paulas, aber bei der des Mannes war er nicht sicher.

Die Frau erhob plötzlich die Stimme, und er hörte ein paar Worte, die ihm Gewißheit verschafften.

»Sie halten den Mund, oder ich bringe Sie um –«

Der Mann brach in ein hyänenartiges Gelächter aus.

Bret richtete sich auf und tastete nach der Pistole in seiner Tasche. Hinter ihm sprach ihn jemand leise an.

»Immer sachte, Freund! Wir wollen hier keine Scherereien haben.«

Bret fuhr herum und sah einen kleinen, wie ein Ei geformten Mann in Hemdsärmeln und die Hände in den Taschen stehen. »Wer sind Sie?«

»Der Manager dieses Hauses hier. Und was, zum Teufel, fällt Ihnen eigentlich ein?«

»Seien Sie ruhig!« flüsterte Bret mit gepreßter Stimme. Abgesehen von der Gefahr konnte er den Gedanken, Paula könnte herauskommen und ihn hier vorfinden, nicht ertragen. Er ging auf den Mann in den Hemdsärmeln zu, der mit ihm zur Treppe kam.

»Ich habe gesehen, wie Sie ihr hier herauf gefolgt sind. Ihre Frau?«

»Das geht Sie nichts an.«

»O doch, das geht mich sehr wohl etwas an. Sie waren darauf aus, Scherereien zu verursachen, nicht wahr? Und das ist etwas, was mein Geschäft nicht verträgt.«

Sie blieben unten an der Treppe stehen, und das Gesicht des kleinen Mannes glänzte rötlich im Neonlicht. Es war ein zerfurchtes Gesicht mit schlaffer Haut, dichten schwarzen Brauen, die auf die blinzelnden schwarzen Augen heruntedrückten, als hätten sie ein Eigengewicht, einer fleischigen Nase und wulstigen Lippen, die gleichgültig eine erloschene Zigarre umschlossen. Der allgemeine Eindruck war: Häßlichkeit gepaart mit einer Art gewiefter Offenheit.

»Ich kann nicht hier stehenbleiben«, sagte Bret. »Sie kann jede Minute herauskommen.«

»Na und? Ich dachte, Sie wollten sie sehen.«

»Sie nicht. Den Mann.«

»Kommen Sie mit!« Er führte Bret durch eine mit BÜRO bezeichnete Tür und ließ die Jalousien über dem vorderen Fenster herab. »Was ist los, Lieutenant? Versuchen Sie, die beiden in flagranti zu erwischen, wie man so schön sagt?«

»Nein, nichts dergleichen. Wer wohnt in Nummer 106 –?«

»Solche Informationen gebe ich bloß der Polizei.«

»Verdammt, dann finde ich das eben selber heraus.« Bret strebte auf die Tür zu.

»Augenblick! Augenblick! Wollen Sie, daß ich die Polizei hole? Ich habe Ihnen gesagt, daß wir hier keine Scherereien gebrauchen können.«

Bret drehte sich unsicher an der Tür um. »Wer ist in Nummer 106?«

»Ein Bursche namens Miles. Er ist heute nachmittag gekommen. Kennen Sie ihn?«

»Ich kenne ihn. Tut mir leid, aber ich muß da hinauf.«

Der kleine Mann hatte am Fenster gestanden und durch die Jalousien gespäht. »Was nützt's?« sagte er nun. »Sie ist gerade vor einer Minute heruntergekommen und weggefahren.«

»Verdammt!« Bret riß die Tür zur Straße auf. Paulas Wagen war verschwunden.

»Sie haben gesagt, Sie wollten sie nicht sehen«, sagte der kleine Mann hinter ihm. »Und ich wollte es auch nicht. Dreiecksgeschichten machen immer Schererereien. Scherereien bringen die Polizei her. Die Polizei verdirbt das Geschäft.«

»Halten Sie sich da raus! Ich gehe hinauf, um mit Miles zu sprechen.«

»Vielleicht tun Sie das besser nicht, Lieutenant. Stimmt's? Ich habe Ihnen gesagt, wir wollen keine Scherereien.«

»Geben Sie Ruhe! Wenn Sie Ihre Zimmer an Kriminelle vermieten, müssen Sie damit rechnen.«

»Ist er kriminell, weil er mit Ihrer Frau geschlafen hat? Kommen Sie schon, Lieutenant.«

»Es handelt sich nicht um einen Scheidungsfall, Sie Trottel! Es dreht sich um Mord!«

»Was?«

Bret schlug ihm die Türe vor der Nase zu. Der kleine Mann setzte sich an seinen Schreibtisch und zog das Telefon zu sich herüber. Er zündete seinen Zigarrenstummel erneut an und blies ein paar Rauchringe. Nach einem kurzen Moment des

Überlegens drückte er sie wieder aus und schob das Telefon, ohne angerufen zu haben, an seinen Platz zurück.

Dann nahm er seinen Schlüsselbund aus seiner Hosentasche, wählte einen kleinen Stahlschlüssel aus, mit dem er die rechte obere Schublade seines Schreibtisches öffnete, und entnahm ihr einen Revolver mit gefülltem Magazin, den er in seine rechte Hosentasche schob. Dann ging er leise die Treppe empor.

20

Als Paula die Treppe vom Balkon des Motels herabkam, bemerkte sie das am Straßenrand geparkte Taxi. Es schien ihr, als ob die Augen des Fahrers sie aus dem dunklen Innern heraus heimlich beobachteten. Als sie wegfuhr, behielt sie das Taxi im Rückspiegel im Auge. Es blieb stehen, wo es war, bis es außer Sichtweite kam.

Offenbar spielten ihr ihre überreizten Nerven wieder einen Streich. Es war kein Wunder. Die Anstrengung, Miles gegenüberzutreten und ihm zu sagen, was sie ihm sagen mußte, hatte sie in einen Zustand versetzt, der jenseits aller Furcht war. Sie fühlte sich ausgehöhlt und und leicht, wie ein ausgeblasenes Ei. Sie hatte alles darangesetzt, um ihren unwiderruflichen Standpunkt zu erhärten, und die Aussprache hatte sich gelohnt.

Sie bedauerte lediglich, daß sie sich nicht schon Monate zuvor gegen ihn zur Wehr gesetzt hatte. Das Geld spielte keine Rolle für sie, aber die letzten Monate hatten ihre seelischen Kräfte erschöpft. Sie bewegte ihre Hände und Füße gleichsam automatisch und wurde von den winzigen Lebensfunken angetrieben, die an ihren Nervenenden zuckten. Sie fühlte sich zu schwach, um für den Rest der Nacht allein zu bleiben und fuhr in Richtung von Dr. Klifters Hotel.

Vom Empfang aus rief sie ihn an, und er kam zum Tor des *Pueblo*, um sie zu begrüßen, ein ruhig daherspazierender, kleiner Mann in einem hellen informellen Anzug mit der Ausstrahlung eines verkleideten Zauberers.

»Es freut mich, Sie wiederzusehen, Miss West.«

»Ich muß mit Ihnen sprechen.«

»Dann kommen Sie mit in meinen Salon.« Sein Englisch war bemerkenswert rein, dachte sie zerstreut, aber seine Versuche, höfliche kleine Bemerkungen zu machen, verrieten ihn.

Als sie sich in seinem Wohnzimmer befanden, bot er ihr einen Stuhl und etwas zu trinken an.

»Ich fürchte, ein Drink würde mich betrunken machen. Könnte ich vielleicht etwas Kaffee bekommen?«

»Ich mache recht guten türkischen Kaffee.«

»Am liebsten einfachen amerikanischen Kaffee. Bitte.«

»Gewiß.« Er verschwand in die Küche, und sie hörte, wie er die Kaffeemaschine füllte. »Kann ich Lieutenant Taylor morgen erwarten?« rief er.

»Ich weiß es nicht.« Ihre Stimme klang barsch und kühl. »Er ist mir davongelaufen.«

»Davongelaufen?« Das bärtige Gesicht erschien in der Tür, völlig unabhängig, wie das Haupt Johannes des Täufers. Paula war nicht sicher, ob es mit irgendeinem Körper Verbindung hatte.

»Er versucht, den Mörder zu fangen«, sagte sie ganz unrealistisch zu dem körperlosen Kopf.

»Wirklich?« Der kleine Körper trottete hinter dem Kopf ins Zimmer.

»Er verließ mich gestern, sobald wir hier ankamen. Ich habe ihn heute nachmittag wiedergesehen. Er war in der Stadt umhergewandert, um den Mann zu finden. Ich habe versucht, ihm das Ganze auszureden, aber er war besessen von der Idee, er müßte den Mann finden. Er sagte, Gerechtigkeit sei wichtiger als alles andere.« Auch der Raum wirkte jetzt körperlos; er war ein Würfel sanften Lichtes, der wurzellos dahintrieb, bedroht durch den lautstarken Protest der Sterne.

»Vielleicht ist Gerechtigkeit für ihn so wichtig«, sagte Klifter. »Sein Über-Ich ist bemerkenswert stark – selbst für einen Amerikaner.«

»Über-Ich!« rief sie mitten in einem Anfall prustenden Gelächters aus. »Können Sie diesen Jargon nicht für fünf Minuten vergessen? Wir sprechen von einem Menschen. Was für ein Recht hatten Sie, ihm von seiner Frau zu erzählen? Es hatte einen schrecklichen Effekt auf ihn. Er glaubt zu wissen, wer der Mörder ist, und ich weiß nicht, was er tun wird.«

Ihr unbeherrschtes Gelächter wurde plötzlich von Tränen abgelöst. Sie bedeckte ihr Gesicht mit beiden Händen und weinte wie ein Kind. Klifter setzte sich und wartete.

Nach einer Weile hob sie den Blick und sah ihn an. Er räkelte sich lässig in einer Ecke des Sofas, einen Arm über der Lehne, und sein rechter Fuß ruhte auf dem linken Knie. Sein Hosenbein hatte sich über den Socken hochgeschoben und entblößte einen blassen, spindeldürren Teil seines rechten Beines.

»Das Wasser kocht.« Er sprang auf und ging in die Küche. »Wollen Sie den Kaffee schwarz?«

»Ja, bitte.«

Er setzte sich und beobachtete schweigend, wie sie den kochendheißen Kaffee trank. Der Kaffee half ihr, die Weltuntergangsstimmung, die sie überkommen hatte, loszuwerden, dieses entsetzliche plötzliche Gefühl, daß die Erde im Kreise herumwirbelte und ins Nichts stürzte. Wilde Träume hinterließen immer einen Geschmack nach Whisky, aber die Realität war rauh und ungemütlich und roch nach dem Frühstück ihrer Mutter in der Küche in Highland Park, Detroit.

»Danke«, sagte sie, als er ihr eine zweite Tasse einschenkte.

»Wenn Sie mir zeigen, wo Ihr Badezimmer ist, werde ich mich wohl besser ein bißchen zurechtmachen.«

Nachdem sie das verschmierte Make-up erneuert und sich die Lippen frisch angemalt hatte, kehrte ihr Selbstvertrauen zurück, und gleichzeitig faßte sie auch wieder Vertrauen zu dem Doktor. Als sie ins Wohnzimmer zurückgekehrt war, berichtete sie ihm von dem Besuch von Brets Mutter.

Zum erstenmal seit ihrer Bekanntschaft sah sie Klifter überrascht.

»Sind Sie absolut sicher, daß diese Frau – wie war ihr Name?«

»Mrs. Swanscutt.«

»Sie sind sicher, daß diese Mrs. Swanscutt wirklich seine Mutter ist?«

»Keine Frau könnte derart Theater spielen. Keine Frau würde es überhaupt wollen. Warum hätte sie mich übrigens auch täuschen sollen?«

»Ich weiß es nicht. Es gibt so viele Dinge bei diesem Fall, die ich nicht weiß. So gab es, zum Beispiel, auch keinen offensichtlichen Grund für eine Irreführung, und doch ist Bret viele Jahre lang das Opfer einer Irreführung gewesen.«

»Sein Vater muß ihm gesagt haben, daß seine Mutter tot ist. Ich kann begreifen, daß ein Mann unter diesen Umständen so etwas tut.«

»Ja, aber er hatte ein Erinnerungsbild von ihr, eine falsche Erinnerung an den Tod der Mutter. Er beschrieb mir die Umstände bis ins Detail. Er erzählte, er wäre in ihr Zimmer getreten und hätte ihren kalten Körper gesehen, mit den Händen über der Brust gefaltet, den Kopf auf ein weißes Satinkissen gebettet.«

»Ich weiß nicht, was für Rückschlüsse diese falsche Erinnerung auf seine geistige Verfassung zuläßt. Wenn sein Geist unheilbar krank ist, dann gibt es dafür einen guten Grund. Das, was er in jener Nacht vorfand, muß für ihn so erschreckend gewesen sein wie der Tod.«

»Vielleicht.«

»Ich fürchte, ich hasse diese Frau«, sagte Paula. »Es ist nicht so sehr der Ehebruch, gegen den ich etwas einzuwenden habe. Es ist diese saloppe Art des Ehebruchs, bei dem man sich nicht die Mühe machte, ein Kind vor seinen Konsequenzen zu schützen.«

»Nach fünfundzwanzig Jahren sind die Konsequenzen noch unvermindert wirksam. Ich hätte mir die Wahrheit denken sollen. Mir fielen diese unwirklichen Elemente in seiner Erzählung auf: die gefalteten Hände, das Satinkissen. Frauen pflegen normalerweise nicht auf weißen Satinkissen zu schlafen, nicht einmal in Amerika. Sie arrangieren ihre Hände auch nicht wie zur Beerdigung, wenn sie im Schlaf sterben. Zweifellos sah er, als er noch klein war, jemanden im Sarg liegen – wahrscheinlich seine Tante –, und nach diesem Vorbild hat er die Todesszene seiner Mutter erfunden, um sein Inneres zu befriedigen.«

»Warum sollte er nach dieser Art Befriedigung gesucht haben?«

»Ausflucht ist ein weniger ungeschicktes Wort und entspricht vielleicht mehr der Wahrheit. Ich kann nichts sagen, bevor ich mich nicht ausführlicher mit ihm unterhalten und ihn besser kennengelernt habe. Er und ich müssen gemeinsam ihn besser kennenlernen. Aber wir wollen einmal annehmen, sein Vater hätte ihm mitgeteilt, seine Mutter wäre tot. Was konnte ein so kleiner Junge sich dabei denken? Was nicht? Er war mitten in der Nacht in ihr Schlafzimmer hereingeplatzt und hatte gesehen, wie sie etwas tat, was er nicht begriff. Es ist sehr wahrscheinlich, daß er das Gefühl hatte, seine Mutter betröge ihn um seine Sohnesrechte, indem sie diesen Mann zu sich ins Bett ließ. In kindlicher Wut rannte er auf sie zu und schlug sie. Dann kämpften der Liebhaber und der betrogene Ehemann im Flur miteinander, und der kleine Junge rannte in sein eigenes Zimmer zurück. Am Morgen war seine Mutter verschwunden.

Vielleicht hat ihm sein Vater da schon erzählt, daß sie tot wäre. Der Tod ist für das Gemüt eines Kindes ein Mysterium, ein Ehrfurcht gebietendes Mysterium. Schon für uns ist es ein Geheimnis, ein unerklärliches Geheimnis, aber erst für ein

Kind! Könnte er sich nicht tief in seinem Innersten eingebildet haben, seine Mutter mit seinen schwachen Fäusten umgebracht zu haben? Solch ein Geheimnis, zu fürchterlich, um seinem gestrengen Vater gegenüber ausgesprochen zu werden, könnte den Ursprung seiner Schuld erklären. Wir alle sind schuldig, gequält von Angst und Ekel vor uns selber, aber manche unter uns sind für diese Gefühle empfänglicher als andere. Ihr Bret ist schon von jeher von Schuldgefühlen geplagt worden, und ich glaube, wir haben die Quelle nun vielleicht gefunden. Wenn es uns gelingt, seine Erinnerung an diese seltsame Nacht, an diesen merkwürdigen Morgen wieder aufleben zu lassen, könnten wir vielleicht sein Gemüt von seiner Last befreien.«

»Das können Sie nicht«, sagte Paula. Sie saß aufrecht auf ihrem Stuhl, die Tasse auf ihren Knien.

Er starrte kurzsichtig in ihr ungeschütztes Gesicht. Seine weißen Hände machten eine schwache flatternde Bewegung und sanken auf seine Knie zurück. »Sie scheinen sehr sicher zu sein«, sagte er milde.

»Es scheint mir, als seien Sie derjenige, der übermäßig sicher ist. Sie erklären das Leben eines Mannes auf der Basis sehr weniger Fakten, und selbst diese Fakten sind zweifelhaft.«

»Alle Fakten sind zweifelhaft. Aber sehen Sie auch meinen Vorteil. Ich habe eine wirkliche Zeugin – keine Patientin – für das traumatische Erleben, und das ist in meinem Beruf selten. Ich gebe zu, daß meine Schlüsse hypothetisch sind, einer Nachprüfung bedürftig. Aber die unmittelbare Nachprüfung einer hypothetischen Erklärung besteht in der Überprüfung ihrer Macht und Wirkung auf die Phantasie. Ich will meine Hypothese mit mehr Details versehen. Die im Haus vorgefallenen Gewalttaten, gefolgt vom Verschwinden der Mutter und dem Schweigen des Vaters, reichten aus, um den kleinen Jungen zu überzeugen, daß ein großes Unrecht geschehen war. Es passiert leicht, daß ein Kind annimmt, es selber hätte das Unrecht begangen. Die Trennungslinie zwischen Wunsch und Verantwortung, zwischen Absicht und Schuld ist in der Vorstellung eines Kindes sehr dünn. Ich behaupte nicht, daß er geglaubt hat, er hätte seine Mutter umgebracht. Allein die Möglichkeit schon würde ausreichen.

Kein Kind könnte eine solche entsetzliche Vorstellung lange ertragen. Der Geist schützt sich selbst auf jede nur erdenkliche Weise. Eine Erinnerung oder eine vermeintliche Erinnerung, die zu furchtbar ist, um ertragen werden zu können, muß vergessen, verborgen und bemäntelt werden. Möglicherweise hat das Gemüt des Jungen in der Selbsttäuschung, seine Mutter wäre tot gewesen, als er das Zimmer betreten hatte, Zuflucht genommen. Seine Aggression wurde abgeleugnet und vergessen. Es war eine harmlose Illusion, ja harmlos, nur nicht für ihn. Während sie ihn dazu befähigte, ohne ein ihm bewußtes Schuldgefühl zu leben und heranzuwachsen, pflanzte sie gleichzeitig den Samen der Schuld tief in sein Unterbewußtsein ein. Und zugleich wurde sozusagen das Modell für seine spätere Reaktion als Erwachsener auf Schocks geschaffen. Ausflucht um jeden Preis, auch um den Preis des Gedächtnisverlustes. Ist eine solche Erklärung nicht einleuchtend, kommt sie nicht an die Wirklichkeit heran?«

»Doch. Es klingt entsetzlich überzeugend. Aber bedeutet diese Ausfluchtreaktion, daß es für sein Gedächtnis keine Hoffnung gibt?«

»Im Gegenteil. Es bedeutet, daß man ihm die Wahrheit sagen muß. Das Leben eines Mannes kann sich nicht auf eine zwiefache Illusion stützen.«

»Man muß ihm die Wahrheit sagen?« wiederholte sie. Die Frage hallte in ihr nach, bis sie ihr ganzes Leben zu umschließen und es in seinen Grundfesten zu bedrohen schien.

»Ich war von Anfang an der Meinung. Nun bin ich sicher.«

Der Tenor der Unterhaltung, die gesprochenen und die

ungesprochenen Worte, versetzten sie in einen Zustand der Angst, die sich vor ihren Augen in einem leuchtenden Punkt manifestierte. Der Punkt dehnte sich aus zu einer Vision von Bret, der für immer gefühllos und verloren war, von einem Pfeil der Wahrheit getötet. Und wo war er jetzt? Er wanderte irgendwo da draußen in der Stadt herum, dem Bösen gegenüber nur zu anfällig. Betrat er eine dunkle Gasse, in der ein Revolverheld ihn erwartete?

Sie stand so schnell und ungeschickt auf, daß ihre Tasse und Untertasse auf den Boden fielen und zerschellten.

»Das macht nicht das geringste«, sagte der Doktor, bevor sie sich entschuldigen konnte. Aber er stand nicht auf, um ihre Hand zu ergreifen, die sie ausstreckte. »Gehen Sie jetzt nicht. Setzen Sie sich, bitte!«

»Ich weiß nicht, wo er ist. Ich muß ihn finden.«

»Haben Sie keine Angst! Es gibt keinen Grund, Angst zu haben! Das, was geschehen ist, hat ihn an seiner Achillesferse getroffen, aber er wird sich wieder erholen.«

»Sie verstehen nicht. Ich fürchte, daß heute abend noch etwas passieren wird. Ich habe Angst, daß er in Schwierigkeiten gerät.«

»Ich bezweifle es. Ich bezweifle, daß er etwas Falsches tun wird.« Seine Augen hinter der Brille schienen heller und kleiner geworden zu sein. »Es stimmt, daß Leute mit Schuldgefühlen oft zu Gewalttätigkeiten neigen. Schuld wird normalerweise als das Resultat der Sünde betrachtet, aber sie kann ebensogut deren Ursache sein. Ein Mann mit Schuldgefühlen kann unbewußt etwas tun, was ihm in seinen eigenen Augen als sündig erscheint. Eine solche Tat kann dazu dienen, die Schuld rational zu erklären, sie sozusagen zu rechtfertigen. Viele Verbrecher haben sinnlose Verbrechen begangen, die unbedingt entdeckt werden mußten, nur um für ihre Schuld bestraft zu werden.«

»Es ist lächerlich, über ihn wie über einen Verbrecher zu reden.«

Sie stand noch mitten im Zimmer. Die Anspannung und ihre Unentschlossenheit hatten sie ihres Mittelpunktes beraubt und ließen sie linkisch erscheinen.

»Bitte setzen Sie sich, Miss West! Konversation ist eine Kunst, die im Sitzen betrieben werden sollte.«

»Ich habe keine Zeit für Konversation.«

»Aber Sie müssen sich anhören, was ich zu sagen habe. Und Sie müssen aufmerksamer zuhören. Ich habe in Analogien gesprochen und Ihren Bret nicht moralisch bewertet. Ich gehe an keinen Fall mit vorgefaßten moralischen Meinungen heran. Ich habe mit Stekel gelegentlich darüber diskutiert, daß ein Analytiker sich ohne jegliche vorgefaßte Meinung der Psyche eines Patienten nähern sollte. Der Fall Taylor scheint die Richtigkeit dieses Standpunktes zu beweisen.«

»Inwiefern?« Sie setzte sich auf den Rand des Stuhls, die Füße zwischen die Scherben des zerbrochenen Porzellans.

»Meine vorgefaßten Meinungen haben mich in die Irre geführt. Ich habe fast von Anfang an angenommen, daß bei Taylor eindeutig eine infantile Rückbildung des Ödipuskomplexes vorlag, fixiert durch den Tod seiner Mutter. Nun erzählen Sie mir, daß seine Mutter gar nicht gestorben ist. Das bedeutet natürlich keineswegs, daß das Ödipuselement nicht vorhanden ist. Taylors Beziehungen zu Frauen werden immer durch seine frühen Beziehungen zu seiner Mutter beeinflußt... ich hätte beinahe gesagt, bestimmt – werden. Sein Sexualleben wird immer schwierig sein, weil ihn seine Mutter sozusagen betrogen hat.«

»Das brauchen Sie mir nicht zu sagen.«

»Nein. Sie sind sehr scharfsinnig in dieser Hinsicht. Sie müssen sich auch der Tatsache bewußt sein, daß er trotz seines inneren Aufbegehrens gegen seinen Vater immer geneigt sein wird, sich durch die Augen seines Vaters zu sehen. Er kann den moralischen Prinzipien, die ihm sein Vater vererbt hat, nicht entfliehen. Und ein Teil seiner Psyche, der, welcher zu Gericht sitzt, wünscht gar nicht, daß er ihnen entflieht.«

»Aber war sein Gedächtnisverlust nicht eine Flucht? Sie haben es eine Ausflucht genannt...«

»Ich weiß. Vielleicht gibt es dafür aber eine tiefergehende Erklärung. Der Verlust des Gedächtnisses war möglicherweise eine Bestrafung, die ihm seine Psyche zudiktiert hat. Eine Art Tod, ein Todesurteil.«

»Er hat das einmal gesagt«, flüsterte Paula. »Er sagte, es wäre wie der Tod.«

»Wirklich?« Er beugte sich vor. Sein Körper war ein Bündel eckiger Knochen, die nachlässig in Tweed eingehüllt waren. »Dann lohnt es entschieden, dieser Möglichkeit nachzugehen. Und so erhebt sich eine weitere Frage. Welche Schuld, wirkliche oder vermeintliche, könnte diese selbstauferlegte Strafe erforderlich gemacht haben?«

Er lehnte sich im Sofa zurück, die Frage unbeantwortet in der Luft hängenlassend. Paula beobachtete ihn angestrengt, unfähig, sich zu entspannen.

Ohne eine Tasse, an der sie sich festhalten konnte, fummelte sie mit ihren Händen nur nervös im Schoß herum.

Er fuhr mit seiner sanften, leicht belegten Stimme fort: »Ich habe manchmal geglaubt, daß wir von der Wiener Schule den Problemen moralischer Schuld zu wenig Aufmerksamkeit geschenkt haben. Freud war auch ein Kind seines Jahrhunderts. Er ist der physiologischen Forschungsarbeit und ihrer Atmosphäre des materialistischen Determinismus nie ganz entwachsen. Ist es seltsam, daß der seit Augustinus scharfsinnigste Selbstbeobachter das moralische und religiöse Leben unterbewertet haben sollte und den menschlichen Geist als das Spiel blinder Kräfte in einem Newtonschen Raum definiert hat?«

»Sie sprechen wie ein Jungianer«, sagte sie. »Ich kann jetzt aber nicht einer Vorlesung lauschen.«

Er ignorierte ihren Protest. »Ich bin weit entfernt von

einem Jungianer. In erster Linie bin ich stets Analytiker. Jung war wieder auf den Typus zurückgekommen und hat die Analyse für die Theologie aufgegeben. Ich glaube, das erklärt seine Beliebtheit in den Vereinigten Staaten, die ihre eigene kalvinistische Tradition haben. Trotzdem muß ich zugeben, daß die Produkte dieser moralistischen Tradition, Männer wie Ihr Bret, nicht in einem moralischen Vakuum studiert werden können. Zumindest müssen sie teilweise mit ihren eigenen moralistischen Begriffen interpretiert werden. Die Schuld solcher Menschen kann nicht aufgrund allgemeiner Standpunkte als bewiesen angenommen oder wegdisputiert werden. Man muß sie bis zu ihrem Ursprung hin verfolgen.«

»Aber Sie haben doch Brets Schuldgefühle erklärt. Sie haben gesagt, daß dieses Kindheitserlebnis entscheidend gewesen wäre.«

Sie kramte in ihrer Handtasche nach einer Zigarette, die in ihren Fingern zerbrach, als sie versuchte, sie anzuzünden.

Er brachte ihr einen Aschenbecher und blieb vor ihr stehen. »In einem Fall wie diesem sind die Anspannungen und die Schocks des Erwachsenen ebenso einschneidend. Sie haben bezweifelt, daß es klug von mir war, ihm von dem Mord zu erzählen, aber ich behaupte weiterhin, recht gehabt zu haben. Er muß alles wissen. Einem Geist, der nach Wahrheit hungert, können Sie die Wahrheit nicht in Fragmenten zuteilen. Ich weiß nicht, was Sie wissen. Ich brauche es auch nicht zu wissen. Aber er muß es wissen. Er sucht tastend in der Dunkelheit der Außenwelt nach einer Wahrheit, die ihm seine eigene Psyche vorenthält. Sie haben mir erzählt, er glaube, den Mörder seiner Frau gefunden zu haben. Glauben Sie, daß das stimmt?«

Zwei tiefe Linien bildeten sich auf jeder Seite ihres roten Mundes und verformten ihn zu einer Kneifzange. »Ich weiß es nicht. Ich –«

»Sind Sie sicher, daß Sie es nicht wissen? Wenn Sie ihm die

Wahrheit vorenthalten, verewigen Sie den Zustand der Dunkelheit seines Geistes.«

»Nein!« schrie sie. »Ich habe ihn beschützt.«

»Vor der Wirklichkeit? Vor der Gerechtigkeit? In der Unkenntnis wird er keine Gerechtigkeit finden. In der Wahrheit liegt Gerechtigkeit, denn sie sind dasselbe. Wollen Sie ihm Gerechtigkeit vorenthalten?«

»Ich glaube nicht an Gerechtigkeit.«

»Aber er. Vielleicht brauchen Sie den Glauben nicht. Er, ja. Wenn ein menschlicher Geist durch das Eis des äußeren Scheins hindurchgebrochen ist, bedarf es eines starken Stricks, um ihn wieder herauszuziehen.«

»Ich traue keinem Strick.« Sie spürte die schreckliche Symbolik des Wortes und unterdrückte einen Schauder. »Sie, Dr. Klifter?«

»Ob ich an eine universelle Gerechtigkeit glaube, meinen Sie? Nein. Aber ich vertraue auf den Glauben der Menschen, die das tun.«

Sie spürte seine Schwäche und trieb den Keil tiefer in den Spalt. »Ist das wissenschaftlich? Ich bin zu Ihnen als Arzt gekommen, und Sie reden wie ein Priester – ein Priester, der seinen eigenen Glauben verloren hat.«

»Gut, ich akzeptiere die Rolle.«

»Obwohl Sie an nichts glauben?«

»Ich glaube an eins: an das Individuum. Ich bin nicht so verrückt, daß ich versuche, Menschen in meiner Vorstellung neu zu formen. Ich forme sie ihrer eigenen entsprechend.«

»Selbst dann übernehmen Sie eine große Verantwortung.«

»Keine größere, als Sie übernommen haben. Ich glaube sogar, daß Ihre Verantwortung zu schwer für Sie ist.«

Nach einer Weile sagte sie: »Das weiß ich.«

»Dann geben Sie ihn sich selber zurück. Sagen Sie ihm die Wahrheit. Ich glaube, er weiß sie bereits, will sie aber nicht anerkennen. Am Ende werden doch alle seine Erinnerungen zurückkehren. Und wenn das eintrifft, wird er aufhören, Ihnen zu vertrauen.«

»Ich denke nicht an mich. Ich habe ihn verloren, ganz gleich, was ich tue.« Sie erhob sich mit einer verzweifelten Endgültigkeit, bemüht, der äußeren Einsamkeit und Dunkelheit ins Gesicht zu sehen.

Er folgte ihr zur Tür und gab ihr die Hand. »Vielleicht haben Sie ihn verloren. Wenn ja, so ist sein Verlust der größere. Aber ich wünsche Ihnen beiden Glück. Sie brauchen nicht zu befürchten, daß ich jemandem erzähle, was ich vermutet habe – nicht einmal ihm, wenn Sie das nicht wünschen.«

»Danke.« Ihre Miene war bedrückt, aber unerschrocken.

Sie ging hinaus, und er lauschte auf das Klicken der hohen Absätze, das sich schnell über die gepflasterte Terrasse entfernte und dann verstummte.

21

Bret klopfte an die Tür von Nummer 106. Nach einer Pause rief Miles: »Wer ist draußen?«

Bret klopfte erneut.

»Wer ist da?« Bettfedern knarrten, und leise Schritte durchquerten das Zimmer. Die Jalousie am Fenster neben der Tür zuckte leicht. Bret preßte sich gegen die Tür. Er konnte von dort aus das Fenster nicht sehen, aber er sah den dünnen Lichtstrahl, der über den Balkon fiel, als eine Ecke der Jalousie angehoben wurde. Gleich darauf verschwand der Strahl wieder.

Die Schritte näherten sich der Tür. Man konnte sie kaum als Schritte bezeichnen; es war mehr das gedämpfte Tappen bestrumpfter Füße. »Ist jemand da draußen?« fragte Miles leise durch die Tür.

Bret blieb, wo er war, und schwieg. Ein leiser, pfeifender, nasaler Ton verriet seine mitschwingende Unsicherheit. Leise berührte eine Hand innen die Tür. Die Tür zwischen ihnen war so dünn, daß Bret glaubte, den Atem des Mannes zu hören. Ein Riegel quietschte leise, als er zurückgeschoben wurde. Der Türknauf, auf dem Brets Hand ruhte, drehte sich in seiner Handfläche. Es war wie die Bewegung eines ekligen Lebewesens an unerwarteter Stelle: ein Wurm in einem Apfel, eine Schlange unter dem Kopfkissen. Er nahm seine Hand weg und trat ein paar Zentimeter von der Tür zurück.

Halbzentimeterweise öffnete sich die Tür. Ein Auge spähte durch den Spalt, ohne etwas zu sehen. Bret zwängte seine Schulter in die Öffnung.

»Sie!« sagte Miles und stemmte sich gegen die Tür.

Den Rücken gegen den Türpfosten pressend, drückte Bret die Tür mit den Händen nach innen. Miles trat plötzlich zurück, und Bret stürzte, das Gleichgewicht verlierend, der Länge nach ins Zimmer. Als er aufblickte, stand Miles vor ihm, die rechte Hand in Höhe seines Nabels, den Daumen auf den Griff eines etwa zehn Zentimeter langen, horizontal ausgestreckten Messers gedrückt.

Die schimmernde Klinge in der Mitte des Raumes brachte das Zimmer erst richtig zur Geltung: die durch nichts gemilderte Häßlichkeit der Stuckwände und der rissigen Decke; den nackten Boden, abgetreten bis zum blanken Holz durch den nie endenden Verkehr zwischen dem Badezimmer und dem Bett; das zerkratzte Metallbett mit dem ausgefransten Baumwollüberwurf, der zerknüllt in der mittleren Kuhle der Matratze lag; die einzige Lampe auf dem Nachttisch, deren versengter brauner Papierschirm schief hing. Niemand kam in ein solches Zimmer, um dort zu wohnen. Man kam dorthin, um für eine Nacht dort zu schlafen, wenn nichts Besseres zur Verfügung stand. Oder um aus der Ehe auszubrechen, oder um den gesellschaftlichen Konventionen zu entfliehen oder um der Polizei zu entgehen. Oder um zu warten. Nur ein Paar

Schuhe und ein über den einzigen Stuhl geworfener Mantel zeugten davon, daß das Zimmer bewohnt war. Miles war hergekommen, um zu warten, und das Messer verriet, auf was er und das Zimmer gewartet hatten. Bret schob eine Hand in die Tasche und tastete nach dem Griff seiner Pistole.

»Fallen lassen!« sagte er.

Bret zog, den Zeigefinger zwischen den Abzug und die Sicherung gelegt, die Pistole aus der Tasche und beantwortete damit die Frage. Miles' Blick wanderte zu der potenteren Waffe ab, die zum Mittelpunkt des Raumes wurde.

»Daß die mich so reingelegt hat«, sagte Miles, »dieses dreckige, hinterhältige Luder!« Sein Gesicht verzog sich affenartig zu einer seltsamen Mischung aus Senilität und Kindlichkeit. »Na klar! Sagen Sie mir, spreche ich nicht von der Frau, die Sie lieben?« Sein Körper war geduckt und angespannt, aber das Messer, von der Pistole schachmatt gesetzt, hing in seiner Hand.

»Lassen Sie das Messer fallen und schließen Sie die Tür!«

Miles blickte auf das Messer, so als ob er es vergessen gehabt hätte. Dann drückte er auf die Feder, klappte die Klinge in den Griff und warf das Messer aufs Bett. Er ging um Bret herum zur Tür und ergriff mit der Linken den Knauf. Einen Augenblick verharrte er regungslos.

»Sie würden es doch nicht schaffen«, sagte Bret. »Schließen Sie die Tür und kommen Sie her!«

Als Miles sich von der geschlossenen Tür abwandte, hatte ihn die Angst ganz verwandelt. Sein Gesicht war bleich und wirkte eingefallen. Sein sorgsam gebürstetes blondes Haar fing an, kraftlos und dunkel auszusehen, und fiel ihm über die Schläfen, ähnlich wie bei einem Jugendlichen. Sein Mund hatte seine Konturen eingebüßt und suchte nach neuen. Bret hatte bisher noch gar nicht bemerkt, wie breit und dunkel seine Nasenlöcher waren. Ein so kleines Detail konnte sein gutes jungenhaftes Aussehen ruinieren und selbst seiner Angst eine kitschige Note verleihen. So eine kleine Nebensache war entscheidend, wenn man beschloß, einen Mann zu töten.

»Was wollen Sie?« fragte Miles. Seine Stimme klang unsicher und hoch.

»Kommen Sie hierher!«

Miles bewegte sich langsam auf ihn zu, als würde die Waffe ihn auf magische Weise anziehen.

»Stehen Sie still!« Bret hob die Hand mit der Pistole, so daß Miles direkt in die Mündung blickte. Seine Augen strengten sich an und verdrehten sich, aber er konnte nicht wegsehen. Sein Gesicht glänzte plötzlich vor Schweiß. Auf seinem Hemd zeichneten sich auf der Brust und unter den Armen dunkle nasse Kleckse ab. Sein ganzer Körper war von Todesangst erfaßt.

»Nein«, flüsterte er, »um Himmels willen!«

»Seit wann kannten Sie meine Frau?«

»Ich?« plapperte er. »Ich habe Ihre Frau nicht gekannt. Wie kommen Sie denn darauf?«

»Antworten Sie schnell!«

»Wir waren befreundet, das ist alles. Nur gute Freunde. Sie war ein süßes Mädchen. Ich habe ihr nie etwas getan.« Seine schweifenden Augen wurden wieder von der unverändert auf ihn zielenden Pistole angezogen. »O nein!« sagte er. »Nicht schießen!« Zwei tiefe Falten bildeten sich unterhalb seiner Nase, und seine Zähne klapperten aufeinander. »Sie sind verrückt«, stammelte er.

In der Luft hing ein säuerlicher Geruch. Und Bret hatte einen säuerlichen Geschmack im Mund, und im Magen stieß es ihm säuerlich auf. Im Augenblick des Triumphes war alles sauer geworden. Er schämte sich seines Triumphes, schämte sich seines Rivalen. Dieser schnatternde, schwitzende Junge hatte sein Bett geschändet und seine Frau getötet, und jetzt wehrte er sich nicht, protestierte nicht. Dieses nasse, zitternde, schlaffe Etwas war eine üble Enttäuschung im Hinblick auf die Gefahr, die er erwartet hatte.

Doch der Mann hatte getötet und mußte sterben. Bret visierte sein Ziel an. Miles sah die Bewegung seiner Augen. Er ließ sich schwerfällig auf die Knie nieder. »Um Himmels willen, Mr. Taylor, schießen Sie nicht! Ich sagte ihr, ich würde Sie nicht mehr belästigen. Es ist alles aus, vorbei. Sie werden mich nie mehr wiedersehen.«

Bret trat einen Schritt zurück. »Wem haben Sie gesagt, Sie würden sie nicht mehr belästigen? Miss West?«

»Ja, sicher. Ich habe es ihr *versprochen*.«

»Haben Sie beide gemeinsam Ihre Finger in dieser Sache drin gehabt?«

»Ja, aber jetzt ist alles vorbei. Sie brauchen sich meinetwegen keine Sorgen mehr zu machen, Mr. Taylor. Ich werde ihr das Geld zurückgeben, alles, was noch übrig ist. Und ich werde alles tun, was Sie sagen.«

Einen grausigen und häßlichen Augenblick lang hatte Brets Hand den Abzug heftiger umklammert, und beinahe hätte er abgedrückt. Deshalb war er doch hierhergekommen. Das war es, was Miles verdiente. Aber er konnte es nicht tun. Er hatte niemals auf freiem Feld ein Tier erschossen, und ein Mensch war noch schwerer zu töten, und wenn auch nur deshalb, weil er eine größere Fähigkeit zur Furcht besaß als ein Tier. Durch seine Jahre im Pazifik hatte er sich einen unübertrefflichen Vorrat an Mitleid und eine Art Verbundenheit mit der Angst zugelegt. Als seine Erregung nachließ, wurde ihm klar, daß er kein Recht hatte, jemandem Todesfurcht einzujagen.

»Stehen Sie auf!« sagte er.

Miles beobachtete, wie Brets Arm sich senkte und die Pistolenmündung statt auf seinen Kopf schließlich auf den Boden wies. Er kniete noch immer, aber die Pose wirkte jetzt weniger erbärmlich.

»Stehen Sie auf! Ich nehme Sie mit zur Polizei.«

»Das können Sie nicht tun!« jammerte Miles. »Die Polizei hat meine Fingerabdrücke. Ich käme glattweg in die Gaskammer.«

»Sie werden bekommen, was Sie verdienen. Stehen Sie auf, habe ich gesagt!«

»Wenn Sie mich zur Polizei bringen, sage ich alles. Alles, verstehen Sie? Vielleicht sind Sie verrückt, aber so verrückt sind Sie bestimmt nicht.«

Nun ist alles zu Ende mit Paula, dachte er; alles, was wir für die Zukunft geplant hatten, zu Ende. Das Ende mit Paula und mein Ende. Aber er konnte Miles nicht umbringen, und er konnte ihn auch nicht laufenlassen. »Stehen Sie auf!« sagte er.

Miles sprang statt dessen auf ihn zu, mit beiden Händen nach Brets Knöchel fassend und sich mit einer Schulter gegen Brets Knie werfend. Bret knallte mit solcher Heftigkeit auf den Rücken, daß ihm der Atem stockte. In einer Reflexbewegung umfaßte er die Pistole fester. Ein Schuß löste sich, dann fiel die Waffe irgendwo klappernd hinter seinem Kopf auf den Boden.

Miles' Fäuste bearbeiteten seinen Körper, schlugen ihm in den Magen, zerfleischten sein Gesicht und umschlossen seinen Hals. Bret schnellte mit einem Ruck seine Hüften hoch, brachte den Mann, der rittlings auf ihm saß, zu Fall und drehte sich auf den Bauch. Die Hände kehrten, von hinten kommend, an seinen Hals zurück. Den Kopf senkend, zog Bret die Knie unter sich, stützte sich mit ausgestreckten Armen am Boden ab und stand auf. Miles war nach wie vor hinter ihm, den linken Arm um Brets Hals geschlungen, mit der rechten Faust seine Nieren bearbeitend.

Bret ließ sich wieder auf die Knie nieder, wobei er Miles mit nach vorn und abwärts riß. Dann umfaßte er Miles' Kopf und hielt ihn fest. Miles kam, sich in der Luft überschlagend, über seine Schulter geflogen und schlug der Länge nach auf dem Boden auf. Aber er war schnell. Bevor Bret ihn festnageln konnte, war er bereits an der Wand und drehte sich um.

Bret hielt nach der Pistole Ausschau und sah sie nirgends. Ein Schlag in seine eine Gesichtshälfte wirbelte ihn herum und ließ ihn auf die andere Seite des Zimmers taumeln. Miles war hinter ihm her, bevor er noch sein Gleichgewicht wiedergewinnen konnte. Ein Absatz traf ihn im Kreuz und schleuderte ihn gegen die Wand. Er sank erneut auf die Knie, mit dem Gefühl, in zwei Teile zerbrochen zu sein. Der zweite Teil streifte ihn flüchtig im Nacken. In seinem Kopf begann es zu knistern, und er hatte ein ganz taubes Gefühl, obwohl er seine aufgeschundene Gesichtshälfte spüren konnte, die er sich an der Wand abgeschürft hatte. Er drehte sich auf den Knien herum, gerade noch rechtzeitig, um einen Tritt in den Magen zu bekommen.

Miles arbeitete sich erneut an ihn heran und bedeckte sein Gesicht mit schnellen Schlägen. Sie schmerzten, erschütterten ihn aber nicht allzusehr. Das war großartig. Miles war schnell und steckte voller Tricks, aber schlagen konnte er nicht. Er mußte also nur die Prügel einstecken und sich darauf konzentrieren, wieder auf die Füße zu kommen. Schwierig dabei war bloß, daß seine Beine schwer zu handhaben waren, und mit diesen Fäusten in seinem Gesicht konnte er sich auch nicht richtig auf sie konzentrieren. Bret schnellte in die Höhe und vor, wobei er versuchte, mit dem Kopf nach Miles zu stoßen. Miles trat gerade weit genug zurück und schleuderte ihn mit einem kurzen Schlag ins Genick zu Boden. Bret rollte zur Seite und spürte das eiserne Bein des Bettes an seinem Kopf. Dann war Miles hinter ihm, und seine Hände legten sich erneut um seinen Hals. Bret erwischte einen einzelnen Finger und bog ihn nach hinten um. Miles seufzte auf, und seine Hände verschwanden.

Bret rollte auf den Bauch, vermochte erneut die Knie anzuziehen und versuchte, sich mit den Beinen hochzustemmen. Miles erwischte ihn mit einem langen Uppercut an der Spitze des Kinns, noch fast bevor Brets Hände sich vom Boden gelöst hatten. Bret taumelte rückwärts, aber seine Beine gaben nicht unter ihm nach. Der Mann konnte nicht schlagen. Das war großartig.

»Sie können nicht zuschlagen«, versuchte Bret zu sagen,

merkte dann aber, daß sein Mund zu taub war, um damit zu sprechen. Bret hielt die Linke vor den Mund und die Rechte schräg und bewegte sich so auf seinen ihm nicht recht gehorchenden Beinen auf Miles zu. Miles erwartete ihn, seine Füße im Auge behaltend. Bret machte eine ungeschickte Finte mit der Linken. Miles konterte und geriet aus dem Gleichgewicht. Brets Rechte traf ihn heftig am Hals, unmittelbar unter dem Ohr. Miles wich zurück, stieß mit der Ferse an die Wand und bewegte sich seitwärts an ihr entlang. Bret folgte ihm.

»Sie sind fertig«, sagte Bret. »Ich werde Ihnen das Gesicht für alle Zeit zerschlagen.« Er mußte sehr gekünstelt sprechen, wie ein Vortragskünstler, damit er die Worte überhaupt herausbrachte. Miles beobachtete nicht mehr Brets Füße. Er hatte seine eigene linke Hand entdeckt. Der zweite Finger stand steif in einem rechten Winkel zum Handrücken ab. Er wimmerte.

Bret schlug ihm voller Wut zwischen die Augen. Er spürte deutlich die Knochen, die wie Steine in einem Sack gegeneinandermahlten. Miles glitt Zentimeter um Zentimeter an der Wand herab, das Gesicht seitwärts gedreht und mit starrem Blick.

Bret ging zum Bett und legte sich darauf. Der kalte Messergriff berührte sein Gesicht. Er schubste das Messer mit einer müden Bewegung herunter. All seine verbliebene Energie mußte er darauf verwenden, sich nicht zu übergeben. Die Übelkeit drängte aus dem Magen hoch in die Kehle.

Dann hörte er auf dem Boden hinter sich einen Laut, wie das leise Rascheln von Stoff. Langsam richtete er sich auf und drehte sich um. Miles kauerte in der Ecke und hielt die Pistole in der Hand. Die Zeit schien plötzlich stillzustehen wie ein Fluß, der in einer plötzlich einbrechenden fürchterlichen Kälte zufriert. Einen endlosen Augenblick lang starrte Bret in die dunkle Mündung, in den dunklen Mund, aus dem wie ein brüllender Befehl um Stille der Tod kommen würde. All seine

Gedanken passierten dieses enge Loch, dieses Rattenloch, durch das sein Leben seinen Körper verlassen würde, wie ein Nagetier, das aus einem einstürzenden Gebäude floh.

Aber er war zu müde, um Angst zu haben, und zu sehr davon überzeugt, daß das Ende gekommen war, um zu versuchen, etwas daran zu ändern. Er hatte gefunden, wonach er gesucht hatte, und er hatte auf nichts weiter gehofft als auf dies. Dann endete der Augenblick. Ein neuer begann, und er lebte noch immer.

Jemand klopfte mit etwas, das schwerer als eine Faust war, an die Tür.

»Herein«, sagte Bret, ohne den Kopf zu wenden. Er war wie benommen von der Anstrengung, weiterzuleben, aber alle seine Muskeln waren angespannt.

»Bleibt draußen!« brüllte Miles. »Ich schieße!«

»Bleibt von der Tür weg!« bellte die Stimme eines Mannes. »Wir haben eine Maschinenpistole.«

»Sie haben also die Polypen herbeigerufen, Sie Dreckskerl!« knurrte Miles. »Ich habe Sie gewarnt.« Er schoß auf Bret.

Bret hatte sich, der Kugel um den Bruchteil einer Sekunde voraus, vom Bett auf den Boden rollen lassen.

Lautes, abgehacktes Geknatter hallte vom Balkon herein, und eine Reihe von Löchern bildete in unregelmäßigen Abständen voneinander ein umgekehrtes V in der Mitte der Tür. Miles schoß auf die Tür. Bret rollte zur Wand und lag still.

»Lassen Sie Ihre Waffe fallen und kommen Sie heraus, die Hände auf dem Kopf!« kommandierte die Stimme. »Das ist Ihre letzte Chance.«

Miles feuerte erneut von der Ecke aus und strebte dann der Badezimmertür zu. Das Schnellfeuer der Maschinenpistole setzte erneut ein, und eine Reihe von neuen Löchern marschierte quer über die Tür und die gegenüberliegende Wand. Miles fiel in einer kleinen Wolke von Gipsstaub auf die Knie und kroch den Rest des Weges zur Badezimmertür. An der Schwelle fiel er auf sein Gesicht und blieb liegen. Helles Arterienblut sprudelte aus seinem Mund.

»Sie haben ihn getroffen«, rief Bret. »Sie können hereinkommen.«

Die Tür flog auf. Einen Augenblick lang war sie völlig leer, rahmte nur die stille Nacht ein. Dann trat ein Polizeibeamter in Uniform ein, seine Maschinenpistole in der Ellenbeuge tragend. Hinter ihm kamen der kleine Hotelmanager und ein weiterer bewaffneter Beamter.

Bret setzte sich auf und lehnte sich gegen die Wand.

»Taylor.«

»Und er?«

»Er heißt Miles.«

»Sie meinen, er hieß so.«

Bret stand auf und blickte durchs Zimmer. Seine Kräfte reichten noch aus, um Bedauern für den toten Mann zu empfinden, und den Verlust des menschlichen Blutes, das auf den Boden geflossen war, zu beklagen. Die aufsteigende Übelkeit überraschte ihn. Er krümmte sich über dem Bett, und eine bitter schmeckende Flüssigkeit stieg in ihm hoch und floß aus seinem Mund und seinen Nasengängen.

Sein Feind war tot. Er hatte das ausgeführt, was er vorgehabt hatte, aber zurück blieb also nur ein Geschmack in seinem Mund. Sein Gesicht war so krank und aufgewühlt wie sein Körper. Seine geschlossenen Augen blickten hinab in eine kochende Finsternis, die sich bis auf den Grund der Nacht erstreckte. Selbst dort fand er Unwirklichkeit, die an den Grundfesten seines Geistes zerrte, und dazu das Spiegelbild eines Gesichts, das er Angst hatte zu erkennen, denn es glich allzusehr seinem eigenen. »Was für eine Schweinerei!« sagte der erste Polizeibeamte.

»Ich habe befürchtet, daß es mit den beiden eine Schweinerei geben wird«, sagte der Hotelmanager.

Das Haus war verschlossen und dunkel, als Paula daheim ankam, aber sie hatte keine Angst, allein hineinzugehen. Seit sie die Schrecken ihrer Seele besiegt hatte und zu einem Entschluß gekommen war, war sie gegen Furcht immun. Trotzdem gab es noch Kleinigkeiten, die sie weiterhin beunruhigten. So schämte sie sich zum Beispiel, daß sie das Haus verlassen hatte, ohne Mrs. Roberts mitzuteilen, daß sie zum Abendessen nicht zurück sein würde. Sie knipste die Lichter im vorderen Flur an und ging in die Küche. Mrs. Roberts hatte ihr in kühnen, schwarzen Druckbuchstaben eine Nachricht hinterlassen, die auf einem Stuhl in der Mitte der Küche lag.

Bedaure, daß Sie nicht in der Lage waren, zu Abend zu essen. Der Braten liegt im Kühlschrank in Wachspapier eingewikkelt.   *S. Roberts*

Sie fand den Braten und machte sich ein Sandwich zurecht. Sie war nicht mehr nervös. Auf eine fast altjüngferliche Art fühlte sie sich Herrin ihrer selbst; ein bißchen kalt und tot, aber das war zu erwarten gewesen. Sie hatte eine permanente Altjüngferlichkeit gewählt, und das war nichts zum Lachen. Ihre Wahl schmeckte sehr nach Verzweiflung und war so geschmacklos wie Toast ohne Butter. Trotzdem bereitete es ihr eine gewisse Befriedigung, in einen gediegenen Brocken Verzweiflung hineinzubeißen.

Von Anfang an hätte sie wissen können, daß es schwierig werden würde. Er war damals in La Jolla nicht vergnügt gewesen; wahrscheinlich war er überhaupt nie vergnügt und fröhlich gewesen. Sein erster Kuß war wild und gehemmt gewesen, ohne Fröhlichkeit. Selbst liebend war er ein Mann, der sich mit gewichtiger Schicksalhaftigkeit bewegte, als ob ihm alles, was er tat, zutiefst ernst wäre und für die Ewigkeit

Gültigkeit hätte. Es war schwer zu glauben, daß ein solcher Mann innerlich so verwirrt sein konnte, daß er noch immer eine Wunde zu pflegen hatte, die ihm als kleines Kind zugefügt worden war. Und es war noch schwerer zu glauben, daß allein Worte, wenn auch wahre Worte, seine Sinne entwirren und seine Wunden heilen konnten.

Sie knipste das Küchenlicht aus und ging in ihr Wohnzimmer im vorderen Teil des Hauses. Dort ließ sie sich nieder, um auf Bret zu warten. Sie hatte keinen Grund, mit solcher Sicherheit anzunehmen, daß er kommen würde, aber sie fühlte es. Sie mußte nur genügend Zeit darauf verwenden, dann würde er schon kommen. Sie wartete, während die Zeiger ihrer Uhr von zehn Uhr dreißig auf elf Uhr weiterwanderten.

Warten war das, was sie am wenigsten ertragen konnte, und in letzter Zeit hatte sie so viel warten müssen. Da waren die Monate des Wartens auf seine Rückkehr gewesen, als sein Schiff von San Diego ablegte. Weitere Monate hoffnungslosen Wartens, nachdem er Lorraine geheiratet hatte. Und die schlimmsten Monate von allen, in denen sie zwischen tödlichem Entsetzen und grenzenloser Hoffnung geschwebt hatte, als er im Krankenhaus von San Diego lag. Nach wie vor wartete sie, obwohl das, worauf sie gewartet hatte, eingeschrumpft und weggeweht worden war. Es gab keine Ungewißheit, keine Höhen oder Tiefen mehr. Ihr Geist beschrieb nur einen kleinen Bogen zwischen der Hoffnung, daß er bald kommen, und dem Wunsch, daß er noch lange nicht kommen möge. Selbst das Warten war weniger schmerzlich, als es das Ende des Wartens sein würde.

Sie legte eine Platte auf und versuchte es mit etwas Musik, aber die Musik wühlte ihre Gefühle auf, und das wollte sie nicht. Gemütsbewegungen machten die ganze Geschichte so real. So schaltete sie den Plattenspieler wieder aus und lauschte auf die Stille im Haus: das Geräusch der Zeit, das sich langsam durch die Stille bewegte. Man konnte hören, wie sie

Schritt für Schritt synchron mit dem Herzschlag vorrückte, wie sie einen durch das jungfräuliche Land der Verzweiflung trommelte.

Eins war gut an der Verzweiflung: Sie brachte einen nicht zum Weinen. Man weinte am Anfang, wenn man noch nicht wirklich glaubte. Man weinte vielleicht hinterher, wenn man das Gefühl hatte, man begann wieder zu leben. Auf dem absoluten Höhepunkt der Verzweiflung konnte man nicht weinen. Und das war auch gut so, denn Weinen ließ die Augen anschwellen.

Die Zeiger der Uhr krochen vorwärts auf halb zwölf, während sie in die Stille hineinlauschte. Sie knipste die Lampe neben ihrem Stuhl aus und beobachtete nun auch noch die Dunkelheit. Dunkelheit und Stille waren ihr höchst angenehm, aber eines Tages würde sie beides eintauschen gegen das Vergessen. Man konnte nicht jahrelang arbeiten, lieben und leiden, ohne sich enttäuscht zu fühlen, wenn alles kurz vor Torschluß zu Ende war. Doch sie wünschte sich nicht, tot zu sein. Es war ein kleiner Trost zu wissen, daß die Zeit zermahlen würde und man auf dem Fließband lag und das Endprodukt des Vergessens war.

Als sie den Wagen die Straße entlangkommen hörte, wußte sie, daß es Bret war. Sie hätte nicht sicherer sein können. Sie rannte zum Eingang und riß die Tür auf. Als sie das Licht auf der Veranda anknipste, machte ihr Herz einen Sprung. Am Straßenrand stand ein Polizeiauto. Bret stieg langsam und steif aus, als wäre sein Körper in wenigen Stunden um Jahre gealtert.

»Geht es Ihnen jetzt besser, Lieutenant?« rief die Stimme eines Mannes aus dem Innern des Wagens.

»Ja, danke.« Der Polizeiwagen fuhr weg.

Sie rannte die Stufen hinab, ihm entgegen. Als er in den Lichtschein der Veranda trat, sah sie den Verband in seinem Gesicht und vergaß alles andere.

»Darling, was ist passiert? Wo bist du gewesen?«

»In der Polizeizentrale.«
»Aber du bist verletzt.«
»Ein bißchen. Miles ist tot.«
»Du –« Sie spürte, wie ihre Lippen kalt wurden.
»Ich habe ihn nicht umgebracht«, sagte er ruhig. »Ich habe es versucht, aber ich habe es nicht getan. Er wurde erschossen, als er Widerstand gegen seine Festnahme leistete.«

Sie legte eine Hand auf seinen Arm, um ihm die Treppe emporzuhelfen, aber er bewegte sich leicht, so daß ihre Hand herabfiel. Wie Fremde gingen sie hintereinander ins Haus, wobei sie ihm folgte. Sie bemerkte die zerrissenen Nähte an den Schultern seiner Uniformjacke, den Schmutz an seinem Rücken, die große blauverfärbte Schwellung an seiner Schädelbasis. Fast sank sie zu Boden, bevor sie ihren Stuhl erreichte.

Er knipste eine Stehlampe an und setzte sich ihr gegenüber. Sie war sich mit schneidender Schärfe der Kluft zwischen ihnen bewußt und auch der Entfremdung, die sie symbolisierte.

»Miles' Fingerabdrücke wurden mit den auf dem Tisch in Lorraines Zimmer gefundenen verglichen«, sagte er. »Er war der Mann, der bei ihr gewesen war.«

Sie versuchte, etwas zu sagen, aber alles, was sie hören konnte, war die Stimme, die in ihrem Kopf plapperte: Dann ist ja alles vorbei, alles vorbei; ich brauche es ihm niemals zu sagen, und Klifter hat versprochen, es nicht zu tun, wenn ich es nicht will. Sie hatte erneut der Unentschlossenheit Platz eingeräumt, und die hemmte sie nun am Sprechen.

»Du hast Miles Geld bezahlt«, sagte er. »Wofür hast du ihn bezahlt?«

Also war es doch nicht vorbei. Nun, das hatte sie für ihr neuerliches Ausweichen verdient. Man bekam letzten Endes immer, was man verdiente.

»Weiß das die Polizei?«
»Ich bin die einzige, die es weiß.«

Sie nahm all ihren Mut zusammen und sagte: »Ich muß dir etwas erzählen, Bret.«

»Das weiß ich.«

Er saß regungslos da und sah sie an. Sie blickte direkt in seine Augen und war unfähig, das, was in ihnen stand, zu lesen. Sie waren hell, und ihr Blick war ruhig und hart, nicht durch die Liebe oder irgendeine Form der Hoffnung besänftigt.

»Miles hat mich erpreßt«, sagte sie mit Mühe. »Zuerst drohte er, zur Polizei zu gehen. Als mir klar wurde, daß er das nicht wagte, und ich ihm das auch sagte, behauptete er, er würde zu dir gehen, und das konnte ich nicht zulassen. Ich habe ihm regelmäßig seit Monaten gewisse Summen bezahlt. Heute abend merkte ich, daß das keinen Sinn hatte. Das Ganze mußte aufhören. Ich ging zu ihm und sagte ihm, daß ich am Ende wäre. Er versuchte zu bluffen, und da begann ich selber, ihm zu drohen. Ich jagte ihm einen Schreck ein. Es war leichter, als ich erwartet hatte.«

»Danach zu urteilen, wie er sich verhalten hat, mußte er Angst gehabt haben. Er hat versucht, seinerseits auf die Polizei zu schießen. Aber die Beamten hatten eine Maschinenpistole.«

»Warst du bei ihnen?«

»Ich war bei Miles im Motel. Bevor sie ihn umbrachten, versuchte er, mich zu erschießen. Trotzdem empfand ich Mitleid für ihn, als er starb.«

»Das ist unnötig. Er war es nicht wert.«

»Du hast dein Bestes getan, ihn vor mir zu schützen.«

»Ich hatte Angst, daß du ihn umbringen würdest.«

»Tut es dir leid, daß er tot ist?«

»Ich bin froh darüber. Aber noch froher bin ich, daß nicht du ihn umgebracht hast.«

»Ich habe es versucht. Ich zielte mit der Pistole auf seinen Kopf, konnte aber nicht abdrücken. Ich wußte nicht, warum. Vielleicht weil ich das Gefühl hatte, ich hätte kein Recht dazu. Ich hatte dieses Recht auch nicht, nicht wahr, Paula?«

Sie fuhr deutlich ob der Herausforderung in seinen Worten zusammen. Erneut blickte sie in sein Gesicht und verstand plötzlich, was in seinen Augen lag.

»Du erinnerst dich?« flüsterte sie schwach.

»Ich glaube, ich kann es mir ziemlich gut vorstellen.«

Die Szene, die irgendwo in seinem Hinterkopf aufflackerte, war verschwommener und verworrener, als seine feste Stimme zugab. Sie war schemenhaft düster wie ein unterbelichteter Film, und fast ausgelöscht durch andere Bilder, die drüberlagen. Er sah sich selber in dieser Szene, klein, verkürzt und gesichtslos, wie einen unbekannten Schauspieler, dessen Bewegungen von einer an der Decke angebrachten Kamera aufgenommen wurden. Der gesichtslose Mann in Blau, zwergenhaft unter dem hohen Maihimmel, ging den Gartenweg entlang und in den weißen Bungalow. Ein anderer Mann, nur halb bekleidet, rannte durch das unbeleuchtete Wohnzimmer, durch die Küche und aus dem Haus. Lorraine war im Schlafzimmer und versuchte, ihre Blößen zu bedekken. Die Dunkelheit hüllte ihren Körper ein.

Er wußte, was er getan hatte, aber er erinnerte sich nicht an die Tat. Er bezog seine Kenntnis aus den Gefühlen, die immer noch durch seine Nervenbahnen strömten und sein Blut mit ihren ätzenden Säften verunreinigten. Da waren die schändliche Selbstgerechtigkeit und der daraus resultierende leidenschaftliche, gefährliche Zorn; und der ungestüme Wunsch, der Quelle des Schmerzes Schmerzen zuzufügen; und das verzweifelte Verlangen, das wie ein blinder Wurm im Herzen der Mordgelüste steckte, eine unmögliche Situation durch einen Gewaltakt zu beenden, einen Gewaltakt, der sie für immer beendete.

Paula beobachtete, wie sein Blick sich gleichsam nach innen kehrte und ausdruckslos wurde. Wieder einmal wurde er verschleiert durch das unbekannte Dunkel in seinem

Leben. Er machte den Eindruck, als hätte er sie völlig vergessen, und das jagte ihr Furcht ein. Völlige Gleichgültigkeit, das Nichtdasein, das war der einzige Feind, den sie nicht zu bekämpfen wußte. Jede Art der Unterhaltung war besser als dieses lange dumpfe Schweigen, selbst das, was sie zu sagen hatte. Sie flüchtete sich in die verzweifelte Hoffnung, daß sie vielleicht, falls sie sich ihm anschließen und ihn in seiner Dunkelheit bei der Hand nehmen konnte, auf der anderen Seite gemeinsam auftauchen würden.

»Du hattest mich gebeten, es dir zu sagen.«

»Ja?« Seine Stimme klang abwesend, wie die eines Menschen, der soeben aufgewacht ist.

»Ich war nicht bei dir, als du Lorraine fandest.«

»Ich weiß. Ich erinnere mich.«

»Lorraine war nicht tot, als du sie fandest.«

Es war entsetzlich schwer, es ihm zu sagen. Sie spürte, wie sich der Schweiß in Tropfen zwischen ihren Brüsten sammelte, bis zur Taille hinunterrann, eine kalte Spur hinterlassend. Es war schrecklich schwer. Warum war es eigentlich ihre Aufgabe? Wie war sie zu diesem Auftrag gekommen? Nun, das war nur zu leicht zu beantworten. Sie hatte sich darum gerissen. Alles, was sie getan hatte, hatte sie so gewollt. Es war ihr »Baby«, und das wußte sie.

Sie fühlte sich leicht, und ihr war schwindlig, als er ihr die Last abnahm.

»Ich weiß, daß ich sie umgebracht habe. Du brauchst es mir nicht schonend beizubringen. Aber ich verstehe nicht, was passiert ist. Du mußt doch gewußt haben, daß ich sie umgebracht habe.«

»Ja.« Aus irgendeiner Ecke des Zimmers hörte sie ihre Stimme antworten.

»Und das war es, was auch Miles wußte, das war, weshalb du ihm Geld bezahlt hast?«

»Ja.«

»Du hättest dich nicht in seine Hände begeben sollen.«

Ganz allmählich wurde sie sich wieder ihrer selbst bewußt, und ihre Stimme kehrte wieder aus der Ferne zurück. »Ich tat, was ich glaubte, tun zu müssen. Hinterher war es zu spät, um noch etwas daran zu ändern. Ich mußte es durchstehen.«

»Ich verstehe nicht, warum. Erzähl mir, was geschehen ist.« Die ihr zugewandte Gesichtshälfte war starr und beherrscht, und Brets Festigkeit verlieh ihr Mut, weiterzusprechen. »Ich war nicht dort. Ich kam, als du anriefst. Ich weiß nur das, was du mir am Telefon gesagt hast, und das, was Miles mir hinterher erzählt hat. Du hast gesagt, du würdest in schrecklichen Schwierigkeiten stecken, du hättest Lorraine zusammen mit einem Mann angetroffen und sie umgebracht. Als ich in dein Haus kam, lagst du besinnungslos im Schlafzimmer. Lorraines Leiche lag auf dem Bett.«

»Aber du hast mir gesagt, du hättest mit Miles gesprochen? Ich dachte, er wäre weggerannt.«

»Er war auch weggerannt. Die beiden sahen dich den Gartenweg entlangkommen, und Lorraine erkannte dich. Miles kam am nächsten Tag zu mir. Er hatte in den Zeitungen von mir gelesen und war sich darüber im klaren, daß ich über einiges Geld verfügte und wußte, daß ich die Polizei angelogen hatte. Seit dieser Zeit habe ich ihn bezahlt.«

»Ich mußte dich auch noch mit hineinziehen, nicht wahr?« Seine Stimme brach und wurde rauh vor Erschütterung. »Ich war nicht zufrieden damit, mein eigenes Leben zu versauen. Dich mußte ich auch noch mit in den Dreck zerren.«

»Du hast mich glücklich gemacht«, sagte sie. »Du hast mich um Hilfe gerufen, als du am Ende deiner Kräfte angelangt warst, und das hat mich glücklich gemacht.«

Angesichts der Liebe und des Mutes, die sich in ihrem müden Gesicht spiegelten, überkam ihn eine schreckliche Demut. Nicht die unechte, vorübergehende Demut aus verwundetem Stolz, sondern die Demut, die ein Mensch, der seine Tugendhaftigkeit verloren hat und das beklagt, in Gegenwart der Tugend empfindet.

»Ich bin nicht dazu geschaffen, in derselben Welt zu leben wie du, Paula. Heute nachmittag hatte ich sogar den Verdacht, daß du und Miles in gewisser Beziehung Partner gewesen wäret.«

»Ich wußte, daß du das glaubtest. Es ist kein Wunder, daß du mir gegenüber mißtrauisch warst. Ich habe dich angelogen, ich habe jedermann angelogen. Als die Polizei kam, erzählte ich ihr, du und ich wären auf einer Spazierfahrt gewesen und zusammen heraufgekommen, als du Lorraines Leiche vorfandest. Nachdem ich diese Lüge nun einmal erzählt hatte, konnte ich meine Version nicht mehr ändern, sonst hätten sie gedacht, wir hätten uns zusammengetan, um sie zu ermorden. Es ist seltsam, nicht wahr? Sie haben nie an meinen Worten gezweifelt.«

»Niemand sollte je an deinen Worten zweifeln.«

»Es ist verteufelt, wenn man ein ehrliches Gesicht hat«, sagte sie. »Wenn jemand an dem, was ich erzählt habe, gezweifelt hätte, so hätte ich die Wahrheit sagen müssen. Doch niemand zweifelte daran. Ich weiß nun, daß ich sie trotzdem hätte erzählen müssen. In Anbetracht der Umstände hätte man dich vielleicht freigesprochen oder dich nur zu einer kurzen Strafe wegen Totschlags verurteilt. Aber ich habe gewartet, bis es zu spät war. Dann fand ich heraus, daß du selber gar nicht wußtest, was du getan hattest. Ich hatte Angst davor, wie die Wahrheit auf dich wirken würde. Aber ich habe mich geirrt. Ich habe von Anfang bis Ende das Falsche getan.«

»Nein.«

Er war so erschüttert, daß er nichts weiter sagen konnte. Scham überflutete ihn wie Wogen schmutzigen Wassers, das ihn stinkend und atemlos zurückließ. Ihm war todübel, wenn er an sich selber dachte, an den Dummkopf, der in einer solchen Selbsttäuschung gelebt hatte, stolz, intolerant und hartherzig, der seine eigene Schuld nach außen projiziert hatte, wie einen Schatten, der alles verfinsterte, worauf er fiel.

Sätze aus seiner Kindheit kehrten zurück wie Fragmente einer Sprache, die er beinahe vergessen hatte oder eben erst zu lernen begann. Der Splitter in deines Bruders Auge, der Balken in deinem eigenen. Richtet nicht, auf daß ihr nicht gerichtet werdet. Er war nichts weiter als ein winziges, dunkles Staubkörnchen in der Sonne, ein kleines Samenkorn aus Fleisch, zwischen Himmel und Erde geworfen, hier- und dorthin geweht vom Wind der Zeit, der die verachtungswürdigen Generationen von Menschen hinwegfegt. Er hatte in dem ungleichen Kampf gegen den Tod seine eigene Seite verraten und nunmehr auf nichts mehr Anspruch, von niemandem. Doch schöpfte er aus seiner Demut eine starke Kraft. Er konnte sich selbst mit »Mörder« anreden und diese Bezeichnung hinnehmen. Er konnte erkennen, daß er nicht Gerechtigkeit, sondern Gnade brauchte.

Er beugte sich vor und bedeckte sein schamerfülltes Gesicht mit den Händen, so daß seine Worte gedämpft klangen. »Du hast ein solches Risiko für mich auf dich genommen. Du mußt verrückt gewesen sein, zu glauben, daß ich das wert bin.«

»›Verrückt‹ ist ein Wort, das wir in unserer Familie nicht benutzen.« Sie versuchte zu lächeln, aber ihr Mund verzog sich stattdessen zu einer Grimasse des Mitleids.

Sie konnte es nicht ertragen, ihn hier gedemütigt sitzen zu sehen. Sie überwand die Kluft zwischen ihnen, kniete neben ihm nieder und preßte seinen Kopf gegen ihre Brust. Sie spürte, wie er zitterte, und hielt ihn fester umklammert. Wenn sie doch ihren eigenen Körper hätte aufklappen und ihn zu sich hätte hineinnehmen können, um ihn zu beschützen und zu trösten.

»Was soll ich tun?« sagte er gegen ihre Brust. Er hatte jemandem das Leben genommen und konnte seiner Schuld nicht mehr ausweichen, so wie sich ein Buckliger nicht seines Buckels entledigen konnte. Was immer er den Rest seines Lebens über auch sagen würde, es würde durch das Wissen, daß bestimmte Dinge nicht ausgesprochen werden konnten, zensiert werden. Seine Wahrnehmungen und Empfindungen würden für alle Zeiten durch die entehrende Erinnerung, die zwischen ihm und der Sonne stand, verdüstert werden. Doch es gab keinen Ausweg. Er konnte nicht zur Polizei gehen, denn wenn er das tat, mußte Paula, die unschuldig war, seine Schuld büßen. Er mußte weiterleben mit der Kenntnis dessen, was er getan hatte, nicht nur heute nacht, sondern jede Nacht und auch im Tageslicht. »Was kann ich tun?« fragte er.

»Komm zu Bett! Du bist müde, und es ist Mitternacht. Du kannst jetzt nichts anderes tun, als ins Bett gehen.«

»Ist es möglich, daß du mich noch liebst?«

»Heute abend, bevor du kamst, dachte ich, ich hätte dich verloren. Ich wollte sterben.«

»Aber –« Seine Stimme brach.

Sie hielt ihn noch fester, als könnten ihre Arme seine Gewissensbisse ersticken. »Aber was?«

»– fürchtest du dich nicht vor mir?«

Eine Sekunde lang verspürte sie so etwas wie Panik, sie wußte nicht genau, warum. Sie fürchtete sich nicht vor ihm, aber sie fürchtete sich. Das Leben war so kompliziert und unberechenbar, und heute nacht war alle ihre Energie, die sie brauchte, um damit zurechtzukommen, erschöpft. Sie hatte monatelang ihre Nerven überbeansprucht; sie hatte einen Überschuß an Vitalität eingekauft, aber die Rechnungen waren ihr alle auf einmal präsentiert worden. Sie wußte, daß sie gewonnen hatte, aber sie war zu müde, um sich ihres Sieges bewußt zu werden, zu müde, um ohne Furcht an die Zukunft zu denken.

Ohne Zweifel würde sie sich am Morgen wieder anders fühlen. Das Leben würde wieder beginnen, und die ungewisse Zukunft würde zur alltäglichen Gegenwart werden. Es gab Leute aufzusuchen und Dialoge zu schreiben, Verabredungen mit Klifter zu treffen, Mahlzeiten zu planen, Arbeit für Bret zu suchen; und man würde irgendeine Entschuldigung finden müssen, um Mrs. Swanscutt eine Weile hinzuhalten. Sie wollte diesen Unglücksraben nicht auf ihrer Hochzeit haben; die war schon mit genug bösen Omen ausgestattet. Doch sie war überzeugt, daß alles besser werden würde. Die schlimmste Gefahr war vorüber, und auch das größte Leid. Alles würde nie wieder so gut sein, wie es vielleicht einmal gewesen war, aber es würde immer noch gut genug sein. Sie hatte gelernt, nicht allzu große Forderungen an das Leben zu stellen. Im Augenblick war es ihr genug, daß sie und Bret sich sehr nahe waren. Ohne jedes Schwanken in der Stimme sagte sie zu ihm, daß sie sich nie vor ihm fürchten würde, daß sie ihn dazu zu sehr liebte.

»Du bist sehr gut«, sagte er. Die Wärme ihres Körpers war bis zu seinem Innersten vorgedrungen, und er zitterte nicht mehr.

»Komm zu Bett!« sagte sie erneut.

Arm in Arm gingen sie die Treppe hinauf. Es ist Mitternacht vorbei, dachte sie, aber bis zum Morgen ist es trotzdem noch lange hin. Zu ihm sagte sie fröhlichere Dinge.